SARWAT CHADDA

Teufelskuss

W0406599

Buch

Billi wird zur Tempelritterin ausgebildet, doch sie hasst ihre Bestimmung und wäre lieber eine ganz normale junge Frau. Stattdessen muss sie sich nachts mit Waffenübungen, Geheimwissenschaften und Dämonen herumschlagen – und kann tagsüber kaum noch die Augen aufhalten. Kein Wunder, dass sie die Chance ergreift, dem Orden und ihrem Vater den Rücken zu kehren, als der mysteriöse Michael in ihr Leben tritt. Er verspricht ihr einen Ausweg – und den Zauber der ersten Liebe. Doch Michael ist kein Mensch, sondern der Engel des Todes. Er plant, die Zehnte Plage – den Tod aller Erstgeborenen – über die Menschheit zu bringen. Und Billi erkennt beinahe zu spät, dass Michael sie dabei zu seinem apokalyptischen Werkzeug machen will …

Autor

Sarwat Chadda ist mit Geschichten über Saladin, Richard Löwenherz und die Kreuzzüge aufgewachsen. Er hat als Ingenieur an Großprojekten überall auf der Welt mitgearbeitet. Inzwischen lebt er mit seiner Familie in London.

Sarwat Chadda

Teufelskuss

Roman

Deutsch von
Maike Claußnitzer

blanvalet

Die englische Originalausgabe erschien unter dem Titel
»The Devils Kiss« bei Puffin, London.

MIX
Papier aus verantwortungsvollen Quellen
FSC® C014496

Verlagsgruppe Random House FSC-DEU-0100
Das FSC®-zertifizierte Papier *Holmen Book Cream*
für dieses Buch liefert Holmen Paper, Hallstavik, Schweden

1. Auflage
Taschenbuchausgabe Juli 2011 bei Blanvalet, einem Unternehmen
der Verlagsgruppe Random House GmbH, München.
Copyright © der Originalausgabe 2009 by Sarwat Chadda
Copyright © der deutschsprachigen Ausgabe 2010 by Penhaligon Verlag,
in der Verlagsgruppe Random House GmbH
Umschlagmotiv: © Illustration Isabelle Hirtz / HildenDesign,
München, unter Verwendung eines Motivs von © Arthur Ash / Corbis
Redaktion: Alexander Groß
HK · Herstellung: sam
Druck und Einband: GGP Media GmbH, Pößneck
Printed in Germany
ISBN: 978-3-442-26777-4

www.blanvalet.de

Meiner Frau und meinen Töchtern

Wer hat dich zum Aufseher oder Richter über uns gesetzt?
Willst du mich auch umbringen, wie du den Ägypter umgebracht hast?

Exodus 2,14

I

Es sollte leicht sein, ihn zu töten. Er ist doch erst sechs.

Warum dann dieses widerliche, zusammenschnürende Gefühl tief in ihren Gedärmen? Warum die kalte, klamme Feuchtigkeit, die ihr über den Rücken lief?

Er ist erst sechs.

Billi stapfte durch das hohe, stachelige Gras auf das Ende des Parks zu. Der herbstliche Nachtwind flüsterte ihr etwas ins Ohr, hier unten in »der Grube«.

Was für ein Name für einen Spielplatz!

Aber niemand spielte hier – schon seit Jahren nicht mehr. Der niedrige Zaun war längst zusammengebrochen; vermoderte Bretter ragten aus der Erde hervor wie schiefe, schwarze Zähne. Die Wipptiere beobachteten sie aus leeren, hohlen Augen, und ihre alten Federn quietschten, als sie zur Begrüßung nickten.

Der Junge saß auf einer Schaukel, der mittleren von dreien.

Erst sechs.

Billi ging mit der Maglite-Taschenlampe in der Hand näher heran; der Lichtstrahl erhielt Unterstützung vom Vollmond und den roten Lichtern des Crystal-Palace-Sendeturms, der über ihr wie ein großer, schwarzer Stachel in den Himmel aufragte.

Die rostigen Ketten knarrten, als der Junge hin und her schaukelte, während er sie musterte.

Vielleicht ist er es nicht. Vielleicht ist er nur ein normales Kind.

Vielleicht muss ich ihn nicht umbringen.

Er sah normal aus. Abgelatschte Turnschuhe, ein Paar Jeans mit Dehnbund und ein blaues Crystal-Palace-Oberteil.

Ein Junge von hier.

Normal, bis auf die Male an seinem Hals. Seine weiße Kehle war von dunkelvioletten Blutergüssen umgeben.

Billi holte tief Luft und stieg über den alten Absperrzaun; das Herz pochte ihr heftig unter den Rippen. Der Spielplatz war kiesbestreut. Überall lag Müll: alte Dosen, schimmelige Zeitungen und brüchiges, braunes Laub, das von den skelettartigen Bäumen auf der Hügelkuppe heruntergeweht war. Aber die Fäulnis war nicht nur auf sanfte Alterungsprozesse zurückzuführen. Alle Anzeichen waren da.

Für eine Verwüstung: einen Ort des Bösen. Unschuldiges Blut war vergossen worden und hatte den Boden selbst besudelt. Billi nahm an, dass sie, wenn sie zu lauschen gewagt hätte, noch immer das Echo von Todesschreien im Wind hätte hören können – und das Rascheln von Blättern im letzten Atemzug eines Kindes. Ein süßlicher, öliger Dunst stieg aus der Erde auf. Er hatte schon vorher in der Luft gelegen, aber als Billi die Schwelle überschritt, wurde er doppelt so dicht, und nach einigen Schritten fühlte sich ihre Lunge an, als würde sie darin ertrinken. Die wenigen Blumen und Gräser, die hier sprossen, waren grau und missgestaltet. Glänzende schwarze Käfer huschten mit gepanzerten Körpern über die Steine; dicke weiße, leuchtende Würmer wanden sich unter ihren Füßen.

»Hallo«, sagte der Junge.

»Hallo«, sagte Billi.

Der Junge sah sie an. Ihm fehlte ein unterer Schneidezahn,

aber abgesehen davon ließen seine Milchzähne sein Lächeln weich und ungezwungen wirken.

Genau wie auf dem Foto.

Ich könnte mich trotzdem irren.

Aber mit jedem weiteren Schritt wurde ihr klarer, dass sie sich nicht täuschte. Wegen der Blutergüsse.

Billi blieb ein paar Meter von ihm entfernt stehen. Die Male ließen auch nach all dieser Zeit noch die Abdrücke von Fingern erkennen.

»Bist du zum Spielen hier?«, fragte er.

Sieh ihm in die Augen. Das hatten sie ihr gesagt. War das nicht eine der ersten Lektionen, die sie im Orden gelernt hatte? Die Fenster der Seele. Sie hatte oft in ihre eigenen schwarzen Augen gestarrt und sich gefragt, was wirklich dahinter lag. Vielleicht nur noch mehr Dunkelheit.

Der Junge stieg von der Schaukel, und Billi trat einen Schritt zurück; sie konnte nicht anders.

Er sah zu ihr hoch, so dass der Mond ihm direkt ins runde Gesicht mit der Zahnlücke schien. Seine Augen funkelten wie Spiegel, wie Katzenaugen. Billi starrte sie an, aber da war nichts, nur ein leeres Spiegelbild.

Er ist es.

»Es tut mir leid, Alex. Ich bin hier, um dich zurückzubringen.«

»Woher weißt du, wie ich heiße?«

Was gab es schon, was sie nicht über ihn wusste? Sie hatte die alten Zeitungen gelesen und sich eine Woche lang durch die Bibliotheksarchive gewühlt. Sogar den verblassten, selbstgedrehten 8-mm-Film hatte sie sich angesehen, eine flackernde, gelbstichige Illusion von Leben auf einem weißen Bettlaken.

Alexander Weeks. Sechs Jahre alt. Bartholomew Street 25. Schüler an der St.-Christopher's-Grundschule. Bruder von Penny.

Zuletzt 1970 gesehen.

»Aber ich bin gerade erst hergekommen. Ich will zu meiner Mama.«

Einziger Sohn von Jennifer und Paul Weeks. Billi erinnerte sich, wie die beiden mit ihrem Vater in der Kirche gesessen und ihm ihr altes Fotoalbum gezeigt hatten. Wie sie ihm erzählt hatten, dass sie sogar jetzt noch von Alex träumten.

Dass sie in manchen Nächten sein Gesicht vor ihrem Fenster sahen.

»Ich weiß. Aber du kannst nicht hierbleiben.«

Sie hatte darauf hingewiesen, dass sie erst fünfzehn war, ein Jahr jünger als üblich. Aber ihr Dad hatte darauf bestanden. Es war an der Zeit. Die Feuerprobe. Ihre letzte Prüfung, bevor sie in den Orden aufgenommen werden würde.

Und niemand widersprach Arthur SanGreal.

Sie hatte mit einer heftigen Prügelei gerechnet. Einem Kampf, viel Krach und Wut. Warum sonst all die zusätzlichen Schwertkampfstunden bei Percy? Ihre Arme und Beine waren eine eng beschriebene Landkarte aus Prellungen und Schnitten und zogen in der Schule schon genug Aufmerksamkeit auf sich. Sie hatte gedacht, dass es ein Duell gegen einen der echten Unholde geben würde. Einen Mondsüchtigen, eine Reißzahnfresse, vielleicht sogar einen Höllenhund.

Nicht dies.

Nicht den Mord an einem kleinen Kind.

Billi machte noch einen Schritt.

»Warum? Das ist nicht fair!« Die Schaukeln beiderseits von ihm rasselten aufgeregt mit den Ketten. Billi spannte sich an. Sie bekam sogar unter dem Fleece eine Gänsehaut auf den Armen. Alex strahlte Kälte aus.

»Ich weiß, mein Sohn.«

Billi wirbelte herum.

Ihr Vater stieg über den kaputten Zaun und ging auf sie zu. Er trug seinen Anzug – seinen einzigen Anzug. Dunkelblau und so abgewetzt, dass er glänzte. In der linken Hand hielt er eine Schwertscheide, in der rechten ein Schwert. Anderthalb Meter lang. Sein Griff trug das Symbol des Ordens: zwei Ritter zusammen auf einem Pferd. Die breite Klinge leuchtete im Mondschein gespenstisch silbrig. Es war eine brutale Hiebwaffe.

Der Junge sah ihn an. »Bist du etwa hier, um mich zu töten?«

Arthur blieb auf halbem Weg zwischen ihnen und dem Zaun stehen und warf die Scheide weg. Er lächelte Alex an, aber es war ein müdes, schwaches Lächeln. Und in seinen eisblauen Augen lag keinerlei Sanftheit.

»Nein, Junge. Du weißt, dass ich das nicht kann.« Er warf einen Blick zu Billi hinüber. »Du bist bereits tot.«

»Das ist nicht fair!« Die Schaukeln schlugen nun wild hin und her und gegeneinander; das Karussell erwachte knarrend zum Leben und drehte sich langsam. Die rostige Achse knirschte in der korrodierten Fassung.

»Der Mann hat gesagt, ich könnte die Vögel füttern! Der Mann hat gesagt –«

»Er ist für das bestraft worden, was er getan hat«, sagte Arthur.

»Ist er in der Hölle?«, fragte Alex.

»Das ist er, das verspreche ich dir.«

Der Junge wimmerte. »Ich wollte nicht sterben!« Er hielt die Hände hoch. »Bitte, lasst mich hierbleiben!« Kristallklare Tränen tropften ihm übers Gesicht, und sein Mund und sein Kinn zogen sich jämmerlich zusammen. »Es ist dunkel, und ich bin so allein! Es ist dunkel, und ich habe Angst!« Er trat flehentlich näher heran.

Er ist nur ein kleiner Junge …

»Nein, Billi!«, rief Arthur, aber es war zu spät. Billi sank auf die Knie und nahm Alex in den Arm. Sie zog ihn an ihr Herz und …

… die Kälte dringt ihr in die Poren und durchtränkt ihre Haut mit Eis. Wie Gift überflutet schwarzer Eiter ihre Adern, pumpt sie voll mit Alex' Verzweiflung, Neid und

HASS,

weil er von schwitzigen Händen und erdrückenden Fingern aus dem Sonnenlicht gerissen wurde, in den Schmutz und das gefallene Laub, so dass er nie mehr die

WÄRME

spürte, die er so sehr vermisst und mehr als alles andere will, und so saugt er sie ihr aus und lässt nur Kälte zurück, die ihr bis ins brüchige Mark dringt, saugt ihr die Luft aus der Lunge, weißer Frost, und ihr

FLEISCH

schlägt Blasen, und Tränen gefrieren auf ihren Wangen, während sie Alex in die Augen starrt, die schwarz und voll Bosheit sind und sich nur an die

TODESQUAL

erinnern, die er nicht vergessen kann, und sie verzehrt ihn wie ein entsetzliches Virus, das er nicht eindämmen kann, und so muss auch sie

LEIDEN,

wie er es getan hat, und die Kälte versengt ihr Herz, während er tiefer wühlt, an ihr reißt, damit sie zu ihm in die Dunkelheit kommt, weit, weit weg . . .

Kräftige Finger gruben sich tief in Billis Schultern, rissen sie los. Arthur schleuderte sie von dem Jungen weg, und sie stürzte in den Kies und landete hart auf der Wange.

Sie konnte sich nicht rühren; sie war zu Eis erstarrt. Ihre Finger waren verkrümmte Klauen, die immer noch vor tiefer Kälte zitterten.

Besessenheit. Es hatte versucht, von ihr Besitz zu ergreifen. Es war nicht Alex. Nicht mehr. Sie versuchte aufzustehen, aber ihre Beine ließen sich nicht beugen; sie fühlten sich brüchig wie Eiszapfen an.

»Billi!«, rief Arthur.

Ein lautes Krachen ertönte, als der hölzerne Sitz einer Schaukel zerbrach und die beiden losen Ketten ausschlugen. Billi duckte sich, als eine über sie hinwegzischte, aber Arthur bekam einen Schlag quer über die Stirn. Das Schwert flog davon, er stolperte und wurde dann vom Boden hochgerissen, als die Kette sich um seinen Hals schlang.

Und zuzog.

Er hing vom Dreiecksrahmen der Schaukel: ein perverser Spielplatzgalgen. Arthur zerrte verzweifelt an der Schlinge, und sein Gesicht wurde tiefrot.

»Lass ihn los!«, schrie Billi. Sie beugte sich vor und stemmte sich auf die Füße; ihre Beine zitterten heftig.

Aber Alex hörte nicht auf sie. In ihm tobte ein schwarzes, wildes Feuer, und er stieß ein animalisches Geheul aus, während ihr Vater am Ende der Kette baumelte. Der Schrei schnitt Billi durch die Haut wie ein Dolchstoß.

Alex hätte nie einen solchen Laut hervorbringen können. Das konnte kein Kind.

Das Schwert befand sich zwischen ihnen, steckte mit der Spitze im Boden, so dass es aufrecht stand wie ein stählernes Kreuz.

»Bitte, Alex!«, flehte Billi. Arthurs Hände sanken herab, und er erschlaffte.

Aber Alex – oder das Ding, das vorgab, ein lebendiger Junge zu sein – lachte nur und wedelte mit den Armen, ein wahnsinniger Puppenspieler, der den Körper ihres Vaters als Marionette missbrauchte.

Billi stürmte vorwärts und riss das Schwert in einem Regen aus Dreck und Insekten an sich. Alex drehte sich um, und sie versetzte ihm einen Tritt in den Brustkorb, so dass er zu Boden stürzte.

Sie hielt das Schwert mit der Spitze nach unten über ihn.

»Möge Gott mir vergeben!«, flüsterte sie.

Und rammte dem Kind die Klinge ins Herz.

Das Kreischen zerriss den Himmel, und Billi erschauerte, aber ihre Finger schlossen sich fester um den drahtumwickelten Schwertgriff. Schwarze Galle, die fast lebendig wirkte, sprudelte aus der Wunde, spritzte ihr ins Gesicht und durchtränkte ihre Kleidung. Sie würgte, als kleine Tropfen von Ektoplasma ihr in den Mund gerieten und die Kehle hinabliefen.

Sie rammte ihr Schwert tiefer hinein, nagelte Alex an den Boden.

Auf den Schwertgriff gestützt wühlte sie mit einer Hand in ihrer Tasche und zog eine kleine Silberphiole hervor. Ihre schwitzigen Finger konnten den Verschluss nicht öffnen, also biss sie ihn ab. Dann schmierte sie sich das durchsichtige Öl auf die Finger.

Alex starrte sie mit großen Augen an, als sie das leere Fläschchen wegwarf. Billi ließ das Schwert los und sank neben ihm auf die Knie.

»Nein, Billi! Bitte! Ich will nicht weggehen!« Er boxte, schrie und kratzte, während sie versuchte, seinen Kopf still genug zu halten, um ihn mit dem Kreuz zu zeichnen. Er zog an ihrem kurzen, schwarzen Haar und spuckte stinkendes, öliges Blut.

»Exorcizo te, omnis spiritus immunde, in nomine Dei Patris omnipotentis«, deklamierte sie. Sie hielt seinen Kopf mit der linken Hand fest und drückte Zeige- und Mittelfinger ihrer rechten Hand auf seine Stirn, dann auf sein Kinn und schließlich auf beide Wangen.

»Bitte, Billi. Lass mich hierblieben. Nur noch ein bisschen«, wimmerte er.

Billi versuchte, die Verzweiflung in Alex' Stimme zu ignorieren. Sie musste das hier zu Ende bringen. *»Ego te linio oleo salutis in Christo Jesu Domino nostro, ut habeas vitam aeternam!«*

Billi sprang beiseite, als Alex' Körper in Krämpfe verfiel. Galle floss ihm aus den Augen, Nasenlöchern, Ohren und dem Mund, große Mengen einer blubbernden, giftigen Flüssigkeit, die die Luft mit dem Gestank gewaltsamen Todes erfüllte. Alex' Schreie wurden schwächer, während der Ausfluss nachließ; sein Körper verfiel vor ihren Augen.

»Was hast du getan?«, zischte der Junge; seine Augen funkelten vor dämonischem Wahnsinn.

»*Deus vult*«, flüsterte Billi. Das war der Schlachtruf des Ordens, aber in diesem Augenblick kam er ihr wie ein Fluch vor.

Gott will es.

Alex stieß einen letzten Schrei aus und löste sich dann auf: Ein schwacher Umriss blieb noch für einen Augenblick bestehen, bevor auch er in einem Windhauch verflog. Billi starrte den leeren Fleck an. Nur die schwarze Verfärbung und der üble Gestank waren noch da. Sie schlug die Hände vors Gesicht.

Ich habe ihn getötet.

Sie hatte die Feuerprobe bestanden; sie hätte sich freuen sollen. Sie hatte so lange und hart dafür trainiert.

Doch stattdessen fühlte sie sich elend und leer.

Arthur krachte befreit von den jetzt leblosen Ketten zu Boden. Er wurde von einem trockenen, rauen Husten geschüttelt. Dann kam er langsam auf die Beine. Er stolperte zu ihr hinüber und stellte sich neben sie, um den dunklen Umriss zu mustern.

»Gut gemacht. Ein sauberer Todesstoß!«, krächzte er und rieb sich die Blutergüsse am Hals. Dann sah er, dass Billi von schleimigem Blut bedeckt war. »Im übertragenen Sinne.«

Arthur schlang die Finger um sein Schwert und rüttelte daran, bis es sich löste. Er wischte die Klinge mit einem alten Lappen ab und untersuchte die Schneide Zentimeter für Zentimeter auf neue Scharten oder Kerben. Am Ende nickte er befriedigt, hob die Scheide auf und schob die Waffe hinein.

»Wie war es in der Schule?«, fragte er.

»Was?«

»In der Schule. Du warst doch dort, oder?«

»In der Schule? Wie kannst du nach dem, was ich gerade getan habe, über die Schule reden?«

»Getan? Was du getan hast, war, eine gemarterte Seele zu befreien! Ganz gleich, wonach es ausgesehen und was es gesagt hat, das war nicht Alex Weeks. Es war ein böser Geist, der die dunkelsten Emotionen dieses Kindes benutzt und seine Seele verdorben hat.« Er sah zu den kaputten Schaukeln hinüber. »Die Toten sollten nicht hierbleiben.«

»Gott verdammt, wie kannst du so kaltherzig sein?«

»Keine Blasphemie, Billi.«

Der Boden wankte unter ihr, und der Magen drehte sich ihr um. Sie sog die kalte Nachtluft ein, aber in ihrem Magen blubberte irgendetwas Fauliges. Arthur legte ihr unbeholfen die Hand auf die Schulter. »Wie fühlst du dich?«

Sie hätte beinahe gelacht. Wie sie sich fühlte? Nach dem, was sie getan hatte? Sie stolperte auf den Zaun zu und hielt sich den Bauch. Das Ektoplasma krümmte sich in ihr wie Schlangen, die ihre Kehle hinaufkrochen.

»Ich fühle mich …«

Sie fiel auf die Knie und übergab sich. Das Erbrochene war schwarz.

Ihr Körper bäumte sich bei jedem Schub auf. Arthur hockte sich neben sie und zog ein zerknautschtes Päckchen Zigaretten aus der Tasche. »Ja, bei mir war es beim ersten Mal genauso. Willkommen bei den Tempelrittern.«

2

Billi ließ sich auf den Rücksitz des klapprigen alten Jaguar ihres Vaters sinken. Die Augen fielen ihr in dem Moment zu, als ihre Wange das vertraute, abgewetzte Leder berührte. Der Sitz erbebte, als der Motor stotternd zum Leben erwachte, ganz so, als ob das alte Auto erst wachgerüttelt werden musste, bevor es sich bewegen konnte. Ihr Vater redete immer noch, aber sie verstand es nicht, weil gleichzeitig *Radio 4* aus den Lautsprechern rauschte und der Motor dumpf dröhnte. Er redete ohnehin nur über Templerkram, und davon hatte sie heute Nacht genug. Mehr als genug.

Willkommen bei den Tempelrittern.

Als ob sie je eine Wahl gehabt hätte!

Das Fahrzeug begann rhythmisch zu ruckeln. Billi schloss endgültig die Augen und gab ihrer Erschöpfung nach.

Willkommen bei den Tempelrittern.

Sie tut so, als würde sie schlafen. Sie hört, wie die Tür sich einen Spaltbreit öffnet, und ein Lichtkegel fällt ins Zimmer und über ihr Bett. Billi hält die Augen geschlossen und atmet ganz sacht ein und aus.

Die Bodendielen knarren, obwohl der Besucher versucht, leise zu sein. Sie muss nicht hinsehen, um zu wissen, wer es ist. Eine Hand streicht ihr das Haar aus dem Gesicht, und sie nimmt den vertrauten Geruch nach Schweiß, Öl und Leder wahr.

Dad.

»Sie warten, Art«, kommt ein lautes Flüstern von neben der Tür. Die Stimme ist tief und sanft. Percy, ihr Patenonkel.

Die Hand streicht ihre Decke glatt und bleibt kurz auf ihrer Schulter liegen. Dann seufzt ihr Vater und wendet sich ab. Einige Augenblicke später schließt sich die Tür, die Dunkelheit kehrt zurück, und der Schnapper fällt ins Schloss.

Billi wartet eine Minute lang reglos ab und schlüpft dann aus dem Bett. Sie ist groß für ihr Alter, aber leicht. Die Bodendielen knarren noch nicht einmal, als sie darübergeht. Dann steht sie an der Tür und lauscht.

Gedämpftes Stimmengemurmel dahinter. Sie kann keine einzelnen Worte verstehen, aber sie hört das Schrammen von Stuhlbeinen über nacktes Holz und das Geräusch laufender Wasserhähne: Sie sind unten in der Küche.

Billi weiß, dass das, was sie tut, falsch ist, aber sie muss es einfach wissen. Ihr Dad belügt sie.

Warum?

Warum liegen halbverbrannte Verbände im Kamin? Blutige Verbände.

Wohin geht er, wenn er glaubt, dass sie schläft?

Und warum hat sie Angst, dass er vielleicht nie zurückkommen wird?

Billi öffnet die Tür und schlüpft durch den engen Spalt. Sie huscht den kurzen Flur entlang und hockt sich dann am oberen Ende der Treppe hin.

Und lauscht.

»Wenn der Junge recht hat, haben wir keine Wahl.«

Das ist ihr Dad; er klingt müde. Was für ein Junge? Es kann keiner aus der Schule sein – die anderen Eltern lassen ihre Kinder nicht mehr mit ihr spielen. Vielleicht geht es um den Jungen, den Pater Balin letzte Woche mitgebracht hat. Den mageren Jungen mit den riesengroßen blauen Augen und dem weißen Haar. Wie hieß er doch gleich? Sie erinnert sich.

Kay.

»Ein Mädchen? Im Orden? Das wäre keine bloße Dummheit – das ist Häresie!« Die Stimme klingt harsch und wutentbrannt: Gwaine. Warum ist er immer so ärgerlich? Er und ihr Vater waren doch früher befreundet.

»Art, schenk ihr wenigstens noch ein paar Jahre Freiheit – sie ist erst zehn«, sagt Percy.

Sie reden über sie! Billi hält den Atem an. Sie will alles hören. Sie setzt einen Fuß auf die Stufe und verlagert ihr Gewicht langsam darauf. Sie macht einen zweiten leisen Schritt, dann noch einen, und bald ist sie unten, kauert sich neben die Tür.

Der Wasserhahn läuft, und Wasser plätschert in einen Kessel.

»Ihr wisst doch, was die Jesuiten sagen«, sagt ein anderer; es ist der leicht walisische Akzent ihres Babysitters, Pater Balin. »Gebt mir einen siebenjährigen Jungen, und ich gebe euch den Mann.«

Gwaine knurrt: »Wir sind keine verdammten Jesuiten! Wir sind –«

»Genug. Ich habe meine Entscheidung getroffen«, sagt ihr Dad, und alle halten den Mund. So, als hätten sie Angst vor ihm. Warum? Er ist nicht wichtig. Er ist bloß Pförtner hier im Middle Temple, genauso wie Percy und Gwaine. Er repariert Sachen. Er pflegt Gärten und gießt die Blumen auf den Fluren. Nicht wahr?

Oder vielleicht kennt Billi ihren Vater überhaupt nicht.

»Glaubt ihr etwa, dass ich glücklich darüber bin? Über alles, was sie wird durchmachen müssen?«

Warum reden sie über sie? Muss sie schon wieder die Schule wechseln?

Als sie durch den schmalen Spalt späht, sieht sie, wie Pater Balin den alten Stahlkessel auf das Elektrokochfeld stellt. Percy, Gwaine und ihr Dad sitzen am Küchentisch. Sie entdeckt etwas Metallisches, Funkelndes darauf. Dann verschiebt Percy, der der größte Mensch ist, den Billi kennt, seinen Stuhl und versperrt ihr die Sicht. Aber als er sich bewegt, erspäht Billi etwas anderes. Etwas, das in einen schwarzen Plastikmüllbeutel gewickelt ist.

Und vor Blut trieft.

Gwaine schüttelt den Kopf. »Du hast nicht das Recht, solche Entscheidungen zu treffen, nur weil du der Meister bist, Art.«

Meister? Wovon spricht Gwaine? Meister worin?

»Im Gegenteil, Gwaine – dass ich der Meister bin, gibt mir genau dieses Recht.«

Gwaine beugt sich abrupt vor. »Die letzten neunhundert Jahre hat der Orden sich an die Templerregeln gehalten – seit Bernhard von Clairvaux! Du kannst die Regeln nicht einfach über den Haufen werfen und dir eigene ausdenken!«

Arthur lehnt sich mit verschränkten Armen auf seinem Stuhl zurück. »Das kann ich – und das habe ich getan.« Er deutet auf den Priester. »Balin, sie wird bei dir Latein, Altgriechisch und Okkulte Überlieferung lernen.« Er klopft Percy auf die massige Schulter. »Percival, Waffentraining.«

Billi sieht ein dünnes Lächeln auf Percys Lippen.

»Natürlich«, sagt er. »Irgendwelche besonderen Wünsche? Schwerter, Dolche, Stockkampf?«

»Alles«, antwortet Arthur. »Ich werde sie im unbewaffneten Kampf unterweisen.«

»Arthur, ich flehe dich an: Denk noch einmal darüber nach.« Gwaine. Er gibt einfach nicht auf. »Denk an das, was Jamila zugestoßen ist.«

Billi zuckt zusammen, als er ihre Mom erwähnt. Es ist still im Raum, und sie sieht zu Arthur hinüber. Er ist aufgestanden, stocksteif. Sogar jetzt, fünf Jahre nach dem Mord an ihrer Mom, kann sie den Schmerz noch über sein Gesicht huschen sehen.

Arthur sticht mit dem Finger nach Gwaine. »Geschichte und Arabisch.«

Gwaine springt auf; sein Gesicht ist puterrot. »Deine Arroganz hat deine Frau umgebracht und wird auch noch deine Tochter umbringen!«

Billi schreit auf, als Arthurs Faust die kurze Strecke quer über den Tisch hinwegsaust, Gwaine mit voller Wucht am Kiefer trifft und ihn von seinem Hocker schleudert. Gwaine stürzt schwer, wirft Balin mit um und reißt das Tablett mit den Bechern in die Luft, so dass es auf den gefliesten Fußboden fällt. Billi schreit erneut, als die Becher zerbrechen und der Tee überall hinspritzt.

Aber die anderen ignorieren das zerbrochene Geschirr.

Sie starren alle sie an.

Stuhlbeine schrammen mit einem durchdringenden Quietschen über den Boden. Arthurs Gesicht ist kalt, ausdruckslos und Furcht erregend. Er deutet auf einen Punkt vor sich. »Hierher. Sofort.«

Gwaine kämpft sich auf die Beine und ignoriert Percys Hilfsangebot. »Du kleiner Spitzel! Wie lange hat sie schon zugehört?«

»Halt den Mund, Gwaine«, sagt Percy.

Billis Blick begegnet Gwaines, und heißer Zorn wallt in ihrer Brust auf. Er hat unrecht! Der Tod ihrer Mutter war nicht die Schuld ihres Vaters. Er hat sie geliebt. Er hätte ihr nie wehgetan. Und er würde Billi nie wehtun. Sie weiß, was sie an den Schultoren flüstern, aber es stimmt nicht. Ihr Vater wurde freigesprochen. Das hat der Richter gesagt.

Es dauert ewig, den Raum zu durchqueren. Sie sieht zu Percy hoch, um Trost zu finden – ihr wird nichts Böses geschehen, wenn er hier ist –, aber die gewöhnlich so freundliche Miene des Westafrikaners ist verschwunden. Stattdessen ist sein Gesicht hart und gefühllos wie Fels.

Sie bleibt vor ihrem Vater stehen und zwingt sich, seinem strengen Blick standzuhalten. Es gelingt ihr, aber sie kann ihre Beine nicht davon abhalten zu zittern.

»Warum hast du spioniert?«, fragt er. Es ist seltsam, wie leise und tonlos die Stimme ihres Dads wird, wenn er wütend ist.

»Ich ... wollte es einfach wissen.«

»Was?«

Billi holt tief Luft. Alles. Sie will alles wissen. Aber wo soll sie anfangen? Warum hat Gwaine das gesagt? Warum reden sie so über sie? Da wird sie anfangen – bei ihm.

»Wohin du gehst. Was du tust.«

Arthur blickt sie sehr lange schweigend an. Es ist, als ob er in ihren Augen nach etwas sucht. Am Ende nickt er knapp. »Dann sieh dir an«, sagt er, »was ich tue«, und tritt vom Tisch zurück.

Billi schnappt nach Luft. Auf dem dunklen Eichentisch liegt ein Schwert. Es ist riesengroß. Die Klinge ist breiter als ihre Hand, und die gesamte Waffe ist länger als sie. Der Knauf ist ihr zugewandt, und sie bemerkt, dass darin ein Bild eingraviert ist: zwei Ritter, die auf ein und demselben Pferd sitzen. Obwohl die Klinge abgewischt worden ist, sind auf dem polierten Stahl noch Blutspuren zu sehen.

Neben dem Schwert liegt ein großer Revolver mit langem Lauf. Drei Kugeln sind daneben aufgereiht. Aus Silber.

Sie starrt die Waffen an. Dann dreht sie sich zu ihrem Vater um. »Ihr seid aber keine . . . Bankräuber, oder?«

Arthur sieht sie beinahe verächtlich an, sagt aber nichts. Er wickelt das schwarze Plastikpaket aus.

Billi kann gerade noch einen Schrei unterdrücken, als sie die abgeschlagene Gliedmaße darin sieht.

Es ist die Vorderpfote eines Hundes. Sehr muskulös, mit grauem Fell und gelben Krallen, die so lang wie ihre Finger sind. Der Hund muss so groß wie ein Löwe gewesen sein!

»Du hast einen Hund getötet?«

»Einen Wolf«, sagt Arthur. »Zeig's ihr, Balin.«

Balin nimmt sanft das Silberkreuz ab, das er um den Hals trägt, und hält es fest in der rechten Faust, während er mit der linken Handfläche die Pfote berührt.

»Exorcizo te«, *flüstert er und tritt dann zurück.*

Billi sieht die Pfote an. Nichts passiert.

Ist das eine Art Scherz? Wussten sie, dass sie spioniert? Sie rechnet halb damit, dass sie alle vor Lachen losprusten werden, weil es ihnen gelungen ist, ihr solche Angst zu machen.

Die Pfote krümmt sich. Die dicken Krallen ziehen sich ins Fleisch zurück, und die drahtigen grauen Haare werden dünner und versinken in der Haut. Das Glied verdreht und verwandelt sich, ändert Form und Farbe. Die Haare sind jetzt ganz verschwunden und haben nur fahle, weiße Haut zurückgelassen. Die Pfote ist jetzt eine Hand mit fünf Fingern, die Gliedmaße nicht länger das Vorderbein eines gewaltigen Wolfs, sondern der Unterarm eines Mannes. Billi zittert am ganzen Körper, und ihre Haut ist von kaltem Schweiß überzogen. Sie will wegrennen und den Kopf unter den Kissen verstecken, aber sie kann den Blick nicht von dem abgeschlagenen Arm lösen.

»Fass ihn an«, sagt Arthur.

»Nein!«

»Fass ihn an.«

Billi sieht den Arm an. Seine Verwandlung ist vorüber. Sie kann erkennen, dass die Fingernägel, obwohl sie eingewachsen und schmutzverkrustet sind, nur normale Nägel sind, keine Krallen. Genauso ist es mit dem Arm. Sie streckt die Hand aus, befürchtet, dass er zum Leben erwachen und sie packen könnte.

Aber das tut er nicht. Sie senkt die Hand und legt sie auf die Haut, die sich tot anfühlt … wie Fleisch. Gar nicht so anders als das Hühnchen vom Schlachter. Kalt, etwas hart, aber kein Arm mehr, nur toter Stoff. Ihr Herzschlag, der noch vor Sekunden mit hundert Meilen pro Stunde gerast ist, kommt zur Ruhe, und das Zittern legt sich Stück für Stück.

Nur totes Fleisch.

Sie tritt zurück, und Arthur wickelt den Arm wieder ein. Er legt ihr die Hand auf die Schulter und sieht ihr tief in die Augen.

»Wenn man Angst hat, kommt einem der Wolf größer vor«, sagt er.

Die Kälte der Zeit vor der Morgendämmerung knabberte an Billis Nacken und riss sie aus ihrem Traum. Nein, kein Traum, sondern eine alte Erinnerung: fünf Jahre alt und doch noch immer kristallklar. Sie erinnerte sich, wie Gwaine Arthur danach finster angestarrt hatte und an die halbherzige Entschuldigung für den Vorwurf, den er ausgesprochen hatte. Aber seitdem hatte zwischen ihnen böses Blut geherrscht – bis heute. Sie erinnerte sich nicht an vieles davor: Es war, als ob jene Nacht der Beginn ihres Lebens gewesen sei. Sie stöhnte, rollte sich auf dem Sitz zusammen und versuchte, den Luftzug auszusperren, der durch die offene Tür hereindrang.

»Wir sind zu Hause«, sagte Arthur. »Hol dir was zum Frühstück. In einer Stunde ist die Matutin.«

Billi warf einen Blick auf ihre Armbanduhr. 5 Uhr 33. Die Vögel waren noch nicht einmal wach, und er wollte sie beim Frühgebet haben? War es nicht genug, dass sie die Nacht damit verbracht hatte, gegen einen Geist zu kämpfen? Sie sah zu, wie er den Kofferraum öffnete und das Templerschwert herausholte. Er zog es halb aus der Scheide und rammte es dann wieder hinein.

»Kann ich keinen Sonderdispens bekommen? So nach der Feuerprobe?«

Arthur schüttelte den Kopf. »Nur ein Grund mehr, dass du beten und Dank sagen solltest!«

Dank? Dank dafür, dass fast von ihr Besitz ergriffen worden wäre? Dank für das, was sie getan hatte? Sie versuchte sich daran zu erinnern, dass sie keinen sechsjährigen Jungen getötet hatte, versuchte zu glauben, dass es ein bösartiger Geist in Gestalt eines Kindes gewesen war, aber es war schwer. Billi rutschte vom Sitz herunter auf die Füße und schlang sich die Arme um den Oberkörper. Es war noch dunkel, und die kalte Brise trug einen Ahnung von Winter mit sich. Sie erschauerte.

»Hör auf damit«, sagte Arthur, »ein Templer zittert nicht.« Sie blickten einander in den Augen. Er konnte nicht mehr so auf sie herabsehen, wie er es früher getan hatte: Sie war zu groß. Vielleicht war er gar nicht wirklich ihr Vater. Das würde einiges erklären – sie hätten gar nicht verschiedener sein können. Sie war wie ihre pakistanische Mutter, hochgewachsen, dünn und dunkeläugig. Er war stämmig, mit einem blassen, rauen Gesicht, das in Jahren des Kampfes hart geworden war und von diesen stechenden blauen Augen dominiert wurde. Sein Haar war nicht mehr so schwarz wie früher, sondern stark von Grau durchsetzt. Er schüttelte kaum merklich den Kopf, drehte sich um und ging davon.

Billi kämpfte den Drang nieder, ihm den Stinkefinger zu zeigen. »Ich komm schon«, murmelte sie.

Sie ging über den kopfsteingepflasterten Hof des King's Bench Walk, schlüpfte zwischen den wenigen Autos hindurch, die noch dort parkten, und rannte ihrem Vater nach, zu ihrem Haus in der Middle Temple Lane. Die Templer besaßen noch immer einige Wohnhäuser im Temple-Viertel, und das enge, edwardianische Haus gehörte dazu. Die Farbe blätterte von den Fensterrahmen ab, die Ziegelmauern hätten neu verfugt werden müssen, und die Dachziegel waren uneben und lückenhaft. Über der rot gestrichenen Tür lag eine kleine Nische, in der eine Schnitzerei stand, die den heiligen Georg als Drachentöter zeigte. Arthur schloss die Tür auf, und Billi hüpfte hinter ihm ins Haus.

Ihr Dad knipste das Licht im Flur an. Der sanfte, goldene Schein beleuchtete den dunklen Holzboden und wärmte den ausgeblichenen Teppich, der zu der schmiedeeisernen Wendeltreppe am anderen Ende führte.

»Was, keine Luftballons?«, fragte Billi trocken.

»Wenn du Luftballons willst, geh doch zum Zirkus.«

Typisch. Er hatte das gewollt. Aber kein Wort des Lobes. Alle übrigen Templer waren als Erwachsene rekrutiert worden, nur sie und Kay waren dem Orden als Kinder beigetreten. Kay, der einzige Freund, den sie je gehabt hatte. Aber sogar er war jetzt fort, weggeschickt von ihrem Vater.

Billi ging durch den schlecht beleuchteten Flur, vorbei an Porträts der alten Großmeister und Darstellungen berühmter Schlachten. Vor Jacques de Molay, dem letzten Templergroßmeister, hielt sie inne und hängte ihren Mantel an den Haken daneben. Da stand er, prächtig in seine Rüstung und den weißen Mantel gekleidet, das leuchtend rote Kreuz auf dem weißen Waffenrock, die Hand aufs Schwert gestützt.

Was hätte er vom jetzigen Orden gehalten? Einer Handvoll Krieger, die beinahe mittellos im Verborgenen lebten und von ihrem Dad angeführt wurden, einem ehemaligen Kriminellen und absoluten Rabenvater? Sie schüttelte den Kopf. Er hätte nichts von ihnen gehalten. Der ursprüngliche Orden war längst verschwunden. Jacques de Molay war als Ketzer und

Teufelsanbeter von der Inquisition auf dem Scheiterhaufen verbrannt worden.

Arthur verschwand in der Küche im ersten Stock; Billi ging bis in den zweiten Stock weiter und zog die Stiefel aus, bevor sie ins Badezimmer schlurfte. Die Rohre knarrten, als sie den Heißwasserhahn der Badewanne voll aufdrehte.

Während der Dampf aufstieg, nahm sie die Blutergüsse von heute Nacht in Augenschein. Der auf ihrer Wange war leuchtend purpurfarben; sie würde keine Chance haben, ihn unter Make-up zu verstecken.

Verdammt. Der Schulsozialarbeiter war schon misstrauisch genug.

Der Schnitt an ihrem Knie, den sie sich beim Schwertkampftraining am Montag zugezogen hatte, war fast verheilt – sie hatte Glück gehabt, dass er nicht hatte genäht werden müssen –, aber dank Percy und seinem Kampfstock verlief eine tiefrote Schwiele quer über ihre Rippen. Sie drehte sich langsam und zuckte zusammen, als die Muskeln sich unter ihrer glänzenden, dunklen Haut verschoben.

Wenigstens habe ich keine gebrochenen Rippen. Billi starrte sich selbst an, bis sie im heißen Nebel verschwunden war. Dann drehte sie sich um und stieg todmüde in die Badewanne.

Nachdem sie sich angezogen und gegessen hatte, brach Billi zur Matutin auf. Sie hatte in ihrem Zimmer eine Schachtel Pralinen von Percy gefunden, ein Geschenk mit »Glückwünschen dazu, die Feuerprobe überlebt zu haben und nicht tot zu sein«. Nichts von Dad – *quelle surprise.*

Sie hatte gehofft, dass etwas von Kay da sein würde. Sie

hatte seit über einem Jahr nichts von ihm gehört, aber sie hatte angenommen, dass er wenigstens aus diesem Anlass versuchen würde, Kontakt zu ihr aufzunehmen. Aber noch nicht einmal eine Karte oder eine SMS. Toller Freund! Billi versetzte einer Dose einen Tritt, so dass sie über den Hof rollte. Freunde? Die brauchte sie nicht.

Sie sah zur Temple Church empor und hielt, wie immer, inne. Die Kirche stand in den Morgennebel gehüllt da; die zartgelben und orangefarbenen Wände glänzten in der Herbstdämmerung wie Eierschalen. Die Steinplatten funkelten vor Raureif, und die hohen, spitz zulaufenden Buntglasfenster in den aufragenden Wänden wirkten wie Portale der Unterwelt, Tore aus poliertem, schwarzem Marmor.

»Hier entlang! Schnell, Mrs Higgins.« Billi sah etwas Scharlachrotes jenseits des Kreuzgangs am Church Court vorbeihuschen. Plötzlich quoll ein Dutzend Gestalten daraus hervor, angeführt von einer hochgewachsenen Frau, die einen leuchtend roten Regenmantel trug. Sie ging auf die Templersäule zu, eine zehn Meter hohe Steinsäule, die das Emblem des Ordens trug.

Halb sieben. Es musste eine Führung von *Monarch Tours* sein. Nur die fingen so früh an.

Die Fremdenführerin zählte die Gruppe schnell durch und klatschte dann in die Hände, als würde sie mit einer Horde Schulkinder und nicht mit einer Gruppe weißhaariger Touristen sprechen. Sie räusperte sich.

»Das Gebäude hinter Ihnen ist die Temple Church, die einst das Herz des Londoner Ordenshauses war – des englischen Hauptquartiers der Armen Ritterschaft Christi und des salomonischen Tempels, besser bekannt als die Tempelritter. Der Orden wurde von Hugo von Payns im Jahre 1119 gegründet und leitete seinen Namen von seinem Sitz auf dem Tempelberg in Jerusalem ab, den man für die Ruinen des ursprünglichen salomonischen Tempels hielt. Die Templer waren Kriegermönche, die geschworen hatten, Pilger im Heiligen Land zu beschützen. Ursprünglich umfasste der Orden nur neun Männer, wuchs dann aber rasch und wurde zu einer der mächtigsten Organisationen in ganz Europa.«

Hände begannen hektisch zu winken. Eine Frau mit zartblauem Haar und silberner Brille drängte sich armwedelnd durch die Menge bis ganz nach vorn.

»Wir werden gleich eine Toilette für Sie finden, Mrs Higgins«, sagte die Fremdenführerin. »Diese Kirche wurde 1185 geweiht, aber seitdem umfangreich verändert, nicht zuletzt aufgrund der Bombardierung durch die deutsche Luftwaffe 1941. Aber von Orten wie diesem hat der Orden zu Kreuzzügen und Heiligen Kriegen aufgerufen ... Ja, Mrs Higgins?«

Die Frau hob das Kinn. »Es heißt, die Templer hätten im Heiligen Land Schätze gefunden. Stimmt das?«

Die Fremdenführerin schnaubte. »Es gibt hunderte von Verschwörungstheorien und Legenden über die Templer, aber die Wahrheit ist sehr banal. Sie waren eine gut ausgebildete, fanatische Militärmacht, die sehr reich wurde und viel Neid auf sich zog.«

Billi unterdrückte ein Lachen. »Fanatisch« war noch untertrieben. Ein Templer zog sich nicht zurück, wenn der Feind nicht mindestens dreifach in der Überzahl war, nahm kein Lösegeld und ließ sich nie lebend gefangen nehmen.

»Was ist mit ihnen passiert?«, fragte jemand aus der Menge.

Die Fremdenführerin sah zu den beiden eisernen Rittern auf der Spitze der Säule hoch. »Von Anfang an waren viele Gerüchte über die Templer im Umlauf. Manche sagten, sie wären schwarze Magier, andere, dass sie Pakte mit Dämonen und anderen übernatürlichen Geschöpfen geschlossen hätten. Wie hätte man sich auch sonst ihren kometenhaften Aufstieg erklären sollen?«

Oh Gott, dieser Blödsinn … Billi konnte nicht fassen, dass immer noch Leute an so etwas glaubten. Die Templer hatten geschworen, alle Kreaturen der Finsternis zu bekämpfen, nicht, sich mit ihnen zu verbünden …

Die Fremdenführerin wies auf die Kirche. »Aber es steht fest, dass die Templer häretische Neigungen hatten. Das wurde ihnen zum Verhängnis.« Sie wandte sich wieder der Menge zu. »Am Freitag, den 13. Oktober 1307 wurden sämtliche Ordensmitglieder festgenommen. Der Großmeister wurde vor die Inquisition gebracht, und den Templern wurde der Prozess gemacht. Sie wurden der Ketzerei und Teufelsanbetung schuldig gesprochen. Die Templer wurden ausgerottet.«

»Aber ich dachte, einige von ihnen wären entkommen?«, fuhr Mrs Higgins fort, während sie sich auf dem Hof umblickte. Billi spitzte bei der Frage die Ohren. Bildete sie sich das nur ein, oder sah die alte Frau sie wirklich an?

»Gerüchte! Nur Gerüchte. Die Tempelritter sind jetzt Geschichte.« Die Fremdenführerin klatschte wieder in die Hände und ging durch die Menge zurück auf den Kreuzgang zu. »Schnell jetzt! In dreißig Minuten müssen wir am Buckingham Palace sein.«

Wie oft hatte Billi diese Geschichte schon gehört? Hundert Mal? Tausend Mal?

Ein Teil davon war natürlich wahr. Der Orden war gegründet worden, um das Heilige Land zu verteidigen, aber diese Schlacht war längst verloren. Jetzt ging es im Krieg nicht mehr um Jerusalem, sondern um die Seele der Menschheit. Die Templer führten Krieg gegen das übernatürliche Böse, das Jagd auf Menschen machte. Einen Krieg, den sie die Dunkle Schlacht nannten.

Die *Bataille Ténébreuse.*

Billi sah zu, wie die Touristengruppe zurück in Richtung Fleet Street zu ihrem wartenden Bus ging. Sie alle waren sicher in ihren Kokon der Unwissenheit eingesponnen und sich des Krieges nicht bewusst, der um sie herum geführt wurde. Ein kalter Wind trieb Nebelfetzen über das Steinpflaster, als seien sie ruhelose Geister. Billi stand allein in der Kälte, aber die Gegenwart der alten Ritter war in ihrem großen Ordenshaus noch zu spüren. Wer bis auf sie, ihren Vater und ein paar andere erinnerte sich noch an die Gründe, weshalb sie gestorben waren, oder an die Opfer, die sie gebracht hatten? Billi zog ihren Mantel eng um sich. Würde ihr eigener Geist eines Tages zwischen diesen Steinen spuken?

Denn schließlich, welches Versprechen wurde allen Templern gegeben?

Ihr sollt den Märtyrern Gesellschaft leisten.

3

Zum Kotzen. Nur so konnte man ihren Tag beschreiben, und dabei war erst Mittag. Sie war in der Erdkundestunde eingeschlafen und musste deshalb schon wieder nachsitzen. Sie hatte sich irgendeine Ausrede einfallen lassen, um zu begründen, dass sie ihre Mathehausaufgaben nachreichen würde; das war besser, als Miss Clarke zu sagen, dass sie sich noch nicht einmal daran erinnern konnte, etwas aufgehabt zu haben. Wie sollte sie auch? Jeden Abend verbrachte sie mit dem verdammten Latein, Altgriechisch und Okkulter Überlieferung – der Hierarchie der Hölle – und jeden Morgen mit Waffentraining und unbewaffnetem Kampf. Vielleicht waren die vielen Schläge, die sie in den letzten fünf Jahren auf den Kopf bekommen hatte, der Grund dafür, dass sie die Schule so oft vergaß. Fünfzehn und ausgeknockt. Und das sollten die besten Tage ihres Lebens sein?

Anfangs war sie begeistert gewesen, Teil von etwas Großem, Mystischem zu sein – vom Stoff, aus dem Legenden sind. Ein Teil der Tempelritter und ihres geheimen Krieges gegen die Feinde der Menschheit – die Unholde.

Das Innere Tier. Sterbliche mit den Herzen wilder Tiere.

Die Hungrigen Toten. Die Leichenfresser und Bluttrinker.

Die Gespenster. Die Geister des Schmerzes.

Die Teufel. Die Versucher der Menschheit.

Und die *Grigori*. Die Dunklen Engel.

Aber bald hatte sie ihre Freunde angelogen, Schulstunden versäumt, sich Blutergüsse und Schnitte zugezogen und sich langsam von den anderen Kindern entfernt. Böse Gerüchte über ihren Vater und den Mord an ihrer Mutter wurden laut und machten schnell die Runde. Sie hielt sich die Besorgnis der Lehrer vom Leib. Sie verbarg die schlimmsten Verletzungen; heute bekam sie nicht mehr so viele Veilchen und schaffte es an den meisten Tagen, nicht an ihrem Schreibtisch einzuschlafen. Aber Billi trieb durch ihre Schulzeit wie ein Gespenst und war während der Unterrichtsstunden kaum wach; ihr ganzes Leben wurde von ihren anderen Pflichten in Anspruch genommen. Hätte sie umkehren können? Hätte sie sagen können, dass sie rauswollte? Normal sein? Freunde haben? Keine Blutergüsse mehr? Keine Albträume? Nein. Sie hatte nie eine Wahl gehabt.

Billi starrte die Schlange am Essenstresen entlang; ihr Magen begehrte auf gegen den abgestandenen Geruch, der von den farblosen, gekochten Karotten, der grauen Bratensauce und der Auswahl an frittiertem, fettigem Fleisch aufstieg. Die eingeschweißten Sandwiches sahen auch nicht viel besser aus: Ihre Ecken waren verbogen, und ihre Füllung unter dem Plastik verschmiert. Ansonsten blieb nur der Früchtekorb: ein paar runzlige Äpfel und überreife Bananen.

Ich sollte zu Hause sein. Sie fühlte sich fiebrig und geschwächt; vielleicht war noch etwas von diesem Ektoplasma da und blubberte in ihren Gedärmen vor sich hin ... Die Schlange schlurfte weiter, und Billi traf ihre Auswahl unter den Sandwiches. Das am wenigsten abstoßende war Gurke auf Weißbrot. Sie nahm eines und die beiden übrig gebliebenen Bananen. Sie fügte eine Flasche Mineralwasser ohne Kohlensäure hinzu und balancierte das Tablett auf einer Hand, um mit der anderen in der Tasche ihres Blazers nach dem Portemonnaie zu suchen.

»Oh, sieh an! Da ist ja unser kleiner Freak!«, sagte jemand links von ihr. Jemand, den sie kannte.

Einfach nur phantastisch. Als ob ihr Tag noch nicht schlimm genug gewesen wäre! Billi drehte sich zu der Stimme um.

»Schön, dich zu sehen, Jane«, erwiderte sie. »Wie ich sehe, hast du deine Gefolgstussen heute dabei. Ich wusste ja gar nicht, dass sie im Zoo jetzt den offenen Vollzug eingeführt haben…«

Jane Mulville lehnte an einem Esstisch; ihre dürren Beine versperrten Billi den Weg. Michelle Durant und Katie Smith, ihre wasserstoffblonden Klone, standen rechts und links von ihr.

»Mensch, was ist denn mit deinem Gesicht los?«, fragte Jane. Trotz der Schminke schien der Bluterguss auf Billis Wange immer noch durch.

Das brauche ich wirklich nicht – nicht heute, dachte Billi. Sie hätte Janes Gesicht ohne große Mühe dauerhaft verändern können, und manchmal – wie jetzt gerade – war das Bedürfnis, dieses zarte kleine Näschen plattzuhauen, übermächtig.

»Ich wette, es war ihr Daddy«, kicherte Katie. »Er ist völlig bekloppt!«

Billi senkte den Blick dorthin, wo Janes Beine ihr immer noch im Weg waren. »Macht es dir vielleicht etwas aus…?«, begann sie.

»Ja, es macht uns eine Menge aus, SanGreal. Ich weiß nicht, warum sie dich nicht längst von der Schule geschmissen haben! Es spricht nicht gerade für ihre Qualitätsstandards, dass sie solche wie dich überhaupt aufnehmen.« Sie musterte Billi von oben bis unten. »Noch nicht einmal die anderen komischen Typen hier wollen etwas mit dir zu tun haben.«

»Hast du ihren Vater schon mal getroffen? Kein Wunder, dass sie so geworden ist«, sagte Katie.

Jane lächelte. »Stimmt das, SanGreal? Dass dein Dad deine Mom umgebracht hat? Ihr die Kehle weit ...«

Billis Tablett fiel klappernd auf den harten Holzboden; das laute Geräusch sorgte dafür, dass alles Gemurmel im Hintergrund augenblicklich verstummte. Der ganze Saal wurde auf einmal still.

Sie glaubten immer noch diese alte Lüge, dass ihr Dad ihre Mutter ermordet hätte. Aber hätten sie die Wahrheit geglaubt? Dass sie von *Ghulen* getötet worden war, von Hungrigen Toten? Dass sie gestorben war, um Billi zu beschützen? Dass blutige Handabdrücke über die Tür zu dem Schlafzimmer, in dem sie versteckt gewesen war, geschmiert waren? Nein – diese Wahrheit würden sie nicht glauben.

»Was hast du gesagt?«, fragte Billi mit leiser Stimme. Sie hatte nun die Hände frei und ballte sie zu festen, harten Fäusten. In der Stille klang Billis Atem laut, und sie konnte das Blut in ihren Ohren rauschen hören. Sie musterte Janes Züge, nicht als ein nahtlos ineinander übergehendes Ganzes, sondern als eine Ansammlung unzusammenhängender, zerbrechlicher Teile. Die Nase, die Zähne, den Kiefer. Es würde so leicht sein ...

Katie und Michelle traten einen kleinen Schritt von Jane zurück, da sie die Androhung von Gewalt spürten, die von Billi ausging. Im Saal war es zwar bereits still gewesen, aber jetzt hielten alle den Atem an. Janes Hände zitterten; sie stützte sich am Tisch ab. Ihre dunkelrot lackierten Nägel gruben sich in die glänzende weiße Resopaloberfläche.

»Billi!«

Billi wirbelte bei dem Ruf herum; zwei Arme schlangen sich um sie. Sie versuchte sich loszumachen, aber alles, was sie sah, war eine dichte Mähne aus silberblondem Haar, als der Junge sie umarmte. Am Ende stieß sie ihn weg.

»Hast du mich vermisst?«, fragte der Junge. Er war hochgewachsen, sehr schlank und weiß wie ein Albino. Wäre er noch blasser gewesen, hätte sie ihm einen Pflock durchs Herz stoßen müssen.

»Kay?«

Er zwinkerte.

Billi trat einen Schritt zurück. Das konnte nicht sein. Er war nur Haut und Knochen gewesen, als er abgereist war. Jetzt sprossen erste Bartstoppeln an seinem Kinn, und seine weißen Wimpern hoben sich, um leuchtende, saphirblaue Augen zu enthüllen.

»Ach, schaut mal, der dürre weiße Kotzbrocken ist zurück!«, mischte sich Jane ein. Kay drehte sich zu ihr um.

»Jane! Was für eine unangenehme Überraschung.« Er runzelte die Stirn. »Hast du zugenommen?«

Jane wurde blass. Wahrscheinlich war das die schlimmste Beleidigung, die ihr jemand an den Kopf werfen konnte.

An die Stelle des Stirnrunzelns trat ein grausames Lächeln. »Ein paar Schwangerschaftspfunde um die Hüften …«

»Was?«, keuchte Jane und griff nach ihrem Bauch. Katie und Michelle beugten sich näher heran. So auch die sechs anderen Schüler am nächsten Tisch. Das klang gut!

Kay fuhr fort: »Es ist Dave Fletcher, nicht wahr?«

Jane wich zurück und warf einen Teller mit Bohnen und Kartoffelbrei um. Die schleimige Orangensauce befleckte ihren Rock und lief langsam über ihre schwarze Strumpfhose, um Fettflecken darauf zu hinterlassen. Kay streckte die Hand aus.

»Herzlichen Glückwunsch! Ihr werdet ein schönes Paar abgeben.«

Jane schrie auf und rannte davon. Katie und Michelle starrten Kay mit offenem Mund an, drehten sich dann um und liefen ihr nach. Eine Weile herrschte Schweigen – dann tobte der Saal plötzlich. Jane Mulville war schwanger!

Kay bückte sich, um Billis Sandwich aufzuheben.

»Kriegt sie wirklich ein Kind?«, fragte Billi.

»In ein paar Monaten.« Er reichte ihr das leicht verbeulte Paket. »Magst du zu mir rüberkommen?«

Er tut so, als wäre er nie weg gewesen.

Kay zuckte die Schultern. »Aber jetzt bin ich wieder da.« Er drehte sich um und ging zu einem Tisch in einer Ecke des Saals.

Billi biss sich auf die Lippen. Dummer Fehler. Kay war nicht nur ein Templer, er war ein Seher.

Ein Medium. Gedankenlesen war noch die geringste seiner Fähigkeiten.

Billi holte genug Kleingeld für ihr Essen aus der Tasche und folgte Kay dann; ihr war schmerzlich bewusst, dass der halbe Saal sie beobachtete. Das Tablett landete klappernd auf dem Tisch, und sie zog sich den Stuhl gegenüber von Kay heraus. »Hat dir noch keiner gesagt, dass es unhöflich ist, heimlich zu spionieren?«, sagte sie.

»Du hast meine Frage nicht beantwortet, Billi.«

»Welche Frage?«

»Hast du mich vermisst?«

»Ein Jahr, Kay.« Billi sah nicht von ihrem Essen auf; nur so konnte sie die Beherrschung wahren. »Und du hast kein einziges Mal versucht, auch nur Kontakt zu mir aufzunehmen?«

»Billi, du weißt doch, warum Arthur mich nach Jerusalem geschickt hat.« Seine Lippen zogen sich zusammen, bevor er fortfuhr: »Ich musste lernen, meine Fähigkeiten zu kontrollieren.«

»Und dafür hast du jeden wachen Moment gebraucht? Warum? Warst du etwa in der Hilfsschulklasse?« Billi riss das Sandwichpaket auf. Das Teil sah noch lebloser aus als zuvor. Sie seufzte. »Nein. Ich habe dich nicht vermisst. Es wird dich vielleicht überraschen zu erfahren, dass das Universum sich nicht um dich dreht.« Billi biss in das schlaffe Brot. Lecker – es schmeckte wie Pappe. »Wann bist du zurückgekommen?«

»Vor ein paar Tagen.«

»Und warum hast du dir nicht die Mühe gemacht, mir das zu sagen?«

»Ich hatte etwas zu erledigen. Für Arthur.«

Also hatte sogar ihr Vater ihr nichts gesagt.

»Kay, früher war es einmal wichtiger, dass wir Freunde waren, als dass wir Templer waren.« Billi hob den Blick von ihrem Essen. Kay hatte sich verändert, und das nicht zu seinem Vorteil.

Verdammter Kay, dachte sie.

Er stand auf. »Du bist ganz die Alte, Billi«, sagte er.

4

Am Abend stieg Billi die Stufen zu Pater Balins Haus hinauf. Also war Kay zurück. Also würde sie nicht mehr allein am Unterricht teilnehmen müssen. Toll. Sie war die letzten zwölf Monate sehr gut ohne ihn ausgekommen.

Gar nicht auszudenken, dass sie Kay über das Jugendamt gefunden hatten. Sie erinnerte sich, wie er angekommen war, kurz bevor ihre Ausbildung begonnen hatte. Ein spindeldürrer, übernervöser Junge, der bei der kleinsten Kleinigkeit zusammengezuckt war, jede Nacht Albträume gehabt und mit Dingen gesprochen hatte, die nicht da gewesen waren – oder zumindest mit Dingen, die normale Leute nicht hatten sehen können. Und die Anfälle, an die er sich nie hatte erinnern können … Er hatte allen möglichen Unfug in weiß Gott was für Sprachen geplappert. Er hatte ihr eine Heidenangst damit eingejagt, dass er ihr von den Geistern erzählte, mit denen er gesprochen hatte. In ihrem Zimmer. Kein Wunder, dass er von einer Pflegefamilie in die nächste abgeschoben worden war. Aber das war nicht ungewöhnlich. Mächtige Medien hatten immer unruhige Kindheiten – Visionen, Poltergeistaktivität, seltsame Erscheinungen –, und das war den meisten Familien unheimlich. Wenn sie nicht lernten, ihre Kräfte zu kontrollieren, wurden sie irgendwann wahnsinnig. Wie viele potenzielle Seher hatten die Templer über die Jahre schon verloren? Wie viele hatten ihre Tage schreiend in Irrenanstalten beschlossen, weil die Stimmen in ihren Köpfen ihre eigenen Gedanken ertränkt hatten?

Pater Balin lebte im Kaplanshaus, einem gleich neben der Temple Church gelegenen eleganten, georgianischen Bauwerk mit geweißten Wänden, das von einem hohen, schwarzen Metallzaun geschützt wurde. Billi ging den Gartenweg entlang zwischen zwei Reihen von Rosensträuchern hindurch und klopfte an die schwarz gestrichene Tür. Der Geruch nach Knoblauch und gebratenem Paprika waberte ihr sofort entgegen, als die Tür sich öffnete. Pater Balin lächelte, als er sie sah.

»Essen wir heute Abend italienisch?«, fragte Billi. »Gibt es einen besonderen Anlass?« Als hätte sie es nicht gewusst. Sie hatte gerade ihre Feuerprobe überlebt und nur eine Schachtel Pralinen bekommen. Kay war von einer einjährigen Reise zurückgekehrt, und sie gaben eine Party.

»Miss SanGreal. Ich habe mich schon gefragt, wann du auftauchen würdest.« Der alte Mann trat beiseite. »Kay ist hier.«

»Ich weiß.«

Balin schob seine Brille auf seinen länglichen, kahlen Kopf hoch. Er war die äußere Fassade der Templer. Als Priester der Temple Church hielt er alle normalen Gottesdienste ab und kümmerte sich um banale Verwaltungsvorgänge. Sein offizieller Titel lautete *Right and Reverend Master of the Temple,* aber für die Ritter war er ihr Kaplan, der für die religiösen Verpflichtungen zuständig war.

»Ich dachte, du würdest dich mehr darüber freuen, Bilqis.« Nur Balin verwendete ihren richtigen islamischen Namen.

Das Klappern von Pfannen, Tellern und Besteck drang aus

der Küche hervor. Percy kam mit einer Schüssel voll dampfender Spaghetti in den Flur. Er zwinkerte Billi zu, bevor er sich unter dem Kronleuchter hinwegduckte und ins Esszimmer trat, während aus dem Hintergrund Geplauder und noch mehr Geklapper ertönten. Billi folgte ihm.

Das Mondlicht schien durch die Fenster herein, die auf den Garten hinausgingen, aber die Ritter waren zu sehr damit beschäftigt, das heiße Essen in sich hineinzuschaufeln, als dass sie die bunte Zusammenstellung aus Sträuchern und Blumen hätten bewundern können, die das Meisterwerk des Priesters war. Billi quetschte sich auf einen Stuhl zwischen Percy und Kay.

Außer Pater Balin waren nur vier andere da: Gwaine, Percy, Kay und ihr Vater, die dicht an dicht um den kleinen Esstisch saßen. Sie wusste, dass die anderen draußen in Dartmoor waren und einen »Mondsüchtigen« jagten – einen Werwolf. Seit dem Bodmin-Vertrag, der geschlossen worden war, nachdem Arthur das Alphamännchen des Werwolfrudels besiegt hatte, waren nur noch Schafe und die eine oder andere Kuh von den Wölfen erlegt worden. Aber ein Einzelgänger hatte begonnen, Rucksacktouristen und Wanderer anzugreifen. Die Templer waren aufgebrochen, um ihn zur Strecke zu bringen.

Ihr Vater saß still da, blätterte durch einen Stapel von Zeitungsausschnitten zu seiner Rechten und warf gelegentlich einen Blick auf den Laptop zu seiner Linken. Gwaine schaute auf, grüßte sie aber nicht; er ließ den Blick einfach über sie hinweggleiten, als ob sie nicht existierte. Gwaine, der Seneschall, der stellvertretende Befehlshaber der Templer. Er war ein alter Krieger mit kurzem, stahlgrauem Haar, einem spärlichen Bart und Augen, die tief zwischen Falten lagen. Von Rechts wegen hätte er Ordensmeister der Templer werden sollen, nachdem Uriens gestorben war, und nicht ihr Vater. Gwaine hatte Arthur seinerzeit rekrutiert und konnte nicht ertragen, dass sein Knappe jetzt sein Herr war. Billi wusste, dass der alte Mann auf der Lauer lag und auf seine Chance wartete, das Kommando über die Tempelritter zu übernehmen. Aber dazu musste Arthur erst einmal sterben.

Billi fing einen Blick von Kay auf, der die Augen verdrehte; Gwaine und er hatten auch kein besonders gutes Verhältnis zueinander. Gwaine glaubte, dass Seher sich kaum von Hexen unterschieden, und über Hexen hatte der Seneschall alttestamentarische Ansichten.

Die Zauberinnen sollst du nicht am Leben lassen.

»Habt ihr etwas von Pelleas gehört?«, fragte Arthur, den Blick immer noch auf den Bildschirm gerichtet. Percy saugte einen Schwung Spaghetti auf, bevor er antwortete.

»Bisher nur ein Haufen toter Schafe. Er und Bors kontrollieren die Farmen, Berrant und Gareth sind auf den Campingplätzen unterwegs. Ich schätze, es ist ein Streuner, der nur durchzieht und Schwierigkeiten macht.«

Das Innere Tier. Sogar ein einzelner Werwolf war tödlich; deshalb hatte ihr Vater den halben Orden geschickt. Den halben! Sie blickte sich am Tisch um. Abgesehen von Balin, der nicht zum kämpfenden Orden gehörte, waren sie neun – neun gegen die Unholde, gegen all das übernatürliche Böse, das in den Schatten lauerte. Einst waren die Tempelritter zu Tausenden gewesen. Jetzt würde ein einziger schlechter Tag das Ende bedeuten. Ausgelöscht. Das war vor zehn Jahren beinahe geschehen, in den Eisennächten.

Als ihre Mutter gestorben war.

Warum konnte sie sich nicht an sie erinnern? Sie war fünf gewesen, also hätte sie sich an *irgendetwas* erinnern sollen. Doch da waren nur verschwommene Bilder, ferne Gefühle und der Eindruck, dass sie glücklich gewesen war – nichts Greifbares. Aber Billi wusste von den anderen, dass die Eisennächte zwölf Tage des Schreckens gewesen waren. Die Templer waren von *Ghulen* zur Strecke gebracht worden. Sie hatten mit dem alten Meister begonnen, sich dann den Seher Lot vorgenommen und immer so weiter, bis nur noch Arthur und eine Handvoll anderer übrig gewesen waren. Arthurs Führungsqualitäten hatten ihn vom kleinen Sergeanten zum Ordensmeister aufsteigen lassen, aber um einen fürchterlichen Preis. Ein paar *Ghule*, die Arthurs Säuberungen überlebt hatten, hatten sein Haus gefunden und seine Frau ermordet. Vielleicht war es so furchtbar gewesen, dass Billi es verdrängt hatte.

»Was hast du herausgefunden, Art?«, fragte Percy. Arthur reichte ihm ein paar Fotos. Billi erhaschte einen Blick darauf, als sie über den Tisch geschoben wurden. Bissspuren am Hals einer Person.

»Unsere Johanniterbrüder haben das Foto gestern Nacht aufgenommen. Ein Mädchen ist vor dem Nachtclub *Autodafé* ohnmächtig geworden. Sie dachten, es könnte uns interessieren.« Arthur und die älteren Ritter bezeichneten ihre Kontaktpersonen beim St.-John's-Rettungswagendienst immer noch als »die Johanniter«, obwohl der Orden nicht mehr kriegerisch aktiv war. Aber sie waren nützlich, um Informationen über »ungewöhnliche« Angriffe oder Verletzungen zu sammeln. Wie etwa Vampirbisse.

Ein Pflock – und puff!, dachte Billi. Solange sie es nicht tun musste ... Das Letzte, was sie gern tun wollte, war, eine Nacht damit zu verschwenden, auf irgendeinem verfallenen Friedhof Hungrige Tote zu jagen. Das war ihre letzte Chance, ihre Matheaufgaben nachzureichen – sonst würde sie bis Weihnachten nachsitzen müssen.

Percy nahm die Fotos in Augenschein. »Ist das Mädchen am Leben?«

»Ja, so gerade eben.« Arthur warf einen Blick in die Runde. »Lasst uns das im Keim ersticken.«

Percy reichte die Fotos an Gwaine weiter.

»Hast du eine Ahnung, wo er seinen Unterschlupf hat, Art?«, fragte Gwaine.

Arthur schüttelte den Kopf. »Nein. Aber ich will, dass du ihn mit Percival findest. Heute Nacht.«

Dann wandte er sich Billi zu.

»Jetzt, da Kay zurück ist, werden wir mit deinem Training in übersinnlicher Verteidigung beginnen.« Er blickte zu Kay hinüber. »Wie sieht es morgen aus?«

»Perfekt.«

»Gut. Sechs Uhr, Finsbury Park. Du weißt, wohin du sie bringen musst, Kay.«

Übersinnliche Verteidigung? Mit Kay? War er jetzt wirklich so gut?

»Aber, Dad, wir hatten uns doch darauf geeinigt, dass ich nach der Feuerprobe drei Abende freibekommen würde. Um meine Hausaufgaben nachzuholen«, sagte Billi. Es war ja nicht so, dass sie Zeit wollte, um sich zu amüsieren. Oh nein, Spaß stand nicht in den Templerregeln.

»Unwichtig. Du trainierst mit Kay.« Arthur sammelte die Zeitungsausschnitte ein und schob sie in seine Mappe. »Noch irgendetwas?« Gwaine zuckte kurz mit den Schultern, und Balin formte ein stummes »Nein« mit den Lippen, aber Percy stand auf.

»Nur zweierlei, Art.« Er hob den Becher hoch. »Erstens: Willkommen zu Hause, Kay, mein Junge! Das Leben war ohne dich äußerst langweilig. Ich freue mich darauf, alles über Jerusalem zu hören.« Es entging Billi nicht, wie die anderen Kay ansahen – den weisen und mächtigen Seher. Es erstaunte sie, dass sie nicht alle vor Bewunderung auf den Knien lagen. Erbärmlich. Dann grinste Percy Billi an. »Und ich möchte einen Trinkspruch auf das neueste Mitglied des Ordens ausbringen. Erst fünfzehn und doch, wenn ihr den Ausdruck verzeiht, ein knallhartes Mädchen. Bald werden wir dich sicher ›Meisterin‹ nennen müssen.« Gwaine schnaubte, aber Percy ignorierte es. »Auf Bilqis SanGreal.«

Der gute alte Percy. Er passte immer auf sie auf. Mehr als einmal hatte sie sich gewünscht, er wäre ihr Vater, nicht nur ihr Patenonkel. Die anderen standen auf, Gwaine als Letzter. Sogar Arthur hob leicht seine Teetasse.

»Auf Billi!«

Dann klappte Arthur den Laptop energisch zu und legte die Mappe mit den Zeitungsausschnitten darauf. »Na, wenn das alles ist, überlasse ich euch jetzt euren Pflichten.« Er schob sich beides unter den Arm und ging hinaus.

Balin und Gwaine folgten ihm gleich darauf, während Percy

Billi und Kay half, die Teller aufeinanderzustellen. Er hob einen Stapel hoch und hielt dann inne. Er beugte den Kopf, der fast die Decke berührte, bis auf die Höhe der beiden Knappen.

»Seid artig, Kinder«, sagte er. Er musterte Billi eine ganze Weile und ging dann.

Kay begann, die blauen Porzellanteetassen auf einem Tablett aufzureihen. Billi half ihm nicht.

»Also sollst du mir ein paar Jedi-Tricks beibringen?«, fragte sie.

»Du hast doch gehört, was dein Vater gesagt hat. Mach dir keine Sorgen, ich lasse es langsam angehen. Wenn du willst, kann ich dir hinterher bei den Hausaufgaben helfen.«

»Eigentlich will ich das nicht.« Sie würde ihn nicht so leicht davonkommen lassen.

Sie hatte ihn vermisst.

5

Es war sieben Uhr am folgenden Abend, als Billi den Bahnhof Finsbury Park verließ. Ein kalter Nieselregen fiel, und der Rinnstein war mit durchweichtem Laub verstopft, so dass beiderseits der Straße tiefe Pfützen standen. Billi schob ihre Kapuze zurück und sah Kay an der Bushaltestelle sitzen. Er hatte seine schwarze Wollmütze bis zu den Augenbrauen herabgezogen, aber sein silbernes Haar schien im kalten, weißen Neonlicht des Wartehäuschens zu funkeln.

»Du kommst zu spät«, sagte er.

»Nachsitzen. Schon wieder«, sagte Billi und zuckte die Achseln. »Hast du meine Nachricht nicht erhalten?« Sie klopfte sich an die Schläfe. »Ich habe ganz fest gedacht: ›Kay, ich werde zu spät kommen! Kay, ich werde zu spät –‹«

»Hältst du das hier für einen Witz?« Er stand auf und schlug den Mantelkragen hoch. »Los, gehen wir. Ich habe schon genug Zeit verschwendet.«

Sie gingen die Hauptstraße hinunter, die von Läden hinter Metallgittern und graffitibeschmierten Wänden gesäumt war. Das einzige Geschäft, das noch geöffnet hatte, war die Spirituosenhandlung. Ein kahlköpfiger Mann, der die tätowierten Arme über dem mächtigen Bauch verschränkt hatte, stand in der Tür, einen knurrenden Pitbull zu seinen Füßen. Der Hund bellte sie an, als sie vorbeikamen, und zerrte an der schweren Kette um seinen Hals. Dann bogen sie um die Ecke, und Billi sah im Licht einer einsamen Straßenlaterne *Elaines Basar* vor sich liegen.

Es war ein Leihhaus; das war es schon seit dem neunzehnten Jahrhundert. Die Farbe blätterte zwar bereits von den drei Goldkugeln ab, die über der Tür hingen, aber sie waren original erhalten. Schwere Stahlgitter schützten die eingestaubten Fenster, in denen Hi-Fi-Geräte, DVD-Player, ein Satz Chromhanteln und ein Kinderfahrrad ausgestellt waren: das Treibgut aus tausend Bankrotten und Zwangsversteigerungen.

Die Pfandleihe war zugleich der Reliquienschrein der Templer.

Hier lag der Rest von König Salomos Schätzen. Billi konnte nicht glauben, dass dieses alte Loch das Zuhause eines der wichtigsten magischen Artefakte der Alten Welt war. Aber genau das steckte dahinter – denn wer hätte das je vermutet?

Das Erdgeschoss lag im Dunkeln. Ein einziges Fenster in der Wohnung darüber war erleuchtet. Kay klingelte, und nach einigen Augenblicken wurde das Fenster aufgeschoben, und eine alte Frau streckte den Kopf heraus; ihr graues Haar war wild zerzaust.

»Verpisst euch!«

Kay trat in den Schein der Straßenlaterne. »Elaine, ich bin's, Kay!«

Die Frau starrte ihn mit offenem Mund an. »Kay?« Plötzlich grinste sie. »Kay! Ich bin sofort unten!«

Billi wartete im Hauseingang, während Elaine nach unten kam und die Tür und dann das Stahldrahttor aufschloss.

»Mein süßer Engel! Komm her, gib mir einen Kuss!« Sie

warf die knochigen Arme um Kay und drückte ihm einen dicken Schmatz auf die Wange. Billi sah, wie er sich versteifte, als ihre Lippen sich schlürfend wieder lösten.

»Hallo, Elaine«, sagte er und errötete. Sie standen im unbeleuchteten Eingang des alten Ladenlokals. Die Tapete war ausgeblichen und löste sich, die Farbe platzte in kleinen Stücken von der Decke ab, und der Teppich war bis auf drahtige Fäden abgetreten. Elaine stand breitbeinig und die Hände in die Hüften gestemmt wie ein Piratenkapitän da, um Kay zu bewundern.

»So hübsch wie immer! Die Mädchen müssen dir zu Füßen liegen …«

Billi drängte sich an Kay vorbei in den unaufgeräumten Laden. »Ja, wenn sie erst tot umgefallen sind«, sagte sie. Es ging ihr gewaltig auf den Geist, wie Elaine, die sich allen anderen gegenüber wie eine übellaunige alte Hexe verhielt, bei Kay ganz sentimental wurde. Und das nur, weil sie für seine frühe Ausbildung verantwortlich gewesen war.

»Du hast Ihre Majestät mitgebracht, wie ich sehe.« Elaine blickte finster drein. Ihr Gesicht eignete sich gut dafür – es war wettergegerbt, faltig und von fünfzig Jahren schwerer Teerzigaretten gezeichnet.

Billi knipste das Licht an.

Drinnen war alles voller Gerümpel, das ohne jeden Ordnungssinn angehäuft worden war: abgestoßene alte Truhen, Schränke ohne Türen, ein Hochrad und tausend andere nutzlose Schätze, die auszusortieren Elaine sich weigerte. Sie befanden sich wahrscheinlich schon seit Generationen in diesem Laden.

»Wie war es in Jerusalem?«, fragte Elaine. »Mit wem hast du gearbeitet? Mit Rabbi Levison?«

Billi lächelte bei dem Gedanken, was die frühen Templer wohl davon gehalten hätten, dass ihre Geheimnisse nun von einer Jüdin bewacht wurden. Aber nachdem der letzte Templerseher getötet worden war, hatte der Orden über niemanden mehr verfügt, der die nötige übersinnliche Ausbildung hatte, um den Reliquienschrein zu bewachen. Gwaine war fast ausgerastet, als Arthur Elaine vorgeschlagen hatte, aber Arthur war der Meister. Der alte Religionskrieg ging die Templer nichts mehr an, hatte er gesagt. Das Einzige, was noch zählte, war die *Bataille Ténébreuse.*

»Mit ihm und mit anderen«, antwortete Kay.

»Wem zum Beispiel?« Elaine kniff neugierig die Augen zusammen.

»Mit den Sufis im Westjordanland. Ich habe auch einen Monat bei den nestorianischen Mönchen auf der Sinai-Halbinsel verbracht. Ich habe viel gelernt, Elaine.« Er sah verlegen beiseite. »Etwa, wie sehr Gefühle meine Konzentration beeinträchtigen.«

»Das ist mehr, als ich dir je hätte beibringen können«, sagte Elaine. Sie hatte ein gewisses übersinnliches Talent, aber nicht im gleichen Maße wie Kay. Das hatte niemand. Ihre Fähigkeiten im Tarotkartenlegen, in der Astrologie und im Übersinnlichen hatte sie in jahrelanger harter Arbeit erworben – Fähigkeiten, mit denen Kay schon geboren worden war. Sie seufzte. »Aber ich vermute, das hier ist kein Höflichkeitsbesuch?« Sie zog ein zerknautschtes Päckchen Benson & Hedges aus ihrem ausgeblichenen rosafarbenen Morgenmantel.

»Da vermutest du richtig«, sagte Billi.

Elaine zündete sich eine Zigarette an und kniff die Augen gegen das erste Brennen von bitterem Nikotin zusammen. »Dann kommt rein. Ich habe nicht die ganze Nacht Zeit.« Sie schob einen staubigen, ausgestopften Bären beiseite, um eine kleine, solide Tür freizulegen, die tief in die Wand eingelassen war. Sie griff nach einem Schlüssel, der an einem Band um ihren Hals hing, und benötigte beide Hände, um ihn im Schloss herumzudrehen.

Die Tür öffnete sich knarrend. Stufen führten in ein kaltes, feuchtes Untergeschoss, das vom Geruch langsamen, alten Verfalls erfüllt war. Elaine legte den braunen Bakelitschalter um, und ein langgezogenes, schwaches Brummen ertönte, bevor die Glühbirne zum Leben erwachte und die Katakombe Stück für Stück mit einem sanften, goldenen Leuchten erfüllte. Vor ihnen stand ein großer, schwarzer Schrank. Das schwache Licht erhellte seine Bronzebeschläge und die kunstvollen Muster, die mit hauchdünnem Blattgold, Silber und Perlmutt auf seine Oberfläche aufgetragen waren. Die Bilder waren verblasst, aber Billi konnte gerade noch Dämonen, tierköpfige Ungeheuer, geflügelte Nachtmahre und die Himmlischen Heerscharen erkennen, die auf einem Schlachtfeld aus Ebenholz Krieg führten. In der Mitte, wo die beiden Türen aufeinandertrafen, befand sich eine große, korrodierte Kupferscheibe, die in zwei Teile zerbrochen war und einen sechszackigen Stern zeigte.

Das Siegel Salomos.

Der mystische Zauberbann und die erste Verteidigungslinie gegen das Übernatürliche. Es war das wichtigste Symbol der Hohen Kunst, der Magie des Geisterreichs. Aber das Siegel war nur der Schutz. Gegen das, was in dem Schrank war.

Billi spürte ein Schaudern, als sie ihn anstarrte. Sie hatte die ältesten Aufzeichnungen der Templer gelesen, darüber, wie Hugo von Payns kurz nach Ende des Ersten Kreuzzugs den Schrank und den Schatz darin gefunden hatte. Wie er ihn an sich genommen und die Tempelritter zur gefürchtetsten Organisation der mittelalterlichen Welt gemacht hatte. Sie hatte sich oft gefragt, wie aufregend es sein würde, den Schatz mit eigenen Augen zu sehen. Aber nun, da er nur noch eine Armlänge entfernt war, begriff Billi, dass nicht Aufregung in ihrem Herzen pochte, sondern Furcht.

»Er ist da drin, nicht wahr?«, flüsterte sie. Der schwarze Schrank schien zu schimmern, als ob er von innen Licht abstrahlte. Das Kältegefühl verstärkte sich, und Billi schlang sich die Arme um den Körper. Das, was hinter diesen Ebenholztüren lag, war sowohl die Quelle der Macht des Ordens gewesen als auch der Grund für seine fast vollständige Vernichtung durch die Inquisition.

»Der Spiegel?« Elaine nickte. »Natürlich. Wo sollte er sonst sein?« Sie wandte sich zu Kay um. »Nun, wie sieht's aus mit, na, du weißt schon, den Lottozahlen nächste Woche? Oder mit dem Gewinner des Grand-National-Pferderennens?«

Kay schüttelte den Kopf. »Du weißt doch, dass ich das nicht kann. Prophezeiungen liegen mir nicht.«

Sie hielt inne und musterte ihn aufmerksam. »Nein, natürlich nicht.«

Kay wischte den Staub von einem Hocker und legte seinen Mantel darüber.

»Das wird reichen.« Er streckte die Arme aus. »Danke, Elaine. Wir sagen Bescheid, wenn wir fertig sind.« Elaine sah sie beide an, nickte dann und wandte sich ab.

Billi wartete, bis Elaine gegangen war. »Warum hier?«

»Um dir zu helfen.« Kay deutete in die Ecken des Raums. Billi kniff die Augen im Dämmerlicht zusammen und konnte gerade eben Schriftzeichen in der obersten Ziegelreihe ausmachen, die rings um den Raum verliefen. Es waren Keilschriftzeichen – das älteste Schriftsystem der Welt –, die denen auf dem schwarzen Schrank ähnelten. Amulettartiger Schutz gegen die *Maleficia*: schwarze Magie. Kay wühlte in seiner Manteltasche.

»Diese Kammer ist übersinnlich versiegelt. Sie verhindert, dass irgendetwas in diesem Raum wahrgenommen wird – und dämpft auch jegliche übernatürliche und mediale Macht. So hast du eine etwas größere Chance.«

»Chance?«

Er warf ihr ein kleines rotes Päckchen zu. Billi fing es auf: ein Päckchen Spielkarten.

»Misch sie«, sagte er.

»Ich wusste nicht, dass wir hier sind, damit du deine Zaubertricks üben kannst.«

»Keine Tricks.«

Billi zog die Folie ab und mischte das Blatt flüchtig.

»Nein. Misch sie gründlich. Benutz den Tisch.«

Billi tat widerwillig wie geheißen. Sie breitete das ganze Blatt auf einem kleinen Couchtisch aus und wirbelte die Karten durcheinander, bis sie völlig vermischt waren.

»Was genau soll das?«, fragte sie.

»Verschiedene Arten von Unholden haben die Macht, Gedanken zu … beeinflussen. Sie können die Herrschaft über unsere Sinne und unsere Erinnerungen übernehmen. Erinnerst du dich, was dir mit dem Geist von Alex Weeks passiert ist?«

»Woher weißt du das?«

»Ich bin Seher, das weißt du doch.«

Billi ärgerte sich. Anscheinend war nichts in ihrem Leben mehr privat.

Kay bedeutete ihr, die Karten einzusammeln, und drehte ihr den Rücken zu. »Ich werde dir beibringen, deinen Verstand gegen ungewolltes Eindringen zu stärken.«

»Wie etwa gegen deines?«

Er seufzte. »Nimm eine Karte. Halt sie vor dich, aber versuch, nicht darüber nachzudenken, welche es ist. Denk an irgendetwas anderes und versuch, mich davon abzuhalten, die Karte durch deine Augen zu sehen.«

Billi zog wahllos eine Karte vom Tisch. »Sag mir, wann.«

»Kreuz-Drei. Die nächste.«

»Ich war noch nicht fertig!« Sie warf die Drei auf den Boden, nahm die nächste Karte und hielt sie vor sich.

»Karo-Fünf. Die nächste.«

»Warte!«

»Karo-Vier. Du hast sie doch ordentlich gemischt, wie ich dir gesagt habe?«

Billi mischte die Karten erneut. *Gut, denk an alles bis auf die Karte.*

»Herz-Dame. Die nächste.«

Verdammt, es klappt nicht!

»Fluch nicht, konzentrier dich auf die Karten.«

Sie mischte das Blatt zwei Mal, dann ein drittes Mal, riss eine Karte heraus und …

»Pik-Ass. Die Nächste.«

»Du gibst mir keine Chance!«

Kay wirbelte herum. »Warum sollte ich? Das ist kein Spiel, Billi! Wenn wir in einem Kampf wären, würdest du dich zurückhalten? Es locker angehen lassen? Nein, du würdest versuchen zu töten.« Er sah ihr in die Augen; seine zogen sich zusammen, als er in ihrem Gesicht zu lesen versuchte. »Natürlich würdest du das. Fang noch einmal an.«

»Da spiele ich nicht mit«, blaffte Billi. Für wen hielt er sich? Für ihren Vater? Sie warf den Tisch um und versetzte den Karten einen Tritt, so dass sie in alle Winkel des Raums flogen.

»Du bist so ein Kind«, sagte er. »Es macht dir keinen Spaß, also haust du einfach ab, wie?«

»Also wirklich, Kay, *du* bist derjenige, der hervorragend abhauen kann.« Da. Jetzt war es heraus.

»Also steckt das dahinter, ja?«

Kay legte ihr die Hand auf den Arm, aber Billi trat zurück.

»Tu das noch einmal, und ich breche sie dir!«, sagte sie. »Weißt du, was ich getan habe, während du in den Ferien warst? Ich bin zusammengeschlagen worden und habe mir Prellungen und Schnittwunden zugezogen. Alles zur höheren Ehre der beschissenen Tempelritter! Weißt du noch, wie schlimm es mit meinem Vater war? Als du dann weg warst – der Einzige, der je richtig auf mich aufgepasst hat –, wurde es noch tausend Mal schlimmer!«

»Ich bin überzeugt, dass er seine Gründe hat, Billi.«

Gründe? Der Grund war ganz einfach: Sie war eine Templerin. Sie kämpften, sie litten, und sie bluteten. Aber sie konnte nie genug bluten, um ihren Vater zufriedenzustellen. Er trieb sie immer härter und härter an, und sie hatte keine Wahl. Nicht wie die anderen, nicht wie Kay. Er hatte sich dieses Leben ausgesucht. Sie nicht. Sie hatte keine Wahl gehabt, hatte nie Lob oder Zuneigung erfahren – und gewiss keine Begründung erhalten.

Billi zog den Reißverschluss ihrer Jacke hoch. Sie würde hier nicht noch mehr Zeit verschwenden.

»Wo gehst du hin?«

Sie zog sich die Kapuze über den Kopf. Wenn sie sich beeilte, würde sie noch vor Mitternacht zu Hause sein. »Du bist der Hellseher – weißt du das nicht?«

»Halt.« Die Tür vor ihr knallte zu. Der Tisch neben ihr begann zu wackeln und hüpfte auf und ab. Die alten Schwerter, die an den Wänden hingen, klirrten gegeneinander.

Sein ungeformtes Talent. Telekinese. Das war das Erste gewesen, was die Templer auf Kays Fähigkeiten aufmerksam gemacht hatte. Wenn er als Kind wütend gewesen war, waren Gegenstände durchs Zimmer geflogen.

»Hör auf, Kay.«

Der Tisch kam zur Ruhe, und die Schwerter hörten auf zu klappern. Billi sah ihn an. Seine Kiefer waren fest zusammengepresst. Kay wischte sich langsam den Schweiß von der Stirn. Er hatte die Beherrschung verloren.

»Was willst du von mir, Billi?«

»Was bringt dich zu der Annahme, dass ich dich in irgendeiner Form brauche? Ich habe die Feuerprobe bestanden. Du auch?«

Sie hätte ihn genauso gut ohrfeigen können, so rot wurde er.

»Du weißt, dass Seher die Feuerprobe nicht bestehen müssen. Wir sind zu . . .«

»Das Wort, das dir fehlt, ist ›ängstlich‹, nicht wahr?«

»Ich habe keine Angst.« Aber Kay blickte unbehaglich drein.

Es tat ihm weh. Gut. *Jetzt weiß er, wie sich das anfühlt,* dachte Billi.

Sie hatte im Laufe des letzten Jahres so oft Angst gehabt, wenn sie ihn gebraucht hatte und er nicht da gewesen war. Nun – jetzt brauchte sie ihn nicht mehr. Nicht, wenn *sie* nach Vampirgräbern suchte und Werwolffährten folgte, während er zu Hause blieb. Und Angst hatte.

»Ich habe dir doch schon gesagt, dass ich keine Angst habe!« Der Tisch kippte um und zerschmetterte sich selbst an einer Wand. Billi riss die Arme hoch, als ein Regen von Splittern auf sie niederging.

Als sie sie wieder senkte, stand Kay vor dem schwarzen Schrank. Er strich mit den Fingern über das Siegel.

»Du weißt nicht, wozu ich in der Lage bin«, sagte er, den Blick fest auf den sechszackigen Stern gerichtet. »Du glaubst, dass es nur darauf ankommt, ein Stück Stahl zu schwenken und Leute zusammenzuschlagen.« Seine Finger schlossen sich um den Rand eines Türflügels. »Du hast keine Ahnung.« Er öffnete den Schrank.

Was um alles in der Welt tat er? Billi packte ihn am Arm.

»Das ist dumm«, sagte sie. »Tu's nicht!«

Kay entriss ihr den Arm. »Dieser Raum ist sicher, Billi. Die Schutzzauber werden uns schützen.« Er wies auf die eingeritzten Symbole am oberen Ende der Wand. »Sie verhindern, dass etwas nach außen dringt.«

Er holte eine flache, dunkelblaue Samtschachtel – eine, die eine Halskette hätte enthalten können – aus dem Schrank und klappte sie auf.

Darin lag eine einfache, stark polierte Kupferscheibe, die etwa zwanzig Zentimeter Durchmesser hatte. Das Siegel war zart in ihre Oberfläche eingraviert, und die Ränder waren etwas korrodiert und grünstichig, aber abgesehen davon glänzte sie im schwachen Licht. Kay starrte sie an und setzte sich langsam auf einen Stuhl; er hielt die Schachtel von unten. Er legte sie sich auf den Schoß und berührte dann sacht die Kupferoberfläche.

Sie schlug Wellen.

Der Verfluchte Spiegel.

Der letzte Überrest des Templerschatzes. Der Legende nach hatte König Salomo ihn verwendet, um seine größten Zauber zu wirken. In der islamischen Überlieferung war er der Herr der Geister und befahl über Engel und Teufel. All das dank dieses Spiegels. John Dee, der elisabethanische Zauberer und damalige Templerseher, hatte anscheinend durch den Spiegel zum Geisterreich Kontakt aufgenommen. Himmel und Hölle hatten sich ihm geöffnet. Aber heute hatte niemand mehr diese Kraft. Niemand. Kay würde nichts erreichen. Als sie jedoch die kalte Leere seiner Augen sah, fühlte Billi, wie ein eisiges Kribbeln sie durchlief.

»Ich mache keine Witze, Kay. Leg ihn zurück – sofort.«

»Ich schaue doch nur«, flüsterte er, eher an sich selbst als an sie gerichtet. Er legte den Kopf zurück, während er mit den Fingern über die Metalloberfläche strich, und seine Augen verdrehten sich, bis nur noch das Weiße zu sehen war. Er stieß einen tiefen, langgezogenen Seufzer aus.

Und hörte auf zu atmen.

Der Spiegel schimmerte; zarte, glitzernde Spuren vielfarbiger Lichter folgten dem Weg, den Kays Fingerspitzen nahmen, wie Öl im Sonnenlicht. Die Oberfläche verwirbelte sich, und Billi glaubte, darin in dunkle, ferne Tiefen sehen zu können, als blicke sie in einen endlosen Strudel. Der Strom des Lichts warf kreiselnde Muster an Wände und Decke, und sie wurden zu Wandteppichen aus tanzenden, chaotischen Farben. Ein kleines Lächeln hob Kays Mundwinkel. Billi starrte den kaleidoskophaften Anblick an, hypnotisiert von der sich ständig wandelnden Mischung aus Rot, Gelb, Orange, Grün, Gold und so vielen anderen wirbelnden Farbtönen, dass ihr schwindlig wurde. Aber sie konnte den Blick nicht abwenden. Sie wollte lachen und weinen; sie hatte noch nie etwas so Schönes gesehen. Es war, als ob die Wände, ja, die ganze Welt, in ein Universum aus Farbe und Anmut zerfielen. Sie drehte sich um und wollte Kay dafür küssen, dass er ihr etwas so Wunderbares gezeigt hatte.

Kay saß am ganzen Leib zitternd da; Schaum blubberte aus seinem Mund hervor. Er hatte die Zähne so fest zusammengebissen, dass sein Zahnfleisch blutete und den Schaum, der sein Kinn herabtroff, rosa färbte. Die Luft um ihn zitterte wie eine Fata Morgana, und während die Farben immer schneller kreisten, sah Billi, wie Formen in dem endlosen Wirbelsturm aus Licht Gestalt annahmen. Sie waren undeutlich, vage menschenähnlich, wuchsen aber und nahmen mit jedem Augenblick greifbarere Gestalt an. Sie konnte sehen, wie Arme, Beine und Köpfe ebenmäßige, feste menschliche Proportionen gewannen und aus den Klumpen, die sich an Stelle der Hände befanden, Finger hervorwuchsen.

Wer ruft uns?

Die Stimmen hallten in ihrem Kopf wider, und aus den Gestalten heraus starrten leuchtende, scharfe Augen sie an.

Wir kommen – heiße uns willkommen.

»Hör auf!«, flüsterte Billi. Sie sah sich ehrfürchtig um.

Aber Kay hörte sie nicht. Seine Augen waren zugekniffen, und er war in irgendeinem fernen Reich verloren; sein Verstand und seine Seele waren auf Wanderschaft. Noch mehr Gestalten formten sich, wurden deutlicher und nahmen menschliche Züge an.

Ruf uns, dann werden wir kommen.

Plötzlich rauschte heiße Luft wie aus einem Brennofen aus der Scheibe hervor. Die Schutzzauber entlang der Wände glühten in einem unerträglich hellen Weiß, und die Formen begannen, körperlich zu werden. Billi sah, wie die schwarzen Silhouetten Gesichter, Augen und Nasen entwickelten; Münder lächelten mit begeistertem Eifer, Stimmen erhoben und vermehrten sich, bis der Missklang nicht mehr zu ertragen war …

Die Tür flog krachend auf, und Elaine stürzte in den Raum. Billi sah, dass ihr Mund zu einem Kreischen aufgerissen war, war aber taub für alles bis auf die Schreie, die ihren Verstand durchdrangen. Elaine schlug Kay den Spiegel aus den Händen. Kay fiel hintenüber, und die Scheibe wirbelte durch die Luft, schlug gegen die Wand und fiel klappernd zu Boden, wo sie dann ruhig liegen blieb.

Alle Lichter waren verschwunden – alle bis auf den gedämpften Schein der einzelnen Glühbirne über Billis Kopf. Kay lag auf dem Rücken, starrte mit weit aufgerissenen Augen an die Decke und keuchte, als hätte er einen Marathonlauf hinter sich. Sein Körper triefte vor Schweiß, und sein weißes Haar klebte ihm an der Kopfhaut. Er kämpfte sich auf die Beine, obwohl sie wirkten, als würden sie gleich wieder nachgeben. Er sah sich verloren um. Elaine starrte ihn mit vor Entsetzen aufgerissenen Augen an. Sie berührte sein Gesicht, untersuchte, ob es ihm gut ging, und ohrfeigte ihn dann. Eine Reihe schmaler, roter Striemen tauchte auf Kays Wange auf, aber er bemerkte es kaum.

Um sie herum glühten die eingeritzten Schutzzauber intensiv rot, wie frisch gebrannte Ziegelsteine, verblassten dann und kühlten mit einem Zischen zu ihrem üblichen braunen Ton ab. Die plötzliche Stille hallte in Billis Ohren wider.

Sie hatte sich geirrt. Sie hatte gedacht, diese Kräfte gäbe es nicht mehr. Sie sah Kay an, als er sich mit der Hand durchs verschwitzte Haar fuhr. Ihre Blicke begegneten sich; seine Augen funkelten vor fiebriger Erregung. In vierhundert Jahren hatte niemand auch nur so viel wie ein Funksignal von dem Spiegel empfangen. Niemand seit Dee, dem größten Seher der Templer.

Zumindest war er bis jetzt der größte gewesen.

6

»Ich kann es einfach nicht glauben«, sagte Elaine. Ihr zitterten noch immer die Hände, als sie den Tee eingoss. »Die Schutzzauber hätten halten sollen!«

Sie hatten sich nach oben in ihr Wohnzimmer zurückgezogen. Es war das absolute Gegenteil des maroden Ladens unten. Die Einrichtung war modern, Massivholz ohne Schnörkel, als hätte sie alles gerade bei Habitat gekauft. Die Beleuchtung erfolgte durch eine Reihe von Strahlern, die in die weiße Decke eingelassen waren. Die einzige Dekoration bestand aus einem siebenarmigen Leuchter – einer Menora – auf dem Fensterbrett und zwei großen Kunstdrucken. Der erste war ein Caravaggio: Abraham, der gerade seinen Sohn, Isaak, opfern will. Ein Engel zu seiner Linken hält die Hand, die das Messer führt, zurück. Billi war von der Mischung aus Entsetzen und Entschlossenheit in Abrahams Gesichtsausdruck gefangengenommen. Was musste er empfunden haben, als Gott von ihm verlangt hatte, denjenigen zu töten, den er mehr als alle anderen liebte? Der zweite war eine islamische Kalligraphie: Allahs Name, der einen verschlungenen Kreis bildete.

»Meine Mom hatte ein solches Bild«, sagte Billi.

»Das hier ist das von deiner Mutter«, erwiderte Elaine. Als sie Billis seltsamen Blick bemerkte, fügte sie hinzu: »Was ist? Wir waren schließlich Freundinnen, das weißt du doch.«

Elaine reichte ihnen beiden einen Becher und zog sich dann einen Esstischstuhl mit gerader Lehne heran.

»Was ist gerade geschehen?«, fragte Billi. Sie nahm den Becher und stellte fest, dass nicht nur Elaines Hände zitterten.

»Kay hat das Tor zum Geisterreich geöffnet«, sagte Elaine. »Und beinahe etwas durchgelassen.«

»Aber was?«, fragte Kay.

»Was wisst ihr über die *Grigori*?«, fragte Elaine. Billi hatte nicht gedacht, dass Kay noch blasser werden könnte, aber sie hatte sich geirrt. Er wurde aschfahl.

»Die Dunklen Engel«, sagte er. »Die Wächter.«

»Sie werden im Buch Henoch erwähnt.« Elaine sah sie beide an. »Habt ihr schon davon gehört?«

Kay nickte langsam und nachdenklich. »Es ist einer der apokryphen Texte«, sagte er, »die in der frühchristlichen Überlieferung als zu ... gefährlich galten, um in die Bibel aufgenommen zu werden.«

»Vor gar nicht langer Zeit wäre man noch auf dem Scheiterhaufen verbrannt worden, wenn man es auch nur gelesen hätte«, sagte Elaine.

»Warum?«, fragte Billi.

Elaine fuhr fort: »Darin geht es um die wahre Natur der Engel. Es gibt drei Gruppen von ihnen.« Sie wies auf den Caravaggio. »Die *Malachim*, die Boten. Sie werden von Gabriel angeführt und sind die häufigste Form ätherischer Wesen. Aber es gibt zwei weitere Arten: Jede spielt eine bestimmte Rolle dabei, die Menschheit in Versuchung zu führen.« Elaine sah Billi an. »Hat deine Mutter dir je die islamische Geschichte über Satan erzählt? Über Iblis?«

Billi runzelte die Stirn. Sie hatte die letzten zehn Jahre damit verbracht zu lernen, Christin zu sein, und jetzt fragte Elaine sie nach ihrer muslimischen Vergangenheit? Es gab hunderte von Geschichten, aber sie konnte sich an einige davon kaum erinnern. Doch andere saßen ihr noch immer tief in den Knochen.

»Als Gott Adam erschuf, forderte Adam alle Engel auf, sich vor ihm zu verneigen. Satan – oder Iblis, wie er im Koran heißt – weigerte sich. Er sagte, er beuge sich nur Gott.«

»Sehr gut. Satan zeigte sowohl seinen Ungehorsam als auch seine Treue zu Gott. Ihm wurde die Rolle zugewiesen, die Sterblichen in Versuchung zu führen, sie auf die Probe zu stellen.« Elaine hob den Kopf. »Er nahm die anderen Engel mit, die ebenfalls dachten, dass die Menschen ihren Sonderstatus als Erste unter Gottes Geschöpfen nicht verdienten. Diese Engel wurden zu den Teufeln.«

»Und die dritte Gruppe von Engeln? Die *Grigori*?«, fragte Kay.

»Die Wächter.« Elaine sah zur Tür hinüber, als rechne sie fast damit, dass jemand oder etwas hereingestürmt kommen würde, weil sie den Namen ausgesprochen hatte. »Sie waren die Richter. Zur Erde gesandt, um den Menschen Rechtfertigkeit zu lehren und ihn zu bestrafen, wenn er davon abwich. Sie wurden angeführt vom … Todesengel selbst.« Sie stand auf und ging zu dem Caravaggio hinüber. Sie zeichnete mit dem Finger den Umriss des Gesichts des kleinen Jungen nach, der mit auf den Rücken gefesselten Händen und einem Ausdruck äußersten Entsetzens auf dem Gesicht dalag, während sein Vater das Messer hob, bereit, ihm die Kehle aufzuschlitzen. »Die *Grigori* sind die fürchterlichsten von Gottes Engeln. Zweihundert von ihnen stiegen zur Erde herab. Nur drei waren nötig, um Sodom und Gomorrha zu zerstören. Sie lösten die Sintflut aus. Und der Todesengel schritt durch Ägypten und vollstreckte Gottes schrecklichstes Urteil, die Zehnte Plage. Den Tod jedes erstgeborenen Kindes.«

Billi erschauerte bei dem Gedanken. »Was ist mit ihnen geschehen?«

»Sie wurden in den Himmel zurückgerufen«, antwortete Kay. »Aber nicht alle gingen. Siebzig rebellierten. Sie kehrten dem Himmel den Rücken und schnitten sich die Flügel ab.«

Elaine lächelte beeindruckt. »Sie hatten die Materielle Welt zu lieb gewonnen. Und warum auch nicht? Da sie schön, mächtig und unsterblich waren, waren sie den Menschen in jeder Hinsicht überlegen. Sie dachten, sie sollten auf der Erde bleiben und über uns herrschen. Sie wurden zu Ungeheuern. Tyrannen. Gefürchtet. Geliebt. Angebetet.«

»Hölle und Verdammnis!«, sagte Billi.

»Nein. Erde und Verdammnis. Die Wächter liefen Amok. Aus gebührender Gerechtigkeit wurde Massenmord. Sie drohten, die Erde in ein Beinhaus zu verwandeln.« Elaine trat von dem Gemälde zurück und kauerte sich vor Kay hin. »König Salomo war es, der sie am Ende besiegte. Da er von Gott vollkommene Weisheit erhalten hatte, war er allein stark genug, die *Grigori* einzusperren.« Sie zeichnete einen Kreis in die Luft zwischen sie. »Im Verfluchten Spiegel.« Sie schüttelte den Kopf. »Und dort sind sie bis auf den heutigen Tag. Alle bis auf einen.«

»Den Todesengel«, sagte Kay. »Die rechte Hand Gottes.«

Elaine nickte. »Er war so mächtig, dass sogar König Salomo ihn nicht binden konnte; deshalb entkam er allein. Natürlich erheblich geschwächt. Aber er ist nicht im Spiegel wie seine Brüder.«

»Dann waren sie es, die wir gesehen haben, nicht wahr? Die gebannten Wächter?«, fragte Kay. Er ließ den Kopf in die Hände sinken. »Oh mein Gott! Ich dachte, ich würde nur versuchen, Kontakt zum Geisterreich aufzunehmen. Nur probieren, ob wir etwas hören könnten ...«

»Oh, gehört haben wir durchaus etwas«, sagte Billi; ihr Zorn überlagerte ihre Furcht. »Ich habe dir ja gesagt, dass du es nicht tun sollst, aber du hast nicht auf mich gehört. Du wolltest einfach angeben. Um Himmels willen, Kay! Du hättest sie befreien können.«

Er blickte mit verkniffenem Gesicht auf. »Aber das habe ich nicht getan, oder? Nichts ist entkommen. Die Schutzzauber ...«

»Sind offensichtlich nutzlos«, knurrte Elaine. »Ich hätte sie überprüfen sollen, aber ich hätte nie vermutet, dass du so stark sein könntest.« Sie legte Kay die Hand auf die Schulter, und Billi bemerkte, dass sich auf dem Gesicht der alten Frau eine Mischung aus Ehrfurcht und Angst abzeichnete. Sogar sie sah den Jungen jetzt mit anderen Augen. Kay, der einst vor Schatten Angst gehabt hatte, konnte nun sogar Kontakt zu Gottes Handlangern aufnehmen. Er hatte Kräfte, die sie nicht ermessen oder sich auch nur vorstellen konnten. Elaine tat gut daran, Angst zu haben. Sie mussten sich alle fürchten.

»Lot, der letzte Seher, hat diese Schutzzauber in die Wand

geritzt, und ich dachte, er hätte das halbwegs ordentlich gemacht.« Sie sah mit zusammengekniffenen Augen aus dem Fenster, als suche sie die Dunkelheit dahinter ab. »Aber nein, nichts ist entkommen. Davon bin ich überzeugt.«

»Was ist dann schon geschehen? Ist nicht alles in Ordnung?«, fragte Billi, unfähig, die Verzweiflung in ihrem Tonfall zu verbergen.

Elaine wandte den Blick nicht vom Fenster ab. »Der Schrei ist hinausgedrungen, Billi. Die Gefangenen im Spiegel haben so lange in Stille geschmachtet, und Kay hat ihnen erlaubt, einen Ruf auszustoßen.« Sie drehte sich um, und nun sah man die Angst noch deutlicher. »Ich befürchte, dass es jemand gehört hat.«

Wer hatte es gehört? Eine der Kreaturen der Finsternis? Arthur würde ausflippen, wenn er herausfand, was geschehen war. Es war ja nicht so, dass sie mit all den Werwolfangriffen und Vampirbissen noch nicht genug zu tun gehabt hätten. Aber dieses eine Mal war Billi nicht schuld.

Die Nacht war wirklich der reine Wahnsinn gewesen. Sie musste hier einfach weg. Billi überließ es Kay und Elaine, die Schutzzauber zu reparieren – sie würde nach Hause gehen.

Billi rannte über die Straße. Sie hatte noch fünf Minuten, wenn sie den Zug nicht verpassen wollte, und sie würde keine Sekunde mehr verlieren.

Sie zog ihre Oyster-Karte durchs Lesegerät und raste den weiß gekachelten Tunnel hinunter auf den Bahnsteig zu, von dem die Züge nach Süden abfuhren. Wenn sie Glück hatte, würde sie bis elf zu Hause sein – früh für ihre Verhältnisse.

Die Luft vibrierte vom Geräusch des näher kommenden Zuges, und sie sprang rasch die Treppe hinauf.

Verdammter Kay! Sie wünschte, er wäre in Jerusalem geblieben. Das wäre sicherer gewesen. Und was versuchte er zu beweisen? Wie mächtig er war? Der Junge litt an gefährlichen Selbsttäuschungen. Billi sah, wie sich die Waggontüren am entgegengesetzten Ende des Ganges öffneten, und beschleunigte ihr Tempo.

Sie schlüpfte gerade noch durch die Türen, bevor sie sich schlossen, ließ sich auf einen leeren Sitz fallen und schnappte nach Luft. Sie schloss die Augen, aber statt Dunkelheit sah sie noch das Nachbild der chaotischen Muster und tanzenden Lichter, die aus dem Spiegel hervorgestrahlt waren. Billi drückte sich die zitternden Finger an den Schädel, um das schwindelerregende Gefühl zum Erliegen zu bringen. Es dauerte ein paar Minuten, bis die Farben verblassten und der Wirbel in ihrem Kopf sich dem regelmäßigen Ruckeln des Zuges anpasste. Sie lehnte sich zurück und seufzte. Sie würde jetzt ein kurzes Nickerchen machen und darauf vertrauen, dass ihre innere Uhr sie in Holborn wecken würde. Von dort aus waren es zu Fuß nur zehn Minuten bis nach Hause.

Aber sie konnte nicht schlafen. Sie konnte nur an das denken, was Kay getan hatte.

Für wen hielt er sich? Obi-Wan Kenobi? Klar, er war nicht mehr der schmächtige Streber, der er früher gewesen war, aber er war immer noch Kay. Und das hieß seltsam. Wie hatte sie das vergessen können?

Billi zog ihren iPod aus der Tasche und stöpselte die kleinen, weißen Kopfhörer ein. Sie drehte Nirvana auf volle Lautstärke und ließ die Musik alles andere übertönen. Sie wollte nur ein paar Minuten Pause von ihren Templerpflichten – und von Kay.

Der Zug lief ruhig im Gleis, und sie entspannte sich gerade im gleichmäßigen Rhythmus, in dem der Waggon vor- und zurückschaukelte, als das plötzliche Zuknallen einer Tür sie die Augen aufreißen und die Muskeln anspannen ließ.

Sie waren durch die Tür zwischen den Waggons getreten und kamen nun auf sie zu. Drei von ihnen, die so einherstolzierten, als gehöre ihnen der Zug. Zwei ließen sich rechts und links von ihr fallen, der dritte gegenüber, die Beine so weit gespreizt, wie sein Grinsen breit war. Billi ließ den Blick in beide Richtungen durch den Waggon schweifen. Bis auf sie war niemand da.

»Was hörst du?«, fragte der dritte, während seine Finger über ihren Handrücken strichen. Billi zuckte zurück.

Was war los? War etwa Macht-Billi-fertig-Tag? Vielleicht würden sie gehen, wenn sie sich dumm stellte. Drei gegen eine war ein schlechtes Zahlenverhältnis, sogar für eine Templerin. Sie sagte nichts, senkte nur leicht den Blick. Der links von ihr legte ihr den Arm um die Schultern.

»Ach, kommt, Jungs, es ist spät. Ich will bloß nach Hause.« Sie wusste, dass es hoffnungslos war, an ihre Vernunft zu appellieren; sie sahen aus, als hätten sie Vernunft noch nicht einmal erkannt, wenn die ihnen die Zähne eingeschlagen hätte.

»Klar, wenn du uns deinen iPod gegeben hast.« Der Junge links von ihr griff nach ihrem iPod.

Billi drehte das Handgelenk und rammte ihm den rechten Handballen ins Gesicht; seine Nase brach mit einem befriedigenden Knacken. Einen Moment später stieß sie den Fuß in den Magen des Schlägers gegenüber. Er schnappte nach Luft und krümmte sich gequält zusammen. Billi warf sich zur Seite, aber der dritte packte sie, und sie landeten beide auf dem Boden. Der Aufprall raubte Billi den Atem, da er auf ihr landete. Keine Zeit für Raffinesse. Sie hatte keinerlei Bewegungsspielraum, also kratzte sie mit den Fingernägeln über sein Gesicht, die Finger wie Klauen gekrümmt. Er kämpfte, um sie davon abzuhalten, seine Augen zu erreichen, und boxte sie dabei unbeholfen. Dann griff er in den Hosenbund und zog ein Messer.

Eiskaltes Entsetzen raste durch Billis Adern. Die Klinge war nicht lang, aber plötzlich bestand durchaus die Möglichkeit, umgebracht zu werden. Sie versuchte, ihn am Handgelenk zu packen, erhielt aber stattdessen einen Schnitt über den Handrücken. Von der glänzenden Stahlklinge abgelenkt, wehrte sie den nächsten Fausthieb nicht ab; er traf sie direkt auf die Wange, und plötzlich explodierten Lichter vor Billis Augen. Das Messer raste auf sie zu, und sie konnte es nicht aufhalten. Ein Schrei ertönte.

Aber nicht ihrer.

Billi blinzelte, als sie direkt in das Deckenlicht starrte; der Schlägertyp war weg. Der Saum eines dunklen Mantels streifte ihr Gesicht, als jemand über sie hinwegstieg.

»Er hat ein Messer«, krächzte sie, immer noch benommen von dem letzten Hieb. Als sie sich umdrehte, sah sie, wie der Schläger mit der Klinge nach dem Neuankömmling stach. Der Mann wehrte den Angriff ab, packte den anderen am Handgelenk und drehte es abrupt herum. Das Messer flog davon.

Dann trat er seinem Gegner die Füße weg, und der Schläger krachte auf den Boden.

Der Mann hielt inne. Dann drehte er sich zu Billi um und streckte die Hand aus.

»Darf ich dir aufhelfen?«, sagte er.

»Ich komme schon klar.« Sie brauchte seine Hilfe nicht. Zumindest jetzt nicht mehr. Der Zug wurde langsamer, und Billi klammerte sich an den Sitz, um sich abzustützen.

»Ich habe noch nie gesehen, wie jemand sich so schnell bewegt hat«, sagte sie.

Der Mann zuckte mit den Schultern. »Du bist auch nicht schlecht.«

Der Zug hielt an. Holborn.

»Ich muss los«, sagte Billi. Sie stolperte ein paar Schritte auf die Tür zu; der Boden schwankte unter ihren Füßen, obwohl der Zug angehalten hatte. Sie war mitgenommener, als sie gedacht hatte. Zwei Hände nahmen sie an den Armen.

»Ich helfe dir nur raus, in Ordnung?«, sagte er.

Billi nickte widerstrebend. Sie musste ins Freie.

Er führte sie hinunter auf den Bahnsteig. Die Türen schlossen sich hinter ihnen, und der Zug ratterte davon. Billi sah seine Lichter in der Dunkelheit verschwinden. Sie drehte sich um und blickte zu ihrem Retter hoch.

Er war hochgewachsen und hatte Raubvogelaugen, schräg stehend und beinahe bernsteinfarben, halb unter ungekämmtem schwarzen Haar verborgen. Sein T-Shirt spannte sich über seinem muskulösen Oberkörper, und eine Tätowierung, die eine Dornenranke zeigte, wand sich von seiner rechten Hand bis zu seinem Hals. Der Dorn an seinem Kinn streckte sich, als er lächelte. Billi fand, dass er nicht viel älter als sie aussah.

»Sollen wir die Polizei rufen?«, fragte er und durchbrach so die Stille.

Billi hatte ihn angestarrt. *Wie peinlich.* Sie schüttelte den Kopf und versuchte, sich vom Blick des Jungen zu lösen. »Das ist es nicht wert.«

Das Letzte, was sie oder die Tempelritter gebrauchen konnten, war, dass die Polizei herumschnüffelte.

»Und überhaupt … Du hast ihnen ja wohl deutlich gemacht, dass sie einen Fehler begangen haben.«

»Da war ich nicht der Einzige … Wie heißt du denn?«

Billi streckte die Hand aus. »Billi SanGreal.«

Er sah ihre Hand einen Moment lang an, bevor er sie ergriff. Billi erschauerte, als sie einander berührten. *Wird ja immer seltsamer,* dachte sie. *Aber nicht auf schlechte Art und Weise.*

Seine Finger umschlangen ihre Hand. »Mike Omen.«

7

»Weißt du, ich kann auch allein nach Hause gehen. Ich bin keine Jungfrau in Nöten«, sagte Billi, als Mike und sie den Strand hinuntergingen. Außer ihnen war niemand unterwegs, nur ein Müllwagen, der vor den Läden Müllsäcke einsammelte.

»Und ich bin kein edler Ritter«, erwiderte Mike. »Aber ich muss auch hier lang.«

Billi blieb am Torhaus stehen. Eine schwarze Tür, die in die Middle Temple Lane führte – nach Hause.

»Du wohnst da drinnen? Ich dachte, das wäre nur für Anwälte und solche Leute.«

»Wie kommst du darauf, dass mein Vater kein Anwalt ist?«

Mike lachte. »Keine Anwaltstochter kämpft so.«

Billi zog den Schlüssel hervor. »Er ist Pförtner. Dazu gehört auch, dass ihm eine Wohnung gestellt wird. Damit immer jemand da ist, wenn den Anwälten der Gin ausgeht und so.« Sie drehte sich um und streckte die Hand aus. »Auf jeden Fall … Danke.«

Mike nahm sie nicht. »Billi … Wofür steht die Abkürzung?«

»Bilqis. Meine Mutter war Muslimin.«

»War?«

»Sie ist gestorben, als ich fünf war.« Sie schüttelte den Kopf, verscheuchte die Erinnerung, bevor sie sich einnisten konnte.

»Ich erinnere mich kaum an sie.« Sie schloss die Tür auf. »Hör zu, ich weiß wirklich sehr zu schätzen, was du getan hast. Aber jetzt ist alles in Ordnung. Ich wohne gleich dahinten.«

Mike schaute die Tür an. »Dann auf Wiedersehen.« Er lächelte kurz. »Wir sehen uns.« Er drehte sich um und ging davon.

Billi blickte ihm nach; sie war hin- und hergerissen und wusste nicht, was sie tun sollte. Der Kerl hatte ihr gerade das Leben gerettet.

Sie lud nie jemanden zu sich nach Hause ein. Das hatte sie seit Jahren nicht mehr getan. Zu viele Geheimnisse, zu viele kleine Lügen, die sie würde erzählen müssen, um so zu tun, als sei sie »normal«. So hatte ihr Dad es ihr beigebracht. Sie war Templerin. Freundschaften waren ein gefährlicher Luxus.

»Warte!« Billi rannte hinter Mike her und holte ihn an der Ecke ein, bevor er endgültig verschwand. »Warte.«

Er blieb stehen, und Billi bremste scharf vor ihm ab. »Es tut mir leid«, sagte sie. Und nun? *Oh, sag was, Billi. Steh nicht einfach wie ein Trottel herum.* »Es tut mir leid. Es regnet.«

»Das ist ja wohl kaum deine Schuld.«

»Was?« Oh, das war ein Witz gewesen. Verdammt. Sie hätte lachen sollen. Billi holte tief Luft. »Komm doch kurz mit rein. Ich schulde dir mindestens eine Tasse Tee.«

Da, es war doch gar nicht so schwer. Mikes goldene Augen zogen sich zusammen, und seine Lippen kräuselten sich. Lachte er sie aus?

Dann nickte er. »Danke. Das wäre schön.«

Billi führte ihn durch den dunklen, tunnelartigen Durchgang; es war immer so, als würde man eine Welt verlassen und in eine andere eintreten. Sie gingen über den Hof neben der Middle Temple Hall bis zu ihrer Haustür. Ihr Herz raste, als sie die Tür aufschloss. Drinnen war es dunkel, und Arthurs schwere Jacke war nicht da: Er war unterwegs. Billi seufzte erleichtert.

»Die Küche ist oben«, sagte sie.

Mike nahm die Reihe von Gemälden in Augenschein, die im Flur hingen und alte Krieger und Schlachten zeigten. Vor einem blieb er stehen.

»Was ist das hier?«

»Waterloo. Einer unserer Vorfahren hat dort gekämpft.« Sie deutete auf eine Schar von bedrängten Soldaten in Blau. »Für Napoleon.«

»Eine Familie von Helden, was?«

»Eher eine von ruhmreichen Verlierern.«

Sobald sie in der Küche waren, beschäftigte sich Billi mit dem Wasserkocher. Es waren noch ein paar Teebeutel in der PG-Dose und gerade noch genug Milch in der Packung. Sie musste den Zucker mit einem Messer als Meißel aus dem Topf kratzen, aber am Ende kochte das Wasser, und zwei dampfende Becher standen auf dem Tisch.

Billi zog sich einen Hocker heran und setzte sich gegenüber von Mike hin. Sie war sich plötzlich des ausgeblichenen Tischtuchs, der gelblichen Fliesen und der schief hängenden Küchenschränke schmerzlich bewusst. Das Linoleum auf dem Boden hatte Risse, durch die man die alten, verzogenen Bodendielen sah, und sogar der Becher, den sie in der Hand hatte, war abgesplittert.

»Tut mir leid. Bisschen unordentlich hier«, murmelte sie verlegen.

»Braucht nur einen neuen Anstrich«, sagte Mike großzügig. »Dein Vater ist offensichtlich kein großer Heimwerker.«

Farbe allein würde nichts übertünchen können. Das hier war niemandes Zuhause. Es war ein Ort für Templergeschäfte, an dem sie nur zufällig schlief. Sie sah die Wand an. Was war mit den Fotos passiert? Sie konnte sich nicht einmal mehr erinnern, wann sie abgenommen worden waren. Früher hatten ganz viele dort gehangen: von ihr und Dad. Und Mom. Alle weg.

»Mein Vater tut nicht viel im Haus.«

»Klingt anstrengend.« Er seufzte. »Ich weiß, wie du dich fühlst.« Billi sah zu ihm hoch. Mike schien in weite Ferne zu blicken. »Mein Vater ist … distanziert. Ich bin vor Ewigkeiten von zu Hause weggegangen.«

»Vermisst du es?«

»Jeden Tag.«

Das Krachen ließ Billi zusammenzucken.

Tee spritzte über den Tisch, und als sie aufschaute, sah sie Arthur, der in der Tür stand. Ein schwerer Armeerucksack lag zu seinen Füßen.

»Wer ist das?« Feurige Glut schimmmerte in seinem Blick.

Er hat gekämpft. Sie mochte sich gar nicht vorstellen, was in dem Rucksack war. Sie musste Mike wegschicken.

Aber Mike war schon aufgestanden. Er durchquerte den Raum und streckte die Hand aus. »Mike Omen.«

Arthur ignorierte die Geste. Er ging zur Spüle und begann sich die Hände zu waschen.

»Es ist spät«, sagte er. »Wir müssen reden, Billi.«

Billi schämte sich. Sie hatte gewusst, dass ihr Dad so sein würde.

»Danke für den Tee«, sagte Mike; er lächelte und störte sich offenbar nicht an der Unhöflichkeit ihres Vaters.

Billi sprang auf. »Ich bringe dich zur Tür.«

Sie führte ihn nach unten und zur Haustür. Sie warf einen Blick über die Schulter, um sicherzugehen, dass ihr Vater außer Hörweite war.

»Es tut mir leid. Mein Vater ist etwas seltsam. Wenn Fremde zu Besuch kommen, findet er das nicht so komisch.« Mike hob eine Augenbraue, und Billi ging auf, was sie gerade gesagt hatte. »Nicht, dass du komisch wärst. Überhaupt nicht.« *Oh Gott, was ist bloß mit mir los?* Sicher eine leichte Gehirnerschütterung von dem Kampf. Das musste es sein.

»Du bist selbst ganz schön komisch, Billi«, sagte Mike. »Die meisten Mädchen würden nach so einer Nacht ziemlich in Panik sein. Bist du sicher, dass alles in Ordnung mit dir ist?«

Es regnete jetzt stärker. Billi sah, wie ein funkelnder Tropfen an Mikes Hals hinunterglitt und sich in den Dornen der Tätowierung verfing.

»Ja, klar. Du wärst erstaunt, wenn du wüsstest, wie grob manche von den Anwälten hier sein können.« Sie trat in der Tür unbehaglich von einem Fuß auf den anderen. »Also … Danke für alles. Du weißt schon, dafür, dass du mir das Leben gerettet hast und so.«

Oh, das war ja so was von cool. Sei still. Sofort.

Mike grinste. »Schade, dass ich meinen Tee nicht austrinken konnte.« Er sah zum Küchenfenster im ersten Stock hoch. »Warum versuchen wir das nicht noch mal, vielleicht irgendwo anders?«

Er will mit mir ausgehen. Zumindest nahm sie an, dass er das vorhatte. Normalerweise kamen Jungen nicht einmal in Billis Nähe, was kein Wunder war, und verabredeten sich schon gar nicht mit ihr. Der Ruf ihres Vaters sorgte dafür.

Unsicher, wie sie darauf reagieren sollte, nickte sie nur. Mike reichte ihr sein Handy, so dass sie ihre Nummer eingeben konnte, und sie nahm die Berührung seiner Hand an ihrer sofort bewusst wahr: erstaunlich warm trotz des kalten Regens.

Billis Finger verhedderten sich auf der winzigen Tastatur, und sie musste tief und ausgiebig Luft holen, um sich zu beruhigen und die blöden Ziffern richtig einzugeben. Mike warf einen Blick auf das Display, bevor er sein Handy zuklappte.

»Dann sehe ich dich vielleicht bald?«

»Ja, vielleicht.« Sie schaffte es nur mit Mühe, die Worte herauszubringen.

Mike winkte, bevor er in der Dunkelheit verschwand; seine Gestalt verblasste im nebligen Dunkel zwischen den orangefarbenen Lichtkreisen unter den Straßenlaternen. Dann war er weg.

Billi blieb noch eine Weile stehen und sah zu, wie die funkelnden Regentropfen den Lampenschein reflektierten und wie Gold auf das Kopfsteinpflaster fielen.

Drinnen in der Küche hatte ihr Vater seinen Rucksack ausgeleert. Der Tisch war mit Zeitungspapier ausgelegt, und er wischte gerade einen brutal aussehenden Kukri mit einem Lappen und Öl ab. Daneben stand ein dampfender Becher.

Billi konnte ihrem Vater kaum ins Gesicht sehen, als sie hereinkam. »Er ist weg. Deinetwegen.«

»Solche Leute machen alles nur komplizierter.«

»Was für Leute?«

»Solche eben. Jungs. Freunde.«

Billi wandte sich abrupt ab und sah die Spüle an; sie hoffte, dass ihr Vater die verräterische Röte in ihrem Gesicht nicht bemerkte.

»Er ist nur ein Bekannter.«

Arthur sah sie nur an. »Elaine hat mir erzählt, was passiert ist.« Er legte sein Messer weg. »Geht es dir gut?«

Billi wurde vor Schreck fast ohnmächtig. Machte ihr Vater sich etwa Sorgen? Die Zunge versagte ihr für einen Augenblick den Dienst. Sie nickte.

»Gut. Du musst dich konzentrieren. Es gibt Arbeit«, erklärte er.

Wie dumm. Er machte sich gar keine Sorgen. Er befürchtete nur, dass sie nicht kampffähig sein würde.

»Nie ist dir etwas wichtig, bis auf den bescheuerten Orden!« Billi hielt sich neben der Spüle fest, grub die Fingernägel in das alte Holz und bemühte sich sehr, nicht zu explodieren. »Du willst nicht, dass ich sonst noch etwas habe, oder?«

Arthurs Gesicht war ausdruckslos. Er zuckte nicht mit der Wimper.

Billi ging weg, auf ihr Zimmer zu. Sie war jetzt so müde.

»Ich habe mir dieses Leben nicht ausgesucht«, sagte sie. Aber bevor sie den Raum verlassen konnte, hörte sie seine Erwiderung.

»Das tut nie einer von uns«, sagte er.

8

Ein paar Tage vergingen, und sie hörte nichts von Mike. Ihr Vater hatte gewonnen – wieder einmal. Er schüchterte alle ein, und jetzt hatte er Mike verscheucht – und mit ihm Billis Chance auf ein Leben außerhalb des Ordens. Sie hätte es hinnehmen sollen, wie die anderen.

Aber sie konnte es nicht. Sie beförderte die Bettdecke mit einem Tritt beiseite. Das war nicht das Leben, das sie wollte.

Sie beugte sich über ihren Nachttisch und klappte zum tausendsten Mal ihr Handy auf, weil sie hoffte, dass eine SMS oder Sprachnachricht eingegangen sein könnte, während sie geschlafen hatte. Nichts. Verdammt! Es hätte sie nicht wundern sollen: Welcher Junge, der noch ganz richtig im Kopf war, wollte sich schon mit einem Mädchen verabreden, das einen Psycho als Vater hatte?

Sie schlüpfte aus ihrem Pyjama und in ihren Trainingsanzug. Es war sechs, die Vögel draußen waren noch nicht einmal wach – und sie war zu wütend, um zu schlafen. Es gab nur ein Mittel dagegen.

Die Katakomben befanden sich überall unter dem Temple-Viertel. Geheime Gangsysteme, Tunnel und Kammern, die einst von den Templern ausgeschachtet worden waren; alle Aufzeichnungen darüber waren im Laufe der Zeit praktischerweise verloren gegangen, so dass nur die Ritter selbst noch um die Existenz der Katakomben wussten. Es gab sogar einen heimlichen Zugang zum unterirdischen Fleet River. Wenigen war bewusst, dass die alten Knochen der Stadt unter den Stahl- und Glastürmen des modernen London schliefen. Billi trat in die unterirdische Waffenkammer und knipste das Licht an. Die kalten, weißen Neonröhren erstrahlten längs der Wände und beleuchteten die alten Ziegel, die niedrige gewölbte Decke, den kalten, mit Steinplatten ausgelegten Boden und die Waffen. Einst war dies das Beinhaus der Templer gewesen. Sogar jetzt lagen die Knochen der alten Ritter noch in grob behauenen Nischen entlang der Wände. Auch nach all dieser Zeit verspürte Billi ein leises Erschauern, als sie unter dem Blick dieser alten Gebeine die düstere Kammer betrat. Würde in hundert Jahren ihr eigener blickloser Schädel hier liegen und einem neuen Knappen beim Training zusehen – womöglich mit denselben Waffen? Sie erschauerte erneut, und nicht aufgrund der Kälte.

Der Geruch war eine staubige Mischung aus einsickernder Feuchtigkeit, Öl und Politur. Wie viele tausend Stunden hatte sie hier unten verbracht? Im letzten August hatte sie das Sonnenlicht kaum gesehen. Sie war im September so weiß wie ein Gespenst wieder zur Schule gegangen. Die ganze Zeit über hatte sie mit Wetzstein und Lappen die Waffen in Schuss gehalten. All die Blutergüsse und Schnittwunden, all die seltsamen Blicke im Unterricht … all die Ausreden.

Oh, ich bin gestolpert.

Ich bin gegen die Tür gerannt.

Bin die Treppe runtergefallen.

Mir ist eine Vase auf den Kopf gefallen.

Der Hund / die Katze / die Ziege hat mich gebissen / gekratzt / getreten.

Sie ging an der langen Reihe von Schwertern entlang, die alle ordentlich auf Holzregalen ruhten. Es waren schottische Zweihänder, deutsche Bastardschwerter, französische Rapiere und indische Patas dabei – tödlicher Stahl aus der ganzen Welt. Sie musste mit ihnen allen umgehen können. Arthur hatte ihr beigebracht, dass nichts Glanzvolles an Waffen war: Sie waren Werkzeuge, nicht mehr und nicht weniger. Sogar Katanas – die Seelen der Samurai – lagen neben groben, abgenutzten Kopesh-Klingen aus Bronze. Billi schnappte sich ein Bokken, ein hölzernes, japanisches Übungsschwert. Templer trainierten nicht mit einer modernen Kendo-Ausrüstung, mit Schutz und hohlen Bambusstäben. Percy war überzeugt, dass nichts die Reflexe besser trainierte als das Risiko einer ernsthaften Verletzung. Der schwere Zedernstab des Bokken war tödlich. Billi ließ die Waffe langsam kreisen, lockerte ihre Handgelenke, brachte das Blut in Schwung und wurde schneller, als sie mit Stößen, Hieben, Paraden und Schnitten gegen eingebildete Gegner begann. Sie wirbelte herum, drehte sich, duckte sich, huschte vor und zurück, ließ ihre Füße über den kalten Stein gleiten und springen. Feuer brannte in ihren Adern, während sie Arme und Köpfe abschlug, Arterien aufschlitzte und Herzen durchbohrte. Das Bokken reagierte schon, bevor sie dachte, als verfüge es über ein Eigenleben. Der Tanz war rein instinktiv, ganz formlos. Billi hatte jegliches Zeitgefühl verloren, während sie sich über den leeren Boden bewegte, hypnotisiert von der endlosen Bewegung der hölzernen Klinge. Sie konnte sich darin verlieren und wollte gerade völlig darin aufgehen, als sie einen Luftzug – einen falschen Luftzug – spürte und innehielt.

Sie wandte sich den Stufen zu und sah einen Schatten herunterkommen. Ihr Vater blieb am Rand der Übungsfläche stehen; er trug ein schwarzes T-Shirt und eine ausgeblichene graue Trainingshose.

Warum konnte er sie nicht mal für eine Minute allein lassen?

»Hör nicht auf«, sagte er.

»Ich bin gerade fertig. Du kannst dich gern ausbreiten.« Sie konnte es nicht ertragen, im selben Raum mit ihm eingesperrt zu sein.

Arthur wählte ein Bokken vom Regal. Seine Handgelenke knackten, als er dieselben Aufwärmübungen wie Billi vollführte.

»Percival sagt, du hättest dieses Jahr große Fortschritte gemacht.« Er trat in die Mitte der Waffenkammer. »Zeig's mir.«

Gegen ihren Dad kämpfen?

Natürlich hatte er einige ihrer Unterrichtsstunden übernommen, als Percy mit einem Auftrag unterwegs gewesen war. Sie hatten sogar Scheinduelle ausgefochten, aber aus irgendeinem Grund … fühlte sich das hier anders an.

Arthur stand mit gespreizten Beinen da, etwas vornübergebeugt, leicht angespannt, den Schwertgriff auf Taillenhöhe, die Schwertspitze zur Kehle des Gegners gehoben.

Gut, wenn er es so will. Billi rückte vor, nahm die Standardposition gegen die Haltung ihres Vaters ein. Ihre Stellung war vor allem darauf ausgerichtet, Schläge gegen seinen ungeschützten Kopf zu führen. Geschwindigkeit und Disziplin.

Das Wichtigste bei diesem Scheinkampf war, schnell zuzuschlagen und den Hieb in der letztmöglichen Sekunde abzufangen. Vielleicht konnte sie das einen Moment zu spät tun? Die Vorstellung, ihren Vater mit einer großen, purpurroten Beule auf der Stirn zu sehen, zauberte ein Lächeln auf ihre Lippen. Sie beruhigte ihren Atem mit langen, tiefen Zügen, besänftigte ihr heftig klopfendes Herz und brachte das Adrenalin unter Kontrolle, das durch ihren Körper rauschte. Sie waren einen Meter voneinander entfernt.

»Hasst du mich, Billi?«

Die Frage kam so unerwartet, dass sie einen Moment lang stutzte, und in dieser Sekunde griff ihr Vater ohne Zögern an. Er deutete einen Stoß an, zog so Billis Schwert nach unten und ließ dann seine Klinge heftig auf ihre niederfahren: der Feuer-und-Stein-Hieb. Der Aufprall erschütterte ihre Arme, und Billi lockerte ihren Griff, um die Energie ins Leere laufen zu lassen, aber Arthur setzte sofort nach. Seine Schwertspitze schoss nach oben, und mit einer Drehung des Handgelenks schlug er Billi das Bokken in hohem Bogen aus der Hand. Sie sah zu, wie es durch die Luft wirbelte und klappernd zu Boden fiel.

»Nun?«, fragte Arthur.

»Was?«

»Ich habe dir eine Frage gestellt. Eine einfache.«

Einfach. War er wahnsinnig? Billi starrte ihren Vater an, geradewegs in diese leuchtenden, wilden blauen Augen, und fragte sich abermals, ob er wirklich ihr Dad war. Die Ähnlichkeiten begannen und endeten bei dem schwarzen Haar. Es hieß, sie sei ihrer Mutter ähnlicher. Nicht so schön allerdings –

das hatte sie den Genen ihres Vaters zu verdanken. Er war nie gutaussehend gewesen, und mit den Jahren hatten die gebrochene Nase und die kreuz und quer verlaufenden Narben ihn nur noch hässlicher gemacht.

Und hassenswert.

»Warum sollte ich dich hassen?« Sie wandte sich von ihm ab, als sie das sagte, nur für den Fall, dass er in ihrem Gesicht lesen konnte. Billi hob ihr Schwert auf. Als sie sich umdrehte, wartete er in derselben Haltung wie vorhin.

»Dafür, dass ich dein Leben ruiniere.« Er zuckte leicht die Achseln. »Das denkst du doch, nicht wahr?«

»Ich bin Templerin – mehr brauche ich nicht im Leben«, verkündete sie.

»Sarkasmus ist die niedrigste Art, geistreich zu sein.«

»Was, wenn ich dich wirklich hasse?«

Jetzt war es an Arthur zu stutzen. Billi grinste hämisch und ließ ihn das verdauen. Aber ihr Lächeln erstarb. Tat sie das wirklich? Hasste sie ihn, oder hasste sie nur mittlerweile dieses Leben? Sie schüttelte den Kopf und ging wieder in Fechthaltung.

»Warum müssen wir uns daran beteiligen?«, fragte sie.

»Wir sind Templer. Wir haben eine Verpflichtung.« Er konzentrierte sich ganz auf das Schwert.

»Die Menschen vor den Unholden zu schützen.« Sie packte den Schwertgriff fester; ein zweites Mal würde sie nicht auf denselben Trick hereinfallen. »Aber wir machen das nicht besonders gut, oder? Wie sollen wir deiner Meinung nach diesen Kampf gewinnen, wenn wir nur zu neunt sind?«

»Der Orden bestand ursprünglich nur aus neun Männern.«

Billi führte einen Hieb abwärts, und Arthur hob die Klinge und parierte. Knapp, aber es reichte. Billi stieß zu und ließ sich dann vom Kampf leiten, ohne Nachdenken oder Strategie, ohne Plan, einfach nur vom leichten Wandel der Bewegungen, Positionen, Angriffe und Paraden. Er war stärker; sie war schneller. Die Attacken kamen gefährlich nah, aber binnen Sekundenbruchteilen bewegte Billi sich, schlug einen Hieb beiseite oder führte selbst einen. Sie bewegten sich kreuz und quer über den Boden der Waffenkammer, hin und her, hin und her; keiner ließ dem anderen auch nur die kleinste Atempause. Billi drängte sich nah heran; die Schwertgriffe prallten gegeneinander, und ihr Vater lächelte.

Und versetzte ihr einen Kopfstoß.

Funken füllten ihr Gesichtsfeld, und sie konnte sich nicht auf den Beinen halten. Der Boden neigte sich plötzlich, und Billi fiel hintenüber.

Ihr Vater fing sie auf.

»Du Dreckskerl«, flüsterte sie und schüttelte den Kopf, um ihn klar zu bekommen. Sie betastete ihre Nase. Wenn sie gebrochen war … Nein, sie blutete nicht einmal. Aber ihre Augen waren mehr als feucht geworden. »Dreckskerl.«

Wenn sie ihn bis jetzt noch nicht gehasst hatte, dann tat sie es nun. Er konnte noch nicht einmal fair kämpfen! Er ließ sie zu Boden gleiten und hockte sich dann neben sie.

»Du hasst dieses Leben, nicht wahr?«

»Ja! Natürlich tue ich das.«

Arthur nickte. Er betrachtete das Bokken in seiner Hand. »Gut. Das solltest du auch.«

Billi schüttelte noch einmal den Kopf. »Was?«

»Du hast recht, Billi. Wir sind so wenige und halten doch die Dunkelheit in Schach. Warum? Weil wir gnadenlos sind. Wir bescheren den Ungeheuern Albträume.« Er beugte sich zu ihr und flüsterte: »Angst ist eine mächtige Waffe.«

Billi erstarrte. Ihr war noch nie im Leben so kalt gewesen. Ihr Herz musste zu Eis erstarrt sein. Arthur stand auf. Er sah sie nicht an.

»Du musst gnadenlos sein. Nichts darf dich davon abhalten, deine Pflicht zu erfüllen. Eines Tages wirst du eine fürchterliche Entscheidung treffen müssen. Dann wird Mitleid dein Herz erfüllen, und du wirst zögern. Du wirst glauben, dass es einen besseren Weg geben muss.« Er seufzte. »Aber manchmal gibt es keinen. Du wirst ganz nah dran sein, den warmen Atem einer Person auf deinem Gesicht spüren, den Lebensfunken in ihren Augen sehen und wissen, dass du dieses Leben beenden musst. Wie du es bei der Feuerprobe getan hast.« Er zog Billi auf die Füße. »Du hasst, was wir tun. Du tust gut daran. Wer würde dieses Leben führen wollen? Manchmal müssen wir schreckliche Dinge tun, große Opfer bringen. Aber wir müssen es tun. Weil die Alternative so viel schlimmer ist.« Er umschloss ihr Gesicht mit den Händen und beugte sich vor. Billi spannte sich an und glaubte, er würde sie auf die Stirn küssen, wie er es vor langer Zeit immer getan hatte.

Oder ihr vielleicht noch einen Kopfstoß versetzen.

Stattdessen ließ Arthur die Hände sinken und wandte sich ab. »Räum auf. Wenn du fertig bist, habe ich eine Aufgabe für dich.«

9

Kay wartete nach der Schule auf sie. Sie drängte sich durch die Menge, die aus den Schultoren strömte, und warf sich den Rucksack über die Schulter. Kay saß oben auf der hohen Mauer.

»Was ist los?«, fragte Billi.

»Lies das«, sagte Kay und reichte Billi ein Blatt Papier. Es war eine E-Mail vom Chefarzt der Kinderstation irgendeines Krankenhauses. Billi überflog sie. In den letzten zwei Tagen waren vier Kinder gestorben. Ihre Herzen hatten einfach aufgehört zu schlagen. Die Autopsien hatten nichts ergeben. Jedes Kind war nur für eine kleine Operation im Krankenhaus gewesen: Entfernung der Mandeln, Mittelohrentzündung... Ein Junge, Rupresh Patel, hatte lediglich einen eingewachsenen Zehennagel gehabt. Aber das sagte alles nicht viel.

»Glaubt Dad, dass es etwas Übernatürliches ist?«

»Das sollen wir herausfinden.«

Das Hauptgebäude des China Warf Hospital, ein sechs Stockwerke hoher, viktorianischer Bau, stank nach Verfall. Ein muffiger Geruch haftete den Wänden an, grüner Schimmel bedeckte die Regenrohre, und die Fensterrahmen waren brüchig und verfault. Das Krankenhaus bekam nie direktes Sonnenlicht ab, denn es kauerte im Schatten der gigantischen Türme der nahen Canary Wharf. Ein paar Patienten mit teigigen Gesichtern saßen in Rollstühlen und starrten dumpf zu den Glasfassaden dieser Bastionen des Reichtums empor. Neben ihnen drängte sich ein Trio erschöpfter Krankenschwestern zu einer Zigarettenpause unter dem Vordach des Eingangs zusammen.

»Lass uns an die Arbeit gehen«, sagte Billi und trat durchs Krankenhaustor.

Sie drängten sich durch die Patientenaufnahme. Jeder Sitzplatz war besetzt – und auch fast jedes Stück Boden. Es waren viele Kinder hier, manche in Kinderwagen; andere wurden von ihren Eltern auf dem Schoß gewiegt, während ein arg überanstrengt wirkender Verwaltungsangestellter versuchte, sich durch die dichtgedrängte Menge zu arbeiten, um den schlimmsten Fällen Priorität einzuräumen. Es sah aus wie aus einem Nachrichtenbericht über die Dritte Welt. Billi pflügte durch die Menge auf die Fahrstühle zu. Kay hatte sich nicht gerührt. Er stand mit zusammengekniffenen Augen mitten im Raum.

»Was ist los?«, fragte sie.

Kay runzelte die Stirn. »Hörst du etwas?«

Billi konzentrierte sich. »Einen Haufen schreiender Kinder. Wieso?«

Er zuckte mit den Schultern. »Weiß nicht. Vielleicht ist es nichts.«

»Gut. Gehen wir.«

Kay hatte den Grundriss des Gebäudes im Internet abgerufen. Die Kinderstation lag im obersten Stockwerk. Sie schlüpften mit einer Besuchergruppe in den Aufzug. Kay zog eine Schachtel Quality Street mit einer Schleife aus der Tasche; falls jemand sie aufhielt, würden sie so tun, als wollten sie einen Freund besuchen.

Sie fuhren Stockwerk um Stockwerk nach oben. Durch eine breite, hölzerne Doppeltür betraten sie eine Reihe düsterer Räume. Irgendjemand hatte vor langer Zeit versucht, die Wände mit Bildern von Zeichentrickfiguren, bunten Regenbogen und Porträts fröhlicher Patienten zu dekorieren. Aber im Laufe der Zeit waren durch mangelnde Pflege feuchte Flecken an der Decke entstanden. Die lächelnden Porträts hatten jetzt eine kränkliche, krebsgeschwürartige Haut, da die Farbe gealtert, abgeplatzt und vergilbt war. Auf jeder Seite lagen vier Abteilungen; danach folgte die Intensivstation mit einer Reihe belegter Inkubatoren. Dahinter lag die Entbindungsstation.

»Du siehst dahinten nach« – Kay deutete auf die westlichste Abteilung – »und ich hier. Ruf mich, wenn du irgendetwas Seltsames bemerkst.«

Billi hatte damit gerechnet, dass es hier etwas Leben geben würde, das Hintergrundgeräusch natürlichen, kindlichen Lachens und aufgeregter Stimmen. Aber da war nichts. Eine einzelne Stationsschwester saß im gläsernen Sichtkasten, beinahe verborgen hinter dem hohen Wall ihres Schreibtischs. Im Schwesternzimmer dahinter konnte Billi hören, wie die *Eastenders* rauschend aus den Lautsprechern eines alten Fernsehers drangen, und dort saßen zwei weitere Krankenschwestern, die fast komatös in ihren Sesseln hingen und beide mit leerem Blick auf den flackernden Bildschirm starrten.

Billi ging den Flur hinunter und kämpfte das Gefühl kalten Unbehagens nieder.

Die Kinder in den Betten wirkten teilnahmslos; nur manche beobachteten sie mir eisigem Argwohn.

Wonach suchte sie? Es gab Betten, es gab kranke Kinder. Womit hatte sie sonst gerechnet? Das hier war ein Krankenhaus. Noch eines der paranoiden Hirngespinste ihres Vaters. Sie konnte Kay nicht sehen – wohin war er gegangen? Sie wollte hier fertig werden und nach Hause gehen.

»Entschuldige, Liebes, bist du eine Besucherin?« Eine Stationsschwester war wie aus dem Nichts erschienen. »Diese Kinder brauchen Ruhe, und wenn du niemanden besuchst, solltest du gehen.« Sie sprach mit müder Festigkeit, nicht harsch, aber überzeugt.

Billi deutete auf eine Tür und ging darauf zu. »Ich bin hier, um« – sie kam näher heran und bemerkte ein Schild, REBECCA WILLIAMSON – »meine Freundin Becky zu besuchen. Nur ganz kurz.« Und sie ging hinein.

Das Licht war ausgeschaltet, die Vorhänge zugezogen, aber der blasse Schimmer der Monitore reichte aus, um ein schlafendes Mädchen im Bett zu sehen. Sie war klein, sieben oder acht, mit einem Tropf im Arm; ein Pulssensor klemmte an ihrem Finger, und ein Atemschlauch befand sich in ihrer Nase. Ihr Haar war dünn, und Billi konnte ihren Schädel sehen; die Haut war pergamentartig und von blauen Adern durchzogen. Billi würde hier eine Minute abwarten; dann würde sie hinausschleichen und Kay suchen.

Das Mädchen öffnete die Augen. Als sie einatmete, klang es, als versuche sie, gegen den Willen ihres Körpers Luft einzusaugen.

»Hallo«, sagte das Mädchen. Ihre Stimme war brüchig.

Billi wollte gehen, aber sie blickte dem Mädchen in die Augen und sah das Leben wild darin flackern. Das Mädchen wollte etwas anderes tun, als nur im Dunkeln zu warten.

»Hallo … Rebecca.«

Rebecca atmete langsam aus und saugte dann mit großer Mühe neue Luft ein. Ihr schmächtiger Körper zitterte unter dem Bettzeug.

»Sind meine Mom und mein Dad hier?«

»Nein, aber ich bin sicher, dass sie nicht lange brauchen werden.«

Das Mädchen begann zu weinen. Ihr Kopf zuckte leicht, Tränen sammelten sich in ihren Augen und strömten dann nach unten. Sie schluchzte kaum; es gab nur ein kurzes, schwaches, keuchendes Geräusch. Billi sah sich um und fand eine Packung Kleenex. Sie reichte Rebecca eine Handvoll und sah zu, wie das Mädchen sie matt anhob. Die Anstrengung, sich das Gesicht abzuwischen, erschöpfte sie. Die nassen Tücher fielen zu Boden.

»Tut mir leid«, sagte Rebecca. »Ich habe Angst.«

Billi wusste nicht, was sie sagen sollte. Den Kranken Trost zu spenden war Aufgabe der Johanniter, nicht der Templer. Sie starrte nur Rebeccas skelettartigen Brustkorb an, der sich hob und senkte. Sie konnte die Rippen unter dem weißen Nachthemd sehen.

Rebecca drehte sich zu ihr um. Ihr Blick blieb an dem silbernen Kreuz hängen, das Billi um den Hals trug. »Glaubst du an Gott?«

Tat sie das? Billi berührte das Kreuz aus reiner Gewohnheit. Sie hatte ihr halbes Leben zu Allah, die andere Hälfte zu Jesus gebetet. Sie hatte ihren Vater früh gefragt, wie sie beten sollte. Arthurs Antwort war für einen Templermeister häretisch gewesen. Er wusste es nicht und glaubte, dass es Gott, wer auch immer Er war, wahrscheinlich nicht kümmerte.

»Ich … glaube schon.«

»Warum?«

Billi sah das sterbende Kind an, dessen zerbrechliche Finger sich um die Laken krampften. »Ich schätze … es muss einen Grund haben, warum die Welt ist, wie sie ist. Einen Grund dafür, dass …« Sie lauschte dem schrecklichen, saugenden Geräusch, als Rebecca weiterkämpfte. » … dass schlimme Dinge geschehen.«

Rebecca schloss die Augen. »Meine Mom hat früher nie gebetet« – ihr Atem wurde zu einem flachen, leisen Plätschern – »aber jetzt tut sie es die ganze Zeit.«

»Billi?« Kay streckte den Kopf durch die Tür. »Ich habe überall nach dir gesucht …« Er sah Rebecca an und riss die Augen auf. Er kam ins Zimmer und packte Billi am Arm. »Komm. Sofort.«

»Was ist los?«

»Wir müssen Arthur Bericht erstatten«, sagte Kay. Er wich bereits zurück und zerrte Billi mit. Er hatte fürchterliche Angst. Er warf Blicke in die Winkel des Raums, in die Schatten.

Billi entzog ihm ihren Arm. »Hör auf durchzudrehen! Was ist los?«

Kay sah aus, als würde er gleich davonrennen. Stattdessen nahm er Billi bei den Schultern und drehte sie herum, so dass sie das kranke Mädchen ansah. Er stellte sich hinter sie und hielt ihr mit den Händen die Augen zu. Billi spürte sie kalt auf ihren Lidern.

»Was tust du…?«

»Schau.« Er spreizte die Finger und ließ den Anblick langsam eindringen. Billi blinzelte, während die Spinnweben der Realität sanft zerrissen wurden.

Das einsame Mädchen saß vertrocknet auf ihrem Bett, in Laken gehüllt, die weiß wie Leichentücher waren, und starrte Billi aus mit Maden gefüllten Augenhöhlen an. Geschöpfe wanden sich unter ihrer hauchdünnen Haut. Groteske, skelettähnliche Fliegen saßen auf ihr, fraßen triefendes, blutendes Fleisch; ranziger Gestank und übelriechende Dämpfe zischten aus der Lunge des Mädchens hervor. Das Kind atmete durch mehrere geöffnete Münder, in denen gelbe Zähne nur noch lose in verwestem, geschwärztem Zahnfleisch saßen; ihre schleimbedeckten Zungen hingen schlaff über weiße Lippen.

»Nein«, flüsterte Billi, trat von Kay zurück und schüttelte den Kopf, um das abscheuliche Bild loszuwerden. Sie stolperte auf den Flur hinaus und kämpfte die bittere, metallische Galle nieder, die in ihrem Hals aufstieg. Kay holte sie ein und zog sie beide durch die Tür ins Treppenhaus. Billi lehnte sich mit zusammengebissenen Zähnen gegen die Wand und wartete darauf, dass die Übelkeit sich legte.

»Was ist das? Was geht mit ihr vor?« So etwas hatte sie noch nie gesehen. Sie konnte sich nicht erinnern, dass so etwas in den antiken Handschriften und alten Templeraufzeichnungen erwähnt wurde. Kay drückte sie an sich; sein Brustkorb berührte ihren Rücken.

»Ich weiß es nicht.« Er wandte sich wieder der Tür zu. »Aber ich glaube, das hier ist nur der Anfang.«

Billi rief ihren Vater an, während Kay Tee holte. Sie hatten ein billiges Selbstbedienungscafé an der Hauptstraße gefunden, in dem außer ihnen nur ein alter Mann saß, der endlos in seinem Kaffee rührte und einem leeren Fleck an der Wand irgendetwas zumurmelte. Verblasste Poster mit karibischen Stränden und weißen Bergen in den Alpen schmückten die Wände; ihre Ecken waren hochgerollt und gelb von Zigarettenqualm. Billi kam nicht durch; das Telefon schaltete sofort die Mailbox ein. Schließlich erreichte sie Percy. Er wies sie an zu bleiben, wo sie waren; er war schon unterwegs.

Als sie wieder ins Café ging, hatte Kay bereits Tee und Brötchen geholt. Er hielt den Becher fest umschlungen, aber seine Finger zitterten immer noch.

»Geht's dir gut?«

Er lächelte schwach. »Hab mich schon mal besser gefühlt.«

»Was geht mit ihr vor?«

»Es ist eine Krankheit, ein Übel, das sie durchs Geisterreich angreift. Diese … Fliegen fressen langsam ihre Seele auf. Ich konnte ihre Aura sehen, aber sie war kaum noch da. Wenn sie damit fertig sind, wird der Körper einfach sterben.«

»Kannst du nichts tun?«, fragte sie. Bei der Erinnerung an die Fliegen drehte sich ihr der Magen um. Kay blickte nicht einmal auf.

Also würde das kleine Mädchen sterben, und sie konnten nichts dagegen tun. Billi dachte daran, wie sie einfach dagelegen und mit leerem Gesichtsausdruck an die Decke gestarrt hatte. So würde es geschehen – ein kleiner, sinnloser Tod. Und ihre letzte Erinnerung – die, die sie mit ins Grab nahm – würde die an eine Glühbirne an der Decke sein. Vielleicht würde Arthur wissen, wie man sie retten konnte. Moment ... hatte sie nicht irgendwo gelesen, dass Leute auch ohne ihre Seelen überleben konnten?

Kay hob die Augenbrauen, als er ihre Gedanken spürte. »Ohne Seele ist es besser, dass sie stirbt, Billi.«

Sie versuchte, nicht an den kleinen Jungen aus ihrer Feuerprobe zu denken, Alex Weeks.

Kay beugte sich zu ihr und hob sanft ihr Kinn, so dass sie ihn ansehen musste. »Billi, ohne Seele verlieren wir den Teil von uns, der göttlich ist – den Odem Gottes. Der Weg der Seelenlosen führt zur Verdammnis. Nur die gemeinste, bösartigste Person würde auch nur daran denken.«

»Oder die verzweifeltste.« Billi konnte Rebecca nicht aus dem Kopf bekommen.

»Ohne Seele bleibt eine Leere zurück, die einen fürchterlichen, endlosen Hunger erzeugt. Eine, die solche Wesen verzweifelt zu füllen versuchen ...«

»Mit Blut«, schloss Billi für ihn.

Kay nickte. »Der Geschmack der Seele einer Person bleibt an ihrem Blut haften – an ihrem Fleisch. Die Hungrigen Toten nähren sich davon. Es hält sie für eine Weile aufrecht, aber der Geschmack reicht nie aus. Dann töten sie wieder. Und wieder. Jedes Mal wird die Seele weniger sättigend. Die Schlimmsten kommen so weit herunter, dass sie Leichen fressen.«

Vampire. *Nosferatu. Lamia.* Alle Kulturen hatten ihre eigenen Namen für die Hungrigen Toten. Die Templer benutzten das alte arabische Wort.

»*Ghule*«, sagte Billi. »Glaubst du, dass Rebecca eine der Hungrigen Toten werden wird?«

Kay schüttelte den Kopf. »Das glaube ich nicht. Man muss seine Seele freiwillig übergeben, um zum *Ghul* zu werden, und das ist eindeutig nicht das, was Rebecca tut.« Er runzelte spöttisch die Stirn. »Aber passt du denn in Okkulter Überlieferung gar nicht auf? Balin muss schwer enttäuscht sein!

Man muss seine Seele freiwillig jemandem anbieten, der in der Lage ist, sie zu verschlingen – jemandem aus dem Geisterreich. Gewöhnlich ist es ein Teufel, der einen Teil seines eigenen Wesens auf den dann seelenlosen Körper überträgt. Es ist kein einfacher Übergang. Er verlangt dem Geisterwesen viel ab. Sogar ein einziger Handel kann es auf Jahre hinaus schwächen. Deshalb sind solche Verträge auch nicht sehr verbreitet. Sonst würden Teufel überall *Ghule* schaffen.«

»Also verkauft man seine Seele. Wofür?«

»Für Reichtum. Macht. Unsterblichkeit.« Kay starrte aus dem Fenster. »Nichts Wichtiges.«

Billi starrte sein Spiegelbild an, das halb in der Dunkelheit dahinter verschwand.

»Wie kannst du das ertragen?«, fragte sie. »Solche Dinge zu sehen?« Sie war sehr erschüttert gewesen, aber sie wusste, dass sogar die Abscheulichkeit, die sie gesehen hatte, nur ein verblasster, schwacher Abglanz dessen gewesen war, was wirklich mit dem Mädchen geschah. Kay musste es zehn Mal so deutlich gesehen haben. Wenn seine Gabe ihm das einbrachte, war sie froh, keine Seherin zu sein.

»Es hat gute und schlechte Seiten.« Er lächelte, aber es wirkte angespannt und verzweifelt.

»Das heißt?«

Kay saß da und betrachtete seinen Becher. Die braune Flüssigkeit zitterte leicht im Gleichtakt mit seinen Händen. Er stieß einen langsamen, kühlenden Atemzug aus, und der Tee kam zur Ruhe und lag still da.

»Du weißt das nicht…« Er blickte zu ihr auf, als wolle er etwas Bestimmtes sagen, senkte aber den Kopf dann wieder. »Nicht alles, was ich sehe, ist hässlich.«

»Was denn noch?«

Kay streckte die Arme aus und spreizte die Fingerspitzen so weit er nur konnte. »Wunderbare Dinge, Billi.« Er lächelte über irgendetwas, und Billi konnte kaum glauben, dass er Kay war. Dieses Lächeln war so aufrichtig, so erfüllt, dass sie sich fast dafür schämte, es gesehen zu haben. Es war zu intim. Das geheime Lächeln eines anderen. »Manchmal, Billi… manchmal glänzen wir so hell.« Er schlang die Arme um sich. »Das gibt einem irgendwie den Glauben an die Dinge zurück, verstehst du?«

»Kay, du bist *wirklich* seltsam.«

»Aber auf gute Art und Weise, oder?«

Billi lachte. Vielleicht war doch noch etwas von dem alten Kay übrig. Sie sah ihm in die blauen Augen und wurde von der satten Farbe gefangengenommen. Sie wurde still; ihr Lachen war wie weggeblasen.

Billis Handy klingelte. *Gerade noch mal gut gegangen!* Sie löste den Blick von Kay. Sie kannte die Nummer nicht.

»Hallo?«

»Billi? Ich bin's, Mike.«

Mike. Sie konnte es kaum glauben. Die ganze Woche lang nichts – und jetzt rief er an?

Sie sah Kay unbehaglich an. »Es ist… gerade nicht so

günstig, Mike.« Jede Sekunde würde Percy hereingestürmt kommen, wahrscheinlich mit dem halben Orden im Schlepptau. Kay hatte den Blick nicht von ihr abgewandt, also runzelte sie leicht die Stirn und ging vom Tisch weg.

»Bist du beschäftigt?«, frage Mike. »Ich dachte, wir könnten vielleicht zusammen Tee trinken. Gleich um die Ecke bei dir gibt es ein tolles Café. Hast du Lust?«

Billi zögerte. Nach allem, was sie im Krankenhaus gesehen hatte, wusste sie, dass es im Ordenshaus heiß hergehen würde. Sie musste sich die Abende freihalten. Dann dachte sie daran, wie ihr Vater Mike – und auch sie – behandelt hatte, und fällte eine spontane Entscheidung.

»Ja, ich würde mich freuen.«

Sie beschlossen, sich am morgigen Abend zu treffen, nicht weit vom Temple entfernt. Billi klappte ihr Handy zu und wartete, bis ihr Herzschlag sich wieder beruhigte.

Sie hatte sich verabredet. Es war ganz einfach gewesen.

Warum fühlte sie sich dann so nervös? Sie steckte das Handy ein und fragte sich, ob das der Anfang von etwas Neuem war – etwas, das nur ihr gehörte, außerhalb des Templerordens. Jenseits der Kontrolle ihres Vaters.

»Wer war das?«, fragte Kay. Er stand direkt hinter ihr. Saß nicht mehr am Tisch, wo er hätte sein sollen.

»Nur ein Freund.«

»Wer?«

»Um Himmels willen, Kay, du bist nicht mein Kindermädchen!« Sobald sie es gesagt hatte, wünschte sie, sie hätte es nicht getan. Sie sah, wie sein Blick sich umwölkte. Sie hatte keine Zeit, sein zerbrechliches Ego zu verhätscheln. Er hatte sie ein ganzes Jahr allein gelassen. Jetzt würde er einfach damit klarkommen müssen, dass sie ein neues Leben hatte.

»Du musst gar nichts an mir verhätscheln«, blaffte Kay.

»Du Blödmann.« Sie konnte es nicht fassen. Wie konnte er es wagen, ihre Gedanken zu lesen? Und das gerade, wenn sie anfing, ihn wieder zu mögen. Sie war einfach eine Idiotin.

»Hör mal, ich konnte nicht anders. Ich kann es nicht einfach an- und abstellen. Ich hab's nicht so gemeint.«

»Verschwinde!« Sie schlang sich den Schal doppelt um den Hals und ging zu einem anderen Tisch. Sie würde dort auf Percy warten.

Als Percy sie abholte, sorgte Billi dafür, dass sie auf dem Beifahrersitz neben Percy sitzen konnte, so dass sie nicht in Kays Nähe sein oder ihn auch nur ansehen musste. Sie brauchte kein Medium zu sein, um zu spüren, dass seine Blicke sich in ihren Hinterkopf bohrten, aber sie war nicht bereit, sich umzudrehen – noch nicht einmal, als er »rein zufällig« gegen die Lehne ihres Sitzes stieß.

Gott, wie sehr er sie nervte! Wenn er sich jederzeit in ihren Verstand stehlen konnte, wie konnte sie ihm dann noch irgendetwas anvertrauen? Oder ihre Gefühle für sich behalten?

Billi konzentrierte sich darauf, an überhaupt nichts zu denken, vor allem nicht an Kay.

Sie hörte, wie er frustriert schnaufte. Vielleicht half ihr Ärger ihr, ihn auszusperren. Gut. Sie konnte sehr, sehr lange auf ihn wütend bleiben.

Sie hielten am King's Bench Walk und gingen zum Kaplanshaus; dort erzählten sie Percy und Balin alles, was sie gesehen hatten. Billi war erstaunt, dass ihr Vater nicht da war, sagte aber nichts dazu. Kay blieb bei Pater Balin, also spazierte Billi mit Percy nach Hause.

»Wo ist Dad?«, fragte sie, als sie die Haustür erreichten.

Percy runzelte die Stirn und sah zu ihr hinunter. »Kann ich dir nicht sagen, Schatz. Aber er wird morgen früh wieder da sein.«

»Was ist los, Percy?«

Er zuckte mit den Schultern. »Weiß ich nicht so genau, aber wir werden es schon noch herausfinden. Jetzt ruh dich ein bisschen aus.« Er stieß die Tür für sie auf und ging.

Die Wände des Flurs schienen auf sie zuzukommen, versuchten, sie einzusperren. Die uralten Gesichter der früheren Templer starrten auf sie herab, richteten über sie, als sie vorbeiging. Sie hängte ihren Mantel neben dem Porträt von Jacques de Molay auf und starrte den letzten Großmeister des Ordens böse an. De Molay wurde von den Templern als Held verehrt. Als Märtyrer. Er war bei lebendigem Leib verbrannt worden, war bereit gewesen, ins Feuer zu gehen, weil er an den Orden geglaubt und sich geweigert hatte, die Templer im Stich zu lassen. Aber Billi wollte keine Heldin sein. Und schon gar keine Märtyrerin. Sie wollte normal sein. Sie wollte ins Kino gehen, in die Disko, sich verabreden …

Sie *würde* sich morgen mit Mike treffen. Die Templer waren die letzten neun Jahrhunderte ohne sie ausgekommen, also würden sie es auch noch einen Abend länger ohne sie schaffen. Sie wandte dem alten Großmeister den Rücken zu.

Die Küche war leer – bis auf eine Tasse kalten Tee, die Arthur hatte stehen lassen. Sie öffnete den Kühlschrank, aber darin waren nur eine Packung Würstchen und ein halber Liter entrahmter Milch. Sogar jetzt konnte sie sich nicht dazu bringen, Schweinefleisch zu essen. Vielleicht hatte Gwaine ja recht: einmal Muslim, immer Muslim. Also goss Billi sich nur ein Glas Milch ein und ging dann ins Bett.

10

»Billi, wach auf!«

Billi regte sich unter ihrer Decke. Klopfte da jemand an ihre Tür?

»Wach auf, Schatz.«

Sie strich sich die Haare aus dem Gesicht und fand ihren Wecker.

Viertel nach vier. Ja. Viertel nach vier Uhr morgens.

Das Klopfen an ihrer Tür wurde drängender.

»Steh auf, du fauler Knappe! Sofort!«

»Percy?«

Die Tür öffnete sich, und Percy knipste das Licht an. Billi kniff die Augen gegen die stechende Helligkeit zusammen.

»Ah, die Prinzessin erwacht endlich. Zieh dich an. Art will dich in der Kirche sehen – jetzt sofort.«

»Was ist los?«

»Etwas Wichtiges.«

Sie waren alle da. Arthur hatte sie benachrichtigt, und sie waren alle noch in der Nacht zurückgekommen. Er hatte einen Kriegsrat einberufen.

In der Rotunde der Temple Church standen neun Stühle mit hohen Rückenlehnen, in die alte Sinnbilder des Kriegs und des Glaubens geschnitzt waren. Sie waren in einem lockeren Kreis angeordnet, der nur vom Kerzenlicht erhellt wurde, das sich in den grimmigen Gesichtern der Männer spiegelte, die dort saßen. Dünne Rauchfähnchen stiegen von den Kerzen zur hohen Decke auf. Außerhalb dieses Kreises war es dunkel.

Billi setzte sich auf ihren Platz. Kay saß mit unbewegtem Gesicht neben ihr, aber seine Augen waren blutunterlaufen; er hatte offensichtlich nicht geschlafen. Zu ihrer Rechten saß der andere Knappe, Bors, Gwaines Neffe. Er sah Billi mit verschleierten Augen an; seine Lippen verzogen sich in leiser Verachtung. Mit zwanzig war er der zweitgrößte Krieger im Orden. Im nächsten Jahr würde er alt genug sein, um zum Ritter geschlagen zu werden, und es widerstrebte ihm offensichtlich, noch bei den Knappen zu sitzen.

Arthurs Hände umklammerten die Armlehnen. Hinter seinem Stuhl stand Pater Balin, so bleich wie ein mitternächtliches Gespenst. Er gehörte nicht dem kämpfenden Orden an, so dass er keinen Sitz im Rat hatte. Aber als Kaplan hatte er das Recht, anwesend zu sein, sogar beim Kriegsrat. Zu Arthurs Rechter saß Gwaine; als Seneschall nahm er den nächsthöheren Sitz nach dem Meister ein. Links von Arthur saß Percy, der Templermarschall und Waffenmeister. Billi blickte sich im Kreis um und betrachtete die anderen.

Pelleas sah müde aus. Seine rechte Hand war verbunden, und es kostete ihn Mühe, aufrecht auf dem Stuhl zu sitzen. Die Werwolfjagd musste eine böse Wendung genommen haben; sicher würde sie bald alles darüber hören. Aber das konnte nicht der Grund dafür sein, dass der Rat einberufen worden war; sie waren es gewohnt, mit Werwölfen umzugehen. Neben Pelleas saß Gareth, klein, aber breitschultrig. Er nickte Billi kurz zu. Er wirkte entspannt, aber seine Finger spielten nervös mit einem kleinen schwarzen Federstück, das zur Befiederung eines Pfeils gehört haben musste; der Bogen war seine Lieblingswaffe.

Gegenüber von ihm, zwischen Gwaine und Kay, saß Berrant. Er war der jüngste Ritter. Er polierte seine Brillengläser an seinem Ärmel, bevor er die Brille wieder auf seine schmale, gerade Nase setzte. Er war der Computerexperte und Hacker des Ordens. Er war auch einer der tödlichsten Zweikämpfer, die es gab. Seine hohen Wangenknochen verliehen ihm im Dämmerlicht ein skelettartiges Aussehen.

»Wo ist Elaine?«, fragte Pelleas. Billi warf einen Blick über die Schulter zu den Kirchenbänken, wo Elaine gewöhnlich saß, aber sie waren leer. Als Jüdin konnte sie kein Mitglied des Ordens werden, aber da Arthur sie alle herbestellt hatte, war es seltsam, dass sie fehlte.

»Sie hat zu tun«, sagte Arthur. Er blickte zu Kay hinüber. »Der Seher hat uns etwas zu erzählen.«

Nicht mehr »Knappe Kay«. Seher. Stühle knarrten, als alle sich zu Kay umdrehten. Billi beobachtete, wie er sich erst sammelte, bevor er sprach. Er war genauso alt wie sie, trug aber hundert Mal größere Verantwortung. Die Templer verließen sich auf ihn, und dies war seine Chance, seinen Wert unter Beweis zu stellen.

»Billi und ich haben gesehen, wie die Seele eines Mädchens, Rebecca Williamson, verschlungen wurde.«

Pater Balin bekreuzigte sich, und langes Schweigen folgte auf Kays Worte. Percy und Arthur tauschten einen besorgten Blick, und Billi fragte sich warum. Was wussten sie?

»Wie?«, fragte Gwaine. »Was wird aus ihr werden?«

Kay schüttelte den Kopf. »Sie wird keine Hungrige Tote werden, falls du das meinst.«

»Bist du dir sicher, Junge?«

Kay sah den Seneschall unverwandt an; in seinem Blick lag Stahl. Der alte Mann hielt seinem Blick stand, aber nicht lange. Arthur sah zu und lehnte sich auf seinem Stuhl zurück.

»Erklär das«, sagte er.

»Ein *Ghul* kann nur willentlich geschaffen werden. Um zu solch einer Abscheulichkeit zu werden, muss man sich von allem lossagen, was heilig ist, und aus freiem Willen seine Seele aufgeben.« Er seufzte, und Billi wollte etwas sagen. Er sah so müde aus. »Das ist bei Rebecca sicher nicht der Fall. Sie kämpft nach besten Kräften dagegen an.«

»Also könnte sie überleben?«, fragte Balin.

»Nein.«

Gareth steckte sich die Feder hinters Ohr. »Und was ist mit den anderen Kindern?«

Billi versteifte sich. Das hatte sie ganz vergessen. Außer Rebecca hatte es noch vier andere gegeben.

»Sie sind verbrannt worden. Wir müssen uns keine Gedanken über sie machen.« Arthur war erschreckend sachlich.

»Wir reden um den heißen Brei herum«, sagte Balin und rückte seine Brille zurecht. »Wer steckt dahinter – und gibt es wirklich nur drei Verdächtige?« Er hielt drei Finger hoch. »Seelenraub kann nur von einem Geistwesen vollbracht werden, einem Engel. Das wissen wir alle.« Er zählte sie auf: »Entweder von einem der *Malachim*, einem Teufel oder einem Wächter.«

»Doch sicher von einem Teufel?«, sagte Gwaine.

Billi warf ihrem Vater einen Blick zu. Hatte das hier mit dem Spiegel zu tun? Sein Gesicht war ausdruckslos wie Stein.

»Aber das ist ein direkter Angriff. Der Teufel würde damit seinen Bund brechen.« Balin trat in den Stuhlkreis. »Die Teufel sind Versucher. Sie können nur Menschen dazu verleiten, vom rechten Weg abzuweichen und Böses zu tun. Sie können nicht direkt Böses tun.« Er wies auf Kay. »Was der Seher beschreibt, ist ein brutaler Angriff.«

»Seinen Bund?«, murmelte Billi verwirrt.

Balin hörte sie. Sie kämpfte gegen das Bedürfnis an, tiefer in ihren Stuhl zu sinken, um seinem Stirnrunzeln zu entkommen. Vielleicht hätte sie wirklich besser in Okkulter Überlieferung aufpassen sollen.

Balin erklärte: »Jede Gruppe von Engeln, Bilqis, ist an ein unwandelbares Gesetz gebunden – einen Bund.« Er begann einen Vortrag zu halten und nickte sich selbst zu, während er die Fakten auflistete. »Der Wächter muss vorübergehen, wenn ein Opfer dargebracht worden ist; der *Malachim* kann nur Gottes Wort ausrichten. Wenn sie auch nur eine Silbe daran ändern, führt das zu ihrer völligen Vernichtung. Entsprechend können auch Teufel, so mächtig sie auch sind, niemandem direkten Schaden zufügen. Sie können einen in Versuchung führen, einen überreden, den eigenen Bruder zu töten – aber sie können nicht selbst das Messer führen.«

»Dies ist nicht das Werk eines Teufels«, sagte Kay. »Wir haben es mit einem Wächter zu tun.«

»Woher weißt du das?«, fragte Gwaine misstrauisch.

»Weil ich den verfluchten Spiegel benutzt habe.«

Gwaine sprang von seinem Stuhl auf und wies anklagend mit dem Finger auf Kay, aber Billi konnte nicht hören, was er sagte, weil alle durcheinanderriefen. Balin stand mit starrem Gesichtsausdruck in der Mitte. Gwaine stürmte an ihm vorbei, und Percy sprang auf, um Kay zu beschützen.

»RUHE!«

Arthurs Befehl ließ die Zeit stehen bleiben. Niemand rührte sich – außer, um ihn anzusehen. Er blieb sitzen, aber sein Blick sorgte dafür, dass sie alle, Gwaine eingeschlossen, zu ihren Stühlen zurückkehrten. Balin schien aus einer Trance zu erwachen und kehrte auf seinen Platz hinter dem Stuhl des Templermeisters zurück.

Arthur stand auf und ging zu Kay hinüber. Er legte dem Jungen die Hand auf die Schulter, und es versetzte Billis Herz einen Stich, das zu sehen.

»Der Schaden ist nun einmal angerichtet«, sagte Arthur und schien sich fast resigniert mit dem abzufinden, was noch kommen mochte. »Nichts ist entwischt, dessen sind wir uns sicher. Doch es ist bestimmt kein Zufall, dass einen Tag nachdem der Spiegel benutzt worden ist, ein Wächter Seelen zerstört. Anscheinend ist er nicht stark genug, wahllos anzugreifen. Wir gehen davon aus, dass er es nur durch direkte Berührung tun kann.«

»Warte mal … Ein Wächter?«, unterbrach Balin. »Dann wissen wir, wer es ist, Arthur.«

Natürlich wussten sie das. Nur ein Wächter war frei.

»Der Todesengel«, flüsterte Percy.

»Oh, das wird ja immer besser«, sagte Gwaine. »Gottes Mörder persönlich.«

Arthur ignorierte ihn und fuhr fort: »Er muss hinter dem Spiegel her sein. Er ist schwach. Ein Großteil seiner Kräfte ist noch in dem Spiegel gefangen – so ist es seit Salomos Zeiten.«

»Und wo ist der Spiegel jetzt?« Gwaines Tonfall war vernichtend.

»In Sicherheit. Wir haben die Schutzzauber um den Reliquienschrein verstärkt. Er ist für übernatürliche Nachforschungen unsichtbar.«

»Erst lässt du einen närrischen Jungen daran herumpfuschen, und jetzt vertraust du etwas derart Wichtiges Elaine an? Sei nicht dumm, Art.«

»Das tue ich, und das habe ich getan. Ich stelle rund um die Uhr Wachen am China Wharf Hospital auf. Das Mädchen ist nicht tot. Wir müssen sie beschützen.«

»Und sie als Köder benutzen, ja?«, fragte Billi. Wenn Rebecca noch immer durchhielt, würde der Wächter vielleicht zurückkehren und ihr den Todesstoß versetzen – ihr ihre junge Seele entreißen. Sie sah ihrem Vater in die Augen. Sie waren bar jeglichen Mitgefühls. Vollkommen unbarmherzig. Gab es irgendjemanden, den er nicht opfern würde?

»Ja. Als Köder. Berrant hat sich in die Krankenhausdateien gehackt. Jedes der toten Kinder war das älteste Geschwisterkind. Das erstgeborene.«

»Allmächtiger Gott«, murmelte Pelleas.

Billi erstarrte. Sie war eine Erstgeborene. »Also ist diese Krankheit …«

Sie wagte es nicht einmal, ihren Satz zu beenden. Daher tat Arthur es für sie.

»Die Zehnte Plage.«

II

Billi konnte sich am nächsten Tag auf nichts konzentrieren. Sie saß da, versuchte, aufmerksam dem Unterricht zu folgen. Teil von etwas Normalem zu sein wie jeder andere im Raum. Aber sie war gezwungen worden, derart schreckliche Dinge zu erfahren, ja, sogar an ihnen beteiligt zu sein, dass sie sich immer weiter von der Möglichkeit eines normalen Lebens entfernte – eines Lebens außerhalb des Ordens.

Es hatte so viele Fragen gegeben, aber Arthur hatte keine Zeit gehabt, sie zu beantworten. Sie sollten nur planen, wie sie Rebecca im Krankenhaus abwechselnd bewachen würden, und alles Übrige ihm überlassen. Aber Billi wurde den Verdacht nicht los, dass hinter ihrem Rücken irgendetwas vorging. Arthur hatte etwas vor – er verheimlichte ihr etwas.

Ach, er konnte sie mal! Sie wollte ohnehin nicht mehr wissen. Sie sah auf die Uhr. Sie hatte noch drei Stunden bis zu ihrer Wache im Krankenhaus. Aber vorher würde Billi ihr eigenes Leben leben.

Als sie ins Café kam, sah sie dort nicht allzu viele vertraute Gesichter: ein paar Leute, die sie aus ihrem Jahrgang kannte, aber zum Glück niemanden aus ihrer Klasse. Sie blickte sich an den schwach beleuchteten Tischen um. Kein Mike.

Billi kaufte sich eine Latte und einen Blaubeermuffin und

versteckte sich dann in der Ecke, tief in einem dunkelroten Sessel, der der Tür zugewandt war.

Sie klappte ihr Handy nervös auf und zu. War das hier eine richtige Verabredung? Es fühlte sich wie eine an, aber Mike hatte sie so beiläufig getroffen … Komisch, sie hatte ihr ganzes Leben umgeben von Männern verbracht und sie doch in dieser Hinsicht nie verstehen können oder auch nur wollen.

Sie sah sich im Café um. Pete Olson, der Sportstar der Schule, der nur aus strammen Brustmuskeln und gegeltem Haar zu bestehen schien, stand neben Tracy Hindes. Sie kicherte wie eine Wahnsinnige und trug ein hauchdünnes rotes Kleid; wenn Billi es getragen hätte, hätte Arthur einen Herzinfarkt bekommen.

Billi fragte sich, ob Mädchen sich bei Verabredungen so verhalten sollten. War es das, was Mike erwartete? Sie begann sich sehr unbehaglich zu fühlen. Vielleicht hätte sie doch nicht herkommen sollen. Sie schnappte sich ihr Telefon und wollte aufstehen, um zu gehen, sah dann aber, wie ein Mädchen aus der Toilette gestolpert kam. Sie rieb sich das tränenverquollene Gesicht mit einem langen Stück Toilettenpapier ab, das schwarze Mascarastreifen über ihr Gesicht verschmierte. Billi rutschte das Herz in die Hose, als sie sie erkannte.

Oh nein.

Jane Mulville starrte sie ihrerseits entsetzt an. Dann kam sie angestürmt.

»Was schaust du so?«, knurrte Jane. Sie rieb sich die rot geränderten Augen und verschmierte ihre Mascara noch mehr, so dass ihre Augen wie die eines Pandas aussahen. »Du glaubst wohl, das ist witzig, du Freak!«

Früher wäre Billi aufgestanden und hätte ihr eine runtergehauen, aber jetzt saß sie da und hatte seltsamerweise Mitleid. Jane war fünfzehn und schwanger, und absolut jeder wusste es.

»Hör zu, Jane, es tut mir wirklich leid, aber...« Was konnte sie überhaupt sagen, um sie zu trösten? »Es tut mir nur leid.«

Mein Gott, das war mehr als schwach!

»Ja, das glaube ich dir unbedingt!«, zischte Jane.

»Ist alles in Ordnung?«

Es war Mike. Jetzt konnte sie nicht mehr gehen.

Er schüttelte einen Großteil des Regens aus seinen dunklen Locken.

»Hallo, Billi. Tut mir leid, dass ich zu spät komme.«

Mike hängte seinen Mantel über das Sofa gegenüber von ihr. Sie hatte vergessen, wie gut er tatsächlich aussah. Der Wald aus tätowierten Ranken und spitzen Dornen kroch unter seinem T-Shirt hervor auf seinen Nacken zu, wo seine Haut noch immer feucht vom Regen glänzte.

»Das passt schon«, murmelte sie; sie wusste nicht, was sie tun sollte, als Mike sie anlächelte und Jane sie gleichzeitig finster anstarrte. Vielleicht wäre jetzt ein ganz guter Zeitpunkt für die Erde gewesen, aufzuklaffen und sie zu verschlingen.

Mike streckte Jane die Hand hin. »Tut mir leid – ich habe deinen Namen nicht verstanden.« Das Lächeln blieb, hypnotisierte Jane. Billi wusste, wie sie sich fühlte.

»Jane«, flüsterte sie.

»Schön, dich kennenzulernen, Jane.« Er nickte zur Tür hinüber. »Ich glaube, dein Freund wartet.«

Dave Fletcher stand in der Tür; er trug Janes weißen Mantel über einem Arm und starrte Mike mit eifersüchtiger Miene an.

Jane begriff, dass sie zugunsten von Billi weggeschickt wurde, und drehte sich zu ihr um. »Bleib mir bloß vom Leib, Missgeburt.« Sie lächelte Mike boshaft an. »Und du solltest besser aufpassen, dass du ihrem Dad nicht begegnest. Du willst doch sicher nicht, dass er dir dein hübsches Gesicht zerschneidet?« Dann stolzierte sie auf Dave zu und durch die Tür, die sie mit einem lauten Krachen zuknallte.

»Mein Fehler«, sagte Mike, als er das Pärchen gehen sah. »Keine Freundin von dir.«

»Das könnte man so sagen.« Es war die Untertreibung des Jahres. »Danke, dass du dich eingemischt hast. Ich … äh … ich freue mich, dass du hier bist.« *Oh nein! Habe ich das wirklich gerade laut gesagt?*

Mike schenkte ihr ein breites Lächeln; seine goldenen Augen funkelten amüsiert. »Ich auch.«

Und plötzlich begriff Billi, dass sie es ernst gemeint hatte.

Normal. Es war ein normales Gespräch. Nichts über Templer, Plagen und Wächter. Nichts als die Art von Gespräch, die normale Leute führten. Mike erzählte Billi ein bisschen was über seinen Vater, der ganz wie ihrer klang. Streng, rechthaberisch und aufdringlich. Sie fragte ihn nach den Tätowierungen, und er sagte lachend, er sei schon damit geboren worden.

»Als ich reingekommen bin und dich mit diesem Mädchen gesehen habe, hast du gewirkt, als würdest du ihr gern so richtig die Fresse polieren.« Mike ballte zum Spaß die Faust. »Wer hat dir beigebracht, so zu kämpfen?«

»Mein Vater.«

Er zog die Augenbrauen hoch. »Wow. Ich dachte, die meisten Daddys wollen, dass ihre Töchter Ballerinas werden – keine Rausschmeißer. Irgendetwas Normales, Langweiliges.« Er streckte den Kopf über den Tisch, so dass seine funkelnden Augen ganz nah waren. »Aber an dir ist nichts normal, nicht wahr?«

»Ich nehme an, das ist ein Kompliment?«

»Ich würde dich nie beleidigen. Davor hätte ich zu viel Angst.«

Seine Hände lagen auf der Rauchglastischplatte, seine Fingerspitzen bloß einen Zentimeter von ihren entfernt. *Nur ein kleines Stück vorwärts …* Billi zögerte und versuchte, den dreisten Mut aufzubringen, den die anderen Mädchen im Café problemlos zu haben schienen.

Zu spät. Mike lehnte sich auf seinem Stuhl zurück und verlagerte die Hände auf die Lehnen.

Billi wusste nicht recht, wo sie hinsehen sollte.

»Was hat Jane da gemeint, mit deinem Vater?«, fragte Mike und durchbrach so das unbehagliche Schweigen. »Er behütet dich wohl ein bisschen zu sehr?« Da war die Andeutung eines Lächelns, aber Billi sackte trotzdem das Herz in die Hose.

Er wusste es nicht. Wusste nicht von ihrer Mutter und dem Prozess gegen ihren Vater. Was sollte sie ihm erzählen? Billi blickte auf das dunkle Glas hinab und konnte ihr mattes Spiegelbild sehen. Wenn sie Mike nichts darüber erzählte, würde er bald genug die bösartigen Gerüchte hören.

»Weißt du noch, dass ich dir erzählt habe, dass meine Mom gestorben ist?« Sie blickte zu Mike hoch und konnte sehen, dass sein Gesicht sich leicht verändert hatte. Das Lachen war verschwunden. »Ich habe dir nicht gesagt, wie. Sie wurde ermordet.«

»Mein Gott, Billi. Das tut mir leid.«

Billi schloss die Augen; sie konnte nicht denken, wenn er sie so ansah. »Es wurde in unser Haus eingebrochen. Meine Mom wurde erstochen.«

Sie log. Sie musste. Das war die offizielle Version.

»Hat man je herausgefunden, wer es getan hat?«

Sie schüttelte den Kopf. »Es ist noch komplizierter. Die Polizei nahm meinen Vater fest. Er wurde des Mordes angeklagt.«

Mike beugte sich zu ihr herüber und legte seine Hand über Billis. Sie konnte nicht aufschauen, aber sie spürte, mit welcher Zärtlichkeit seine Hand sacht auf ihrer ruhte.

»Warum dachten sie, dein Vater hätte es getan?«

Es gab so viele Gründe, auch abgesehen von der Wahrheit. Niemand würde glauben, dass es ein Werk der Unholde gewesen war. Aber es war leicht zu glauben, dass ein Mann wie ihr Vater, ein Soldat, der vors Kriegsgericht gestellt worden war und ein Jahr in einer psychiatrischen Klinik verbracht hatte, weil er an Posttraumatischer Belastungsstörung gelitten hatte, zum Mörder werden konnte.

»Die Polizei wollte bloß das Verbrechen aufklären. Mein Vater war ein naheliegender Verdächtiger.« Sie blickte zu ihm hoch. Glaubte er ihr?

Mike lächelte sanft, aber irgendetwas hielt ihn zurück.

»Er hat es nicht getan, Mike.«

»Nein, natürlich nicht. Ich glaube dir.« Aber sie konnte erkennen, dass er sie nicht richtig ansah – nicht direkt. Er betrachtete ihre Blutergüsse: den auf der Wange von der Feuerprobe, den an der Stirn vom Kopfstoß ihres Vaters.

Glaubte er ihre Lügen? Sie wusste es nicht.

»Mein Dad ist ein harter Mann. Und er wollte, dass ich auch so werde«, sagte Mike und fuhr unwillkürlich mit dem Finger über einen Dorn an seinem Hals. »Er hatte Pläne für mich, wollte jeden Augenblick meines Lebens kontrollieren. So ist das doch mit Eltern, nicht wahr? Sie wollen eigentlich nicht, dass man sein eigenes Leben lebt; sie wollen, dass man ihre Fehler ausbügelt.«

»Was ist passiert?«

Mike lachte bitter. »Was ich auch tat – es war nicht gut genug. Er wollte nur immer mehr und mehr.« Er sprach weiter, so leise, dass es fast wie eine Beichte klang: »Also bin ich gegangen.«

Er fing ihren Blick auf, und seine bernsteinfarbenen Augen funkelten vor aufgestauter Frustration. Billi konnte den Blick nicht abwenden. Es war, als spiegelten sich dort all ihre eigenen Gefühle wider.

Die Glocke an der Tür läutete, und Billi sah den unverwechselbaren weißen Schopf unter einer schwarzen Wollmütze.

Kay.

Er kam direkt auf sie zu.

»Billi, du wirst gebraucht.« Er sah Mike an, und sein Misstrauen war offensichtlich. »Sofort.«

»Kay, ich bin beschäftigt. Hat das nicht Zeit?« Sie fühlte sich seltsam schuldbewusst. *Aber ich tue doch nichts Falsches!*

Mike stand auf. Er war zwar einige Zentimeter kleiner als

Kay, wirkte aber durch seine Massigkeit und seine körperliche Präsenz größer. Billi hoffte, dass Kay nichts Dummes tun würde. Soweit sie wusste, hätte Kay noch nicht einmal gegen ein Marshmallow kämpfen können.

»Noch ein Freund von dir?«, fragte Mike.

»Ja«, blaffte Kay.

»Ich auch.«

Kay schob sich langsam vorwärts. »Komisch, sie hat dich nie erwähnt.«

Billi packte Kay am Ellbogen. »Gehen wir nach draußen«, knurrte sie. Sie sah Mike an. »Ich bin gleich wieder da.«

Billi musste Kay ins Freie zerren. Er stand, die Hände in die Taschen geschoben, da und warf dann und wann einen Blick über die Schulter, zurück zu Mike.

»Warum bist du hier?«, fragte Billi.

»Weißt du, wie spät es ist?«

Was redete Kay da? Sie hatte noch viel Zeit. Sie hatten doch nur etwa eine Stunde lang geredet. Sie warf einen Blick auf die Uhr.

Das kann doch nicht sein.

»Oh doch«, sagte Kay. »Du hättest schon seit Ewigkeiten im Dienst sein sollen.«

»Warum hast du mich dann nicht einfach angerufen?«

Kay trat unbehaglich von einem Fuß auf den anderen. »Ich dachte, es wäre das Beste, herzukommen und dir Bescheid zu sagen.«

»Nein, du dachtest, es wäre das Beste, herzukommen und mich auszuspionieren. Nachzusehen, mit wem ich zusammen bin.«

Er trat frustriert zurück. »Wir haben früher mal aufeinander aufgepasst, weißt du noch?«

»Früher. Jetzt nicht mehr. Ich kann auf mich selbst aufpassen. Was habe ich wohl das ganze letzte Jahr über getan?«

Kay wies mit einer ruckartigen Kopfbewegung auf Mike. »Er ist keiner von uns, Billi. Du bist Templerin und trägst eine zu große Verantwortung, als dass du dich in Cafés rumtreiben könntest.«

»Mann, wenn du dich hören könntest, Kay! Du klingst genau wie Dad.«

»Und was ist daran so falsch?«, knurrte er.

Billi knirschte mit den Zähnen. Kay war genau die Art Templer, die Arthur wollte: blind ergeben. Deshalb sprang ihr Vater so hart mit ihr um – sie würde niemals so sein.

Sie wollte sich nur umdrehen, zurück zu Mike gehen und einen einzigen Abend lang nicht an die verdammten Templer denken müssen. Sie schüttelte den Kopf. Offensichtlich würde ihr noch nicht einmal das gestattet werden.

»Gib mir eine Minute.«

»Los jetzt.«

»Gib mir nur eine Minute!«, rief Billi.

Kay hätte beinahe etwas gesagt, wandte sich dann aber ab.

Billi eilte zurück ins Café.

»Ich muss los, Mike.«

»Hast du Ärger mit deinem Freund? Tut mir leid, das wusste ich nicht.«

Kay? Ihr Freund? »Nein! Es ist nur … mein Vater will, dass ich nach Hause komme.«

Mike legte ihr die Hand auf die Schulter, aber sie schob sie sanft weg. Sie würde nie Frieden finden, und es wäre nicht fair gewesen, ihn da mit hineinzuziehen.

»Auf Wiedersehen, Mike. Es tut mir leid.« *Ja, sehr leid.* Sie warf einen Blick zu Kay hinüber, der verärgert in der Tür stand. Sie hasste, wozu er sich entwickelte: zu einem Templer durch und durch.

»Hör zu, Billi. Wenn es mit deinem Vater zu Hause schwer ist, verstehe ich das.« Er lächelte. »Das habe ich schließlich auch erlebt.« Er nahm ihren Mantel und half ihr hinein, eine seltsam altmodische Geste, die sie überraschte. Billi konnte selbst von hier aus spüren, dass Kays Blut kochte.

Gut.

»Ruf mich einfach an, wenn du eine Pause brauchst. Wenn du wegwillst ... wovon auch immer«, fügte Mike hinzu.

Er beugte sich vor, und ihre Gesichter waren nur wenige Zentimeter voneinander entfernt. Sie konnte ihr Spiegelbild in seinen goldenen Augen sehen. Mikes Halsmuskeln spannten sich an, und sie starrte den langen Bogen seines Halses hinab bis in sein T-Shirt. Sie trat verstört zurück. Plötzlich war es hier drinnen zu heiß und stickig.

»Wir sehen uns, Mike.«

Er wollte nur immer mehr und mehr. Mikes Worte gingen Billi einfach nicht aus dem Kopf. Sie saß hinten in Berrants Lieferwagen über den kleinen Monitor gebeugt und beobachtete den Korridor der Kinderstation in gespenstischem Schwarzweiß.

Gareth saß mit halb geschlossenen Augen unter einer Decke auf dem Fahrersitz. Er regte sich alle paar Minuten, trank einen Schluck ebenholzschwarzen Kaffee und döste wieder ein.

Mehr und mehr. Ganz gleich, wie viel Zeit sie den Templern widmete, ihr Vater wollte immer mehr. Behandelte er auch die anderen Ritter so? Sie konnte noch nicht einmal ein paar Stunden für sich haben, ohne dass der Orden alles zerstörte.

Und Mike verstand das. Das einzig Gute daran, Wache zu haben, war, dass sie die Verabredung wieder und wieder Revue passieren lassen konnte. Sie wollte ihn wirklich wiedersehen. Aber wie? Ihr Vater würde sie nie frei sein lassen. Je härter sie arbeitete, desto mehr Verantwortung bürdete er ihr auf. Sie saß in der Falle.

Also bin ich gegangen.

12

Billi kam nach der Wache nach Hause und schlief in dem Moment ein, als ihr Kopf das Kissen berührte. Sie überstand den nächsten Tag nur, weil Samstag war. Sie überlegte, ob sie Mike anrufen sollte, schien ihr Handy aber in Berrants Lieferwagen vergessen zu haben. Und überhaupt – was hätte das gebracht? Aber je mehr sie darüber nachdachte, wie ihr Vater jeden noch so kleinen Aspekt ihres Lebens diktierte, desto mehr dachte sie auch über das nach, was Mike gesagt hatte.

Der Abend kam zu schnell. Billi überquerte den dunklen, leeren Hof und ging in die Katakomben hinunter.

Die Waffenkammer hallte von Waffenklirren und dem dumpfen Geräusch von Schlägen und Tritten wider. Billi warf ihre Tasche in eine Ecke und suchte sich einen Platz, um ihre Aufwärmübungen zu machen. Sogar Kay war hier – zum ersten Mal. Er war rot im Gesicht und völlig schweißüberströmt; er trainierte mit dem massigen Bors unbewaffneten Kampf. Da es in echten Kämpfen keine Gewichtsklassen gab, ließ Arthur jeden mit jedem üben. Billi zuckte zusammen, als Bors Kay die Schulter in den Brustkorb rammte und ihn auf die Trainingsmatte schleuderte.

»Er wird als Seher kein großer Nutzen mehr sein, wenn du ihm das Gehirn rauskloppst«, sagte Billi. Bors schnaubte nur; was Seher betraf, hatte er die gleiche Einstellung wie Gwaine.

Kay rappelte sich von der Matte auf und winkte ihr zu. Sie ignorierte ihn.

Sie sah sich in der Katakombe um. Immer noch kein Arthur – und Percy war damit beschäftigt, gegen Pelleas zu kämpfen. Percy schwang eine schwere Axt, als bestünde sie aus Balsaholz. Pelleas, dessen Verbände jetzt verschwunden waren, sauste unter und zwischen den Hieben hindurch und webte mit seinem Rapier und seinem Linkshanddolch ein Netz aus Stahl. Gareth saß auf einem Hocker und befestigte sorgfältig neue Befiederung an einer Handvoll Pfeile. Eine Auswahl von Pfeilspitzen lag auf dem Tisch. Bolzen, die Rüstungen durchschlagen konnten, Spitzen mit Widerhaken, sogar die gabelförmigen Seilschneider. Alle auf Hochglanz poliert und rasiermesserscharf.

Pelleas brach ab und trat zurück, also hob Billi einen Kampfstab auf. Der zwei Meter lange, gerade Stab war ungefähr so dick wie ihr Handgelenk und bestand aus schwerem Eichenholz. Er war in jahrelangem Gebrauch glatt geworden und gut geölt. Billi hob ihn über den Kopf und lauschte darauf, wie ihre Schulterblätter knackten.

»Wann immer du bereit bist«, sagte Billi. Sie ließ den Stab durch ihren lockeren Griff gleiten und wartete. Percy ließ die Axt fallen und griff nach einem Bokken. In seiner Hand sah es nur halb so groß aus.

Sie ging in Kampfstellung, hielt ihre Waffe auf Taillenhöhe, ein Ende auf die Mitte von Percys Brust gerichtet.

»Wo ist Dad?«

Percy umkreiste sie. Er hielt das Schwert mit einer Hand und tippte damit gegen ihre Waffe. »Unterwegs. Wo sonst?«

»Nett von ihm, das zu erwähnen.«

Percy schnaubte. »Warum sollte er das tun? Du kennst doch Art.«

Ja, warum sollte er? Sie wurde gezwungen, für diese Wachen und Trainingsstunden ihr eigenes Leben zu versäumen, aber ihr Vater konnte verdammt noch mal tun, was immer er wollte.

»War er schon immer so, Percy?«

Percy kannte Dad schon, seit sie zusammen bei den Royal Marines gedient hatten. Er war bei der Hochzeit ihrer Eltern Trauzeuge gewesen und zu ihrem Patenonkel bestimmt worden. Wenn ihr Vater überhaupt einen Freund hatte, dann war es dieser Mann, der da vor ihr stand. Percy nahm das Schwert langsam in beide Hände. Billi bemerkte, wie seine Finger sich um den Griff spannten.

»Wie, Süße?«

»Egoistisch und herzlos?«

Percy erstarrte. Sein Griff wurde fester, und Billi sah, wie er die Kiefer zusammenpresste. Dann seufzte er tief, trat zurück und konzentrierte seine Aufmerksamkeit auf seine Waffe.

»Wir werden mit leichten Übungen anfangen. Zunächst Schläge gegen den Oberkörper«, sagte er. Er verlagerte seine Position und hob das Schwert.

»Percy, hast du mich nicht gehört?«

»Schlag gegen den Kopf von links.«

Sein *Kiai*-Schrei ließ die Steine erzittern, und Billi riss ihren Stab hoch; obwohl sie den Angriff parierte. warf der Aufprall sie zu Boden. Die Hände brannten ihr. Percy stand über ihr, die Schwertspitze auf ihre Kehle gerichtet.

»Du musst in den Schultern flexibler werden; das fängt den Aufprall besser ab«, sagte er.

Billi stand nicht auf.

Percy hielt inne. Er schob sich das Bokken unter die Achsel und hob Billi auf die Füße. Er stand vor ihr, und der Ausdruck seiner braunen Augen wurde sanft.

»Billi, ich wünschte, es könnte anders sein, aber Arthur hat keine Wahl.« Er blickte auf, um sich zu überzeugen, dass niemand in der Nähe war; dann beugte er sich nach unten und flüsterte: »Zweifle nie daran, dass er dich liebt. Du bedeutest ihm alles.«

Dann legte er sein hölzernes Schwert weg und ging davon.

Zwei Stunden später stand Billi in der Küche und räumte das Abendessen ab, als Arthur nach Hause kam. Er ließ seine Sporttasche neben der Waschmaschine fallen und ging zum Kühlschrank.

»Du bist zu spät zur Wache gekommen«, sagte er.

Oh, ich freue mich auch, dich zu sehen, Dad.

»Ja. Tut mir leid.«

»Ich dachte, ich hätte mich deutlich ausgedrückt, genau hier« – er deutete auf den Punkt vor ihm – »was die Tatsache angeht, dass du in Cafés Zeit verschwendest, dich mit ... Freunden triffst.«

Also hatte Kay sie verpetzt. So ein Freund war er also! »Ich habe keine Zeit verschwendet.«

Seine Augen zogen sich zusammen, und seine Finger umklammerten den Griff der Kühlschranktür. Arthur richtete sich auf und hielt ihren Blick fest; Billi bemerkte, wie blass sein Gesicht war.

»Wofür hältst du das hier?«, fragte er. »Für irgendein Spiel? Mit dem du jederzeit aufhören kannst, um mit einem Jungen Händchen zu halten?« Er knallte die Tür zu, und der Tisch erzitterte. »Ja, das Training ist hart, aber es ist nur zu deinem Besten.«

»Zu meinem Besten? Das hier hat nichts mit mir zu tun! Die Tempelritter – das ist alles deine Sache! Immer geht es nur um sie und dich. Ich bin dir egal!«

Arthur starrte sie mit versteinerter Miene an, aber er stritt es nicht ab.

»Du bist eine Templerin, Billi. Vergiss das nie. Wir haben keine Wahl – du hast keine Wahl. Akzeptier das.«

Dann wandte er ihr den Rücken zu.

Percy hatte sich so sehr geirrt! Billi knallte die Haustür zu und wischte sich übers Gesicht. Sie musste einfach raus. Egal wohin – nur raus.

»Hey, SanGreal!«

Billi wirbelte herum. Mike stand im schattigen Eingang hinter ihr. Seine Augen glänzten warm im bernsteinfarbenen Schein der Straßenlaternen.

»Um Himmels willen, Mike! Wegen dir hätte ich fast einen Herzinfarkt bekommen!« Was tat er hier so spät?

Er zog sein Handy aus der Tasche. »Ich habe versucht, dich anzurufen.«

»Tut mir leid. Ich habe meins verloren.«

Mike kam näher. »Also war es nicht wegen unseres Gesprächs? Wegen der Sachen, die ich über deinen Vater gesagt habe? Es tut mir leid, wenn ich eine Grenze überschritten habe. Es geht mich nichts an.«

»Nein, du hast recht. So besonders toll ist das nicht mit Dad.« Gewaltige Untertreibung.

Mike sah ihr tränenverschmiertes Gesicht. Er biss sich auf die Unterlippe, und Billi konnte sehen, dass er mit sich rang, um nichts zu sagen. Er nickte nur langsam. »Geht's dir gut?«

Billi starrte die Tür an. Die Farbe war abgewetzt und blätterte ab. Sie drehte sich zu Mike um. Oh Gott, sie wollte so verzweifelt vor all dem hier davonlaufen.

»Komm, lass uns gehen«, sagte er, fast, als könne er ihre Gedanken lesen. »Ich will dir etwas Phantastisches zeigen.«

13

Sie gingen durch die dunklen Straßen in die City. Zu dieser Nachtzeit war dort nichts los. Obwohl sie der älteste Teil von London war, war sie ein Labyrinth aus engen Durchgängen und Glastürmen. Alte Knochen mit frischem, neuem Fleisch. Die unbeleuchteten Weinlokale, die Pubs, die riesigen viktorianischen Bankhäuser, die Wolkenkratzer aus Glas und Stahl – sie alle drängten sich aneinander, griffen vergeblich nach dem bisschen Himmel, das es hier gab.

Mike führte Billi zu einer Baustelle. Stacheldraht krönte den weißen Bauzaun, und Scheinwerfer strahlten kalt über den skelettartigen schwarzen Rahmen eines halbfertigen Turms. Billi blieb vor der Anzeigetafel stehen.

»Elysium Heights«, sagte sie. Sie blickte am Rückgrat des Gebäudes empor. Es sah wie das Skelett eines urzeitlichen Riesen aus, der aus seinem Grab hervorlangte und nach dem Himmel griff. Der Himmel hing tief und zugezogen darüber, wie ein wütender Gedanke. »Wer würde schon dort oben leben wollen?«

»Es ist schön«, sagte Mike. »Hast du noch nie bemerkt, dass man von weit oben den Schmutz nicht sieht?«

Billi schüttelte den Kopf. »Es ist unwirklich. So weit oben zu wohnen … Das schneidet einen doch nur von allem ab. Aber manche Leute wollen vielleicht genau das.«

»Wollen was?«

»Über allen anderen stehen.«

Mike lächelte. »Vielleicht siehst du das anders, sobald du es selbst gesehen hast.« Er ging auf die Tore zu. »Folge mir.«

Die Tore bestanden aus Stahlgeflecht, und Mike kletterte binnen Sekunden daran empor. Er ließ sich auf der anderen Seite fallen. »Komm her.«

Hausfriedensbruch. Das war Hausfriedensbruch.

»Nein. Das ist blöd, Mike. Komm zurück.«

Ihr Vater würde ihr bei lebendigem Leib die Haut abziehen, wenn sie erwischt wurde.

Mike sah zum Turm hoch. »Wir sind schnell wieder da. Ich habe das schon mal getan, Billi. Da oben bekommt man einen ganz anderen Blickwinkel auf alles. Schwierigkeiten scheinen keine so große Rolle mehr zu spielen.«

Sie sollte es nicht tun. Sie sollte ein braves kleines Mädchen sein und ihrem Vater gehorchen.

Billi hakte die Finger in das Stahlgeflecht und sprang hinüber. Sie stolperte, als sie landete, aber Mike fing sie auf. Seine Arme hielten sie einen Augenblick umschlossen, und Billi konnte seine Kraft spüren, die er gerade noch bezähmte.

Dann richtete er sie auf und ging tiefer ins Dunkel.

Baucontainer, Lager und provisorische Schuppen lagen verstreut auf dem matschigen, abgesperrten Baustellengelände. Zugmaschinen, Bulldozer und gelb gestrichene Lastwagen standen träge und bedrohlich da wie dösende Monster. Die grellen Scheinwerfer sorgten ebenso für tiefe Schatten wie für gleißendes Licht, und es dauerte nicht lange, bis Billi sich in den labyrinthartigen Durchgängen zwischen Zement- und Stahlhaufen nicht mehr auskannte.

»Hier ist es.« Mike blieb neben dem Frachtaufzug stehen. Der Stahlkäfig brachte Männer und Material aufs Gebäude und wieder hinunter; er war mithilfe eines wackelig aussehenden gelben Gerüsts an der Seite des Bauwerks befestigt.

Billi starrte beeindruckt das Ausmaß des Ganzen an. Der Rahmen erhob sich aus gewaltigen Betonsäulen, die jeweils einige Meter breit waren. Ein kompliziertes Netz aus Stahlträgern kletterte immer höher ins Dunkel. Strahler, die auf den erhöht gelegenen Plattformen aufgestellt waren, zogen ihren Blick auf sich: kleine, isolierte Inseln im Turm, die in die Dunkelheit ragten.

Mike deutete nach oben. »Die Aussicht ist wunderbar.«

»Warst du so weit oben?«

Mike blickte in den Himmel auf. »Oh, noch viel höher.« Er zog die Stahlkäfigtür des Aufzugs hoch.

Billi folgte ihm hinein und schob das Gitter wieder nach unten. Mike packte den roten Griff und betätigte ihn. Der Aufzug zitterte, als er die Erde abschüttelte und aufwärtsfuhr.

Die Stadt lag ausgebreitet unter ihr. Die Straßen waren goldene Bänder, die sich durch die von funkelnden Diamanten durchbrochene Dunkelheit wanden; die Gebäude glänzten im Flutlicht, und die Themse schlängelte sich, schwarz wie Marmor, durch alles hindurch. Die windumschlungenen Regentropfen reizten ihre Wangen, und die kalte Luft setzte ihre Haut unter Strom. Immer höher fuhren sie empor; der Aufzug ratterte und wackelte, das Geräusch der Zahnräder am

Gerüst war ohrenbetäubend. Die Stadt und all ihre Probleme lagen so tief unter ihr. Mike hatte recht: Es war schön.

Der Aufzug hielt mit einem Ruck an.

Mike rollte die Tür hoch. »Folge mir.«

»Spinnst du? Ich gehe doch nicht da raus!«

»Komm schon, Billi. Ich passe auf dich auf.« Billi zögerte. Das hatte ihr noch nie jemand versprochen.

Sie ging zum Rand des Aufzugs. Der Boden war noch nicht vollständig gegossen. Er war nur ein Gefüge aus Trägern, zwischen denen einzelne Flecken mit Beton gefüllt waren, wie ein riesiges Kreuzworträtsel. Sie warf einen Blick nach unten und musste sich an den Rand des Aufzugs klammern, als ihr schwindlig wurde. Es lag nicht viel zwischen ihr und dem Boden zweihundert Meter weiter unten. Sie überquerte langsam das feste Stück des Bodens und hielt sich weit vom Rand fern.

Aber Mike war schon dort draußen. Er stand da und wartete auf sie – auf dem schmalen Ausleger eines i-förmigen Trägers, der keine zehn Zentimeter breit war. Der Wind heulte durch den Stahl und wurde vom Metall geschnitten und zerstückelt, so dass es klang, als kreischten schrille Stimmen in der Dunkelheit.

Mike ging bis zu einer Leiter und begann hinaufzuklettern. »Die Aussicht mag ich für mein Leben gern!«

»Das hatte ich befürchtet«, sagte Billi, aber Mike hörte sie nicht.

Sie setzte einen Fuß auf den Balken. Er war nicht breit, aber sie hatte im Training schon auf schmaleren Flächen gearbeitet. Sie würde einen Schritt nach dem anderen machen, sich nicht abhetzen, sich konzentrieren und versuchen, sich keine Gedanken um den Regen zu machen. Oder den Turm, der sanft schwankte. Oder die Schwerkraft.

Erst ein Fuß, dann der andere. Sie arbeitete sich schlurfend Richtung Leiter vor. Sie war weiter von der Aufzugsplattform entfernt, als sie gedacht hatte; zumindest kam es ihr so vor. Aber sie erreichte die Leiter. Ihre Hände umschlossen die Sprossen, und sie konnte sehen, dass die Leiter stabil an der vertikalen Säule befestigt war. Vielleicht würde sie einfach eine Weile hierbleiben. Bis der Turm fertig gebaut war.

»Wir können auch wieder runtergehen, wenn du Angst hast. Mir macht es nichts aus.« Mike sah die Leiter zu ihr hinab.

Angst? Billi blickte finster drein. Wenn Mike gewusst hätte, was sie nachts tat! Sie kletterte weiter. Ihre Finger erfroren fast, und sie musste sie zwingen, sich um die Sprossen zu schließen. Aber sie kletterte.

Mike stand am Ende eines Balkens, der allein in den Himmel vorragte; sein Mantel umflatterte ihn im Wind wie die wilden Flügel einer riesigen Fledermaus. Er war versunken in den Anblick Londons unter ihm. Billi konnte die Kuppel von St. Paul's sehen, die funkelnden Lichter, den schwarzen, sternenübersäten Himmel. Und Mike, der selbstsicher über allem stand.

»Komm nach hier vorn, an die Kante.«

»Die Aussicht ist von hier aus gut genug, danke. Es geht tief runter. Fall nicht.« *Oh, sehr hilfreich, das zu sagen.*

Mike schüttelte den Kopf. »Ich kann nicht fallen. Ich bin nie gefallen.«

»Das kannst du dir vielleicht nicht aussuchen. Unfälle passieren einfach. Erdbeben, plötzliche Windböen.« Und sie dachte, dass es idiotisch von ihm war, hier oben zu stehen. »Dinge, die wir nicht kontrollieren können. Naturereignisse. Höhere Gewalt.«

Mike erstarrte. »Warum nennt man sie so? Höhere Gewalt?«

»Was jetzt?«

»Unglücke. Katastrophen. Wenn etwas Schreckliches geschieht, ist es immer höhere Gewalt. Warum?«

Billi begann, nervös zu werden. Mike hatte offensichtlich ebenso viele Probleme zu bewältigen wie sie. Aber das hier war *wirklich* nicht der richtige Ort, das zu tun. »Komm zurück, Mike. Lass uns unten reden.« Aber er hörte nicht zu. Er beugte sich hinaus – es sah aus, als sei er bereit zu springen. Oder zu fliegen.

»Ich sage dir, warum. Wenn Leute Angst haben, wenden sie sich an Gott. Sie erinnern sich daran, dass ihr Leben nur weitergeht, weil Er es so will.« Er schnippte mit den Fingern. Der laute Knall klang wie ein Pistolenschuss. »Ein Leben, das jeden Moment zu Ende sein könnte.«

Das klingt jetzt aber echt durchgeknallt! Billi beugte sich vor, eine Hand an der Säule, die andere nach seinem Rücken ausgestreckt. »Mike ...«

»Es muss erst etwas Schreckliches geschehen, damit die Leute sich an ihre Verpflichtungen gegenüber Gott erinnern. Je schrecklicher, desto besser. Wär das nicht was, wenn so etwas geschehen würde?«

»Wenn *was* geschehen würde?«

»Etwas so Schreckliches, dass jeder sich wieder Ihm zuwendet. Damit sich sonntags die Kirchen füllen – und nicht Ikea. Damit sich die Moscheen und Synagogen füllen.« Er breitete die Arme aus. »Höhere Gewalt. Göttliches Eingreifen, das den Glauben wiederherstellen würde.«

Billi klammerte sich an die Leiter. Es war nicht die Kälte der Nacht, die sie erschauern ließ.

»Mike ...«

»Dein Vater – er wird dich quälen.«

Billi sagte nichts. Mike überschritt eine Grenze – das war ihre Angelegenheit. Sie wollte wieder nach unten. Der Wind frischte auf, und unsichtbare Klauen zerrten an ihr. Sie schlang die Arme eng um die Säule.

»Du schuldest ihm nichts, Billi.« Mike streichelte den langen Dorn an seinem Hals. »Hilf mir, Billi, dann mache ich dich frei.« Mike drehte sich zu ihr um; seine goldenen Augen starrten sie an wie die eines Adlers. Raubtierhaft und wogend vor Macht. »Wo ist der Spiegel, Billi?«

Billis Blut wurde kalt. Das konnte nicht sein. Mike richtete sich auf, und der schwarze Mantel breitete sich aus – nicht wie Fledermausflügel, sondern wie die eines Engels. Eines Dunklen Engels.

»Verrat ihn, Billi. Für das, was er dir angetan hat. Für das, was er deiner Mutter angetan hat.«

»Ich habe dir doch schon gesagt, dass du das völlig falsch verstanden hast! Mein Vater hat meine Mutter nicht umgebracht.«

»Ich weiß.«

»Was?«

Mike sprang.

Er warf sich hinaus in den Himmel und schien – unmöglich! – am Gipfelpunkt des Sprungs zum Stillstand zu kommen. Dann tauchte er hinab und prallte gegen den Träger neben Billi. Die Leiter löste sich und fiel ab, und Billi stolperte auf dem schmalen Rand, bevor sie fiel und nur leere Luft berührte. Ihr Herz erstarrte zu Eis, und sie streckte die Arme aus, starrte entsetzt der Leiter nach, die in tiefer Dunkelheit verschwand. Bestürzung nahm ihrer Stimme die Luft, und sie konnte nicht schreien, nur vor sich hin starren, als die Lichter verschwammen, der Himmel um sie wirbelte und der Wind in ihren Ohren toste.

OhGottohGottohGottohGottohGott ...

Mikes Hand schloss sich um ihr linkes Handgelenk, und sie renkte sich durch den plötzlichen Ruck fast die Schulter aus. Er hielt sie mühelos mit einer Hand fest. Ihre Blicke trafen sich, und für einen winzigen Moment dachte Billi, dass er sie loslassen würde. Stattdessen ließ er sie baumeln. Billi spürte, wie ihr linker Schuh abglitt und dann weg war; die Luft kitzelte sie am Fuß.

»Ich weiß, dass er sie nicht getötet hat.« Seine Augen flammten auf, und an ihnen war nichts Menschliches mehr. »Ich habe es getan.«

14

Billi fühlte sich, als würde ihr der Arm aus dem Gelenk gerissen. Sie konnte sich wegen des Schmerzes kaum konzentrieren, während sie hoch über der Stadt hin und her schwang und weiter in Mikes Griff baumelte.

»Der Spiegel, Billi. Das ist alles, was ich will. Sag mir, wo er ist, dann lasse ich dich los.« Er lachte über seinen schwachen Scherz.

Billi stöhnte. Heiße Schmerzwellen rasten ihr den Arm entlang und die Wirbelsäule hinunter.

»Meine Brüder und Schwestern waren lange genug gefangen.« Er verstärkte seinen Griff, und Billi schrie.

»Nein«, war alles, was sie sagen konnte. Der Boden, so tief unten, drehte sich langsam, Übelkeit erregend.

Mikes Gesicht war in dämonischem Zorn verzerrt; seine Haut war vor Wut wächsern und bleich. Er bemerkte, dass sie ihn unverhüllt sah; dann war der Moment vorbei. Plötzlich war er wieder der freundliche, menschliche Mike. Aber die Maske war abgeglitten, und seine wahre Natur war offenbar geworden.

Ein Unhold.

Wie hatte sie nur so dumm sein können?

»Ich hatte ihn vor zehn Jahren schon beinahe.« Er zog Billi hoch, so dass sie sich Auge in Auge befanden. »Ich hätte ihn auch bekommen, wäre deine Mutter nicht gewesen.«

Die Eisennächte. Trotz der Schmerzen konnte Billi nicht anders, als beeindruckt zuzuhören.

»Aber das waren *Ghule*. Die Templer wurden von *Ghulen* angegriffen!«

Mike wies auf sich selbst. »Die ich geschaffen hatte. Du wärst erstaunt, wenn du wüsstest, wie viele Leute ihre Seele gern für ein bisschen Unsterblichkeit verkaufen.« Mike seufzte. »Zwölf Nächte Krieg und Blutvergießen. Es war herrlich. Ich tötete Uriens. Zerquetschte seinen Schädel zwischen den Handflächen. Aber er verriet nichts. Wenn er schon nicht wie ein Templermeister zu leben wusste, wusste er doch wie einer zu sterben.«

Billi knirschte mit den Zähnen und zwang sich, sich umzusehen. Vielleicht konnte sie einen anderen Balken erreichen oder sich auf ein Stück Fußboden unter ihr fallen lassen. Ein Absatz war etwa zwei Meter entfernt. Aber ein Blick sagte ihr, dass es hoffnungslos war. Der einzige feste Boden lag schwindelerregende zweihundert Meter unter ihr.

Mike zwinkerte. »Und als ich herausfand, dass Arthur in Uriens Fußstapfen getreten war, kam ich in euer Haus. Ich dachte, ich könnte euch beide als Geiseln nehmen. Arthur zwingen, mir den Spiegel im Austausch gegen seine geliebte Frau und seine süße Tochter zu übergeben.«

Feuer loderte in Billis Augen auf. Sie starrte den Mörder ihrer Mutter an. Jede Faser ihres Körpers brannte vor Hass. Mike schien das nicht zu stören.

»Deine Mutter hat mich mit genau den gleichen Augen angesehen. So schwarz und hasserfüllt. Wenn dir das ein Trost ist: Sie hat bis zuletzt gekämpft. Sie wollte einfach nicht mitspielen und still sitzen. Es tat mir fast leid, sie zu töten. Besonders, da feststand, dass du allein nicht ausreichen würdest, Arthur dazu zu bringen, den Spiegel zu übergeben. Nachdem ich deiner Mutter das Leben genommen hatte, wurde mir bewusst, dass ihr beiden schutzlos zu Hause gelassen worden wart – und immer noch kein Arthur ... Offensichtlich warst du ihm nicht wichtig. Genau, wie du ihm heute nicht wichtig bist. Also ließ ich dich schniefend unter dem Bett zurück.«

»Nein, das stimmt nicht«, flüsterte Billi. Ganz gleich, was er ihr antat, ihr Vater musste sie doch liebhaben. Sie war seine Tochter – er musste! Aber während sie im eisigen Wind hing, spürte Billi, wie ihr die Kälte ins Herz sickerte. Mike beugte sich näher zu ihr.

»Siehst du? Du glaubst mir doch, oder? Und diesen Mann willst du schützen? Du schuldest ihm nichts, Billi.« Mikes Finger schlossen sich fester um ihr Handgelenk. »Ich habe ihn das letzte Mal nur entkommen lassen, weil ich herausgefunden hatte, dass er all meine *Ghule* getötet hatte. Ich beschloss, dass ich abwarten und meine ganze Kraft für diesen speziellen Moment aufsparen würde. Jetzt bist du an der Reihe, Billi. Erzähl mir, wo der Spiegel ist, und du bist frei. Frei von deinem Vater. Frei von den Templern. Sag's mir einfach.«

»Ich sag dir was: Du bist Abschaum! Mordender Abschaum!«, zischte Billi.

Mikes Augen verdunkelten sich, und für einen Sekundenbruchteil spürte Billi, wie sein Griff sich lockerte; ihr Herz machte einen Satz. Aber dann blickte er finster drein und presste ihr Handgelenk stattdessen fester denn je zusammen, bis sie spürte, dass ihre Knochen nahe daran waren zu brechen.

»Ich bin Michael, der Todesengel. Ich ließ das Feuer auf Gomorrha regnen. Ich schritt durch die Straßen Ägyptens und tötete die Erstgeborenen. Ich stürzte Satan. Ich und ich allein.« Er starrte sie mit einer Mischung aus Stolz und Zorn an. »Ich werde die Menschen zurück ins Licht führen. Ich bin Gottes Mörder und werde mich nicht von den Kindern des Lehms richten lassen.« Er schüttelte sie wild. »Wo ist der Verfluchte Spiegel?«

»Damit du samt deinen flügellosen Geschwistern die Zehnte Plage loslassen kannst? Niemals! Ich verstehe noch nicht einmal, warum.« Sie dachte an Rebecca und die anderen, die er durch seine Berührung im Krankenhaus infiziert hatte. Wenn er den Spiegel in die Hand bekam, würde das eine gewaltige Anzahl von Todesopfern fordern. Großbritannien würde über Nacht zum Mausoleum werden. »Sie sind unschuldige Kinder!«

»Dann frohlocke, denn sie werden bald in Seinem Reich sein. Weißt du, dass Rebeccas Mutter jetzt ständig betet?«

Er wusste es? Er wusste, dass sie im China Wharf Hospital gewesen waren? Oh Gott, wie dumm sie doch gewesen war.

Michael beugte sich noch näher heran. »Stell dir nur vor, wie viel inniger sie beten wird, sobald Rebecca erst gestorben ist. Denk an die tausende, ja Millionen von Gebeten und Seelen, die ich Ihm schicken werde, wenn ich die Zehnte Plage losgelassen habe.« Er sah in den wolkenverhangenen Himmel auf. »Dann kann Gott mich nicht mehr ignorieren.« Er streckte die freie Hand nach oben aus und starrte verloren in die Dunkelheit. »Er wird mich zurücknehmen. Das muss Er.«

Billi spuckte ihm ins Gesicht. Ihre Muskeln waren jetzt taub; nur ein dumpfer Schmerz lief noch durch ihren Arm. Ihre Füße hingen über leerer Luft, und sie wusste, dass sie sterben würde. Michael hatte ihre Mutter getötet, und ihr Hass überwand die Furcht. Michael wischte sich den Speichel vom Kinn und lachte.

»Eine Kämpferin, ganz wie Jamila. Das gefällt mir.« Er schwang sie in weitem Bogen hin und her wie eine Stoffpuppe. Billi hatte gedacht, sie hätte den Schmerz überwunden, aber jetzt strömte eine neuerliche Aufwallung von Qual in ihre Schulter und lief ihr den Rücken hinab. Sie konnte gar nicht anders, als kurz aufzuschreien. Michael fuhr fort: »Um die Wahrheit zu sagen, ich wusste, dass du nichts sagen würdest. Kein Wunder, dass du bei derart sturen Eltern so geworden bist. Absolut starrköpfig.« Er grinste und wandte den Kopf zur Seite, obwohl sein Blick weiter auf Billi gerichtet war. »Stimmt das nicht, Kay?«

Billis Blick war tränenverschleiert, aber sie sah Kay am Aufzug stehen. Er starrte entsetzt zu ihnen herüber.

»Hau ab!«, schrie Billi. Was tat er hier? Oh Gott, er würde umgebracht werden.

Michael schnalzte mit der Zunge. »Aber, aber, Billi. Das ist nicht sehr nett. Kay ist hier, um dich zu retten. Wie … heldenhaft.« Dann zeigte Michael ihr etwas: ihr Handy. »Du hast es im Café liegen lassen. Ich habe ihm gerade eine SMS geschickt. Er dachte, die Nachricht wäre von dir – und hier ist er. Süß, findest du nicht?«

»Lass sie frei!« Kay tastete sich über die Träger voran bis zu einem flachen Stück Fußboden. Er zitterte, aber auf seinem Gesicht lag angespannte Verbissenheit.

»Ich will den Spiegel, Kay. Sag mir, wo er ist, oder du wirst Billis Überreste vom Boden kratzen müssen.«

Sie fühlte sich so hilflos! Sie *war* so hilflos. Sie trat mit dem Fuß zu, aber er schwang nur wild durch die Luft und traf nichts. Wie hatte sie nur darauf hereinfallen können? Wie hatte sie auf Mike hereinfallen können? Es war von Anfang an Betrug gewesen.

»Ist ja gut, ist ja gut«, sagte Kay. Er stand an der Kante des Absatzes. »Ich werde dir zeigen, wo er ist.«

Mike schwang Billi auf den Absatz zu, und ihr drehte sich der Magen um, als sie durch die Luft wirbelte. Dann prallte sie auf Kay, und sie rollten beide weiter, stießen sich die Köpfe, Ellbogen und Knie an.

Billi konnte ihren linken Arm nicht bewegen. Zehntausend Nadeln stachen ihre Muskeln; der Arm fühlte sich an, als stünde er in Flammen. Der Himmel drehte sich über ihr, und sie schnappte nach Luft. Aber sie musste aufstehen. Sie würde sich nicht von dem Mann besiegen lassen, der ihre Mutter getötet hatte. Sie rollte sich ab. Kay lag neben ihr und stöhnte.

»Mein Gott, Kay, wie dumm bist du eigentlich?«

»Aber ich dachte, du hättest mir eine SMS geschrieben. Du wolltest mich treffen.«

»Hier? Etwa unter dem großen Schild, auf dem ›FALLE‹ steht?«

»Ich war nicht derjenige, der von der Seite eines Wolkenkratzers gebaumelt hat.«

Billi sah einen Werkzeugkasten, der an die Wand geschoben stand. »Hör zu«, flüsterte sie. »Wenn ich mich bewege, will ich, dass du links einen Scheinangriff startest. Überlass Michael mir.«

»Ich kann kämpfen.«

»Kannst du nicht, glaub mir. Du startest nur einen Scheinangriff von links, in Ordnung?« Aber Kays Gesicht war erstarrt. Er wollte kämpfen. Billi hätte gern ein wenig Vernunft in ihn hineingeprügelt. »Scheinangriff links.«

»In Ordnung«, sagte er schließlich.

Billi ging zu dem Werkzeugkasten hinüber und zog einen großen Schraubenschlüssel daraus hervor. Ihr linker Arm hing nutzlos herab, aber sie hob das Werkzeug mit der rechten Hand hoch. Irgendwie musste sie ihn aufhalten. Michael hielt inne, sah zu, wie sie die Zähne zusammenbiss und vorwärtsschritt.

Kay sauste von links heran, aber Michael reagierte nicht. Billi ließ den Schraubenschlüssel mit aller Kraft herabsausen. Michael reagierte immer noch nicht. Der Schraubenschlüssel traf ihn und zerschmetterte die Seite seines Schädels.

Michael stolperte rückwärts. Billi starrte das tiefe Loch an, aus dem dickes Blut quoll. Klebrige Klumpen hingen ihm im Haar, und das Schulterstück seines Mantels war mit roten Tröpfchen übersät.

Aber dann kam die Blutung zum Erliegen. Das klaffende Loch im gebrochenen Knochen begann sich zu schließen, und die tiefe Delle bog sich wieder nach außen und nahm Form an. Binnen Sekunden hatte der Knochen sich geheilt, und die Haut fing an, sich zu schließen, so dass nur eine dünne, rosafarbene Narbe zurückblieb. Auch sie verschwand binnen Sekunden.

»Machst du so mit all deinen Freunden Schluss?«, sagte Michael. Dann schlug er zu. Billi versuchte zu parieren, aber ihr linker Arm reagierte nicht. Sie duckte sich unter der hammerartigen Faust hinweg, aber sie traf sie mitten auf die Stirn. Funken explodierten rings um sie, und sie spürte, wie sie fiel. Sie brach zusammen, und dunkle Ränder krochen in ihr Gesichtsfeld und ließen alles langsam schwarz werden.

Halb trugen, half schleiften Arme sie, und sie spürte weichen, warmen Stoff an ihrem Gesicht. Billis Verstand glitt zwischen Wachheit und Bewusstlosigkeit hin und her, und tief in ihr schrie ein kleiner Teil von ihr, dass sie aufwachen musste, aber sie konnte nicht. Sie war in diesem Albtraum gefangen und konnte sich nicht daraus befreien. Sie stöhnte verzweifelt.

»Hey, deine Freundin wird doch hoffentlich nicht in mein Taxi kotzen, oder?« Eine Stimme drang zu ihr durch, jemand, den sie nicht kannte. Eine Tür schlug zu, und ein Motor erwachte ratternd zum Leben.

»Keine Sorge! Sie hat höchstens ein Bier zu viel getrunken«, sagte Michael. »Stimmt's, Kay?«

Sie hörte angespanntes Gemurmel. Wenigstens war Kay bei ihr. Sie ließ zu, dass die Schwärze sie wieder umfing.

Billi ...

15

Billi stolperte, als sie aus dem Taxi stieg. Kay packte sie, bevor sie hinfallen konnte. Sie versuchte zu stehen, aber der Boden neigte sich und schwankte, und ihr Gleichgewichtssinn war gestört.

»Das ist es?«, fragte Michael. Er klang nicht beeindruckt. »Der Reliquienschrein der Templer?«

Billi sah auf. Oh nein! *Elaines Basar.* Kay hatte sie wirklich hergeführt. Ihre Finger gruben sich in seine Schulter. Was tat er? Das Licht in der Wohnung im ersten Stock war ausgeschaltet. War Elaine da? Vielleicht konnte sie eine Warnung rufen?

Nein, jetzt war es ohnehin zu spät.

Sie standen zu dritt vor der Ladentür. Michael nahm den Türgriff und riss ihn mit einer heftigen Bewegung samt dem Schloss aus dem umgebenden Holz.

»Nach euch«, sagte er.

Kay ging als Erster hinein, Billi als Nächste. Michael legte ihr eine Hand auf den Nacken und trieb sie mit einem Kneifen an, als sie im Dunkeln stolperte.

»Die Kellertür ist hinten«, sagte Kay.

Was stimmte nicht mit ihm? Begriff er denn nicht, was geschehen würde, wenn Michael den Spiegel bekam? *Oh Gott. Tut er das etwa für mich?* Sie warf Kay einen Blick zu. Er starrte ohne jede Gefühlsregung geradeaus. Wenn ihr nur etwas eingefallen wäre! Billis Finger krümmten sich zu Fäusten. Aber Michael stieß sie einfach weiter vorwärts.

Michael schlug das Schloss der kleinen Tür ein. Kay schaltete das Licht an und stieg hinunter.

Michaels Finger schlossen sich um ihren Hals. »Mach keine Dummheiten«, flüsterte er. Seine Stimme klang angespannt, erregt. Der Spiegel war nun beinahe in seiner Reichweite.

Die Reliquienkammer war so vollgestopft wie bisher, aber es gab einige Veränderungen. Die Bannzeichen an den Wänden waren gesäubert, neu eingeschnitten und mit gemalter Kalligraphie und Pergamentstreifen verstärkt worden. Es gab kaum ein Wandstück, auf das kein Symbol gemalt oder an das kein Blatt mit Gebeten geheftet war. Es war, wie ihr Vater gesagt hatte. Der magische Schutz war verbessert worden.

Beträchtlich.

Michaels Aufmerksamkeit galt nicht den Wänden, sondern dem großen, schwarz lackierten Schrank. Er starrte aufmerksam das zerbrochene Siegel Salomos auf den Türen an. Seine Augen – diese funkelnden, bernsteinfarbenen Augen – brannten nun vor dämonischer Gier. Er schleuderte Billi beiseite, und sie brach an der Wand zusammen.

Sie hatte sich so sehr getäuscht. Sie war die ganze Zeit über hinters Licht geführt worden. Er hatte sie bezirzt und in Versuchung geführt, und sie hatte dieser Versuchung nachgegeben. Und jetzt waren sie hier. Ein Wächter war direkt in die Reliquienkammer der Templer geführt worden.

Michael strich sacht mit den Fingerspitzen über den Bronzekreis, als rechnete er damit, dass er glühend heiß war. Aber das kalte Metall stieß ihn nicht zurück, und er lächelte.

»Salomo, du alter Trottel«, sagte er zu sich selbst. Dann packte er die beiden Bronzegriffe und zog die Türen auf. »Endlich.«

Er griff in den Schrank. Als er sich umdrehte, hielt er die dunkelblaue Samtschachtel in der Hand und hatte den Blick nur darauf gerichtet. Er hob sie zum Licht. »Bald, meine Brüder und Schwestern!« Er klappte den Deckel auf und sah hinein. Er starrte und starrte, und Billi sah, wie sein Gesicht sich veränderte. Die selbstsichere Schönheit verging, und stattdessen wurde sein Gesicht grotesk, monströs.

»Ich mag keine Spielchen, SanGreal«, sagte er. Er drehte die Schachtel um.

Sie war leer.

Michael riss ein altes Schwert von der Wand, marschierte zu ihr herüber und setzte ihr die Spitze an die Kehle. »Wo ist der Spiegel?«

»Weit weg von hier, Omen.« Ein Schatten nahm auf der Treppe Gestalt an und schlüpfte in das schlecht beleuchtete Zimmer. Arthur kam herein. »Ich habe ihn in dem Augenblick weggebracht, in dem ich erfahren habe, dass die Schreie deiner erbärmlichen Geschwister gehört worden waren.« Er warf einen Blick zu Kay hinüber. »Wir haben uns schon gedacht, dass du früher oder später herkommen und danach suchen würdest.«

Billi starrte Kay an. Er hatte es gewusst?

Arthur hielt das Templerschwert in der rechten Hand; von seiner linken Faust baumelte ein kleines Silberkreuz herab. Er blieb am unteren Ende der Treppe stehen, aber er war in Schlagdistanz. Mike warf die leere Schachtel weg.

»Komm nicht näher, Templer.« Er presste die Schwertspitze gegen Billis Hals, bis ein Blutstropfen hervorquoll. »Arthur SanGreal. Billi, weißt du, dass es heißt, dass Satan nur zwei Dinge auf der Welt fürchtet? Gottes Urteil und Arthur SanGreal. Sag mal, Arthur« – er trat von Billi weg, um wachsam Abstand zum Ordensmeister der Templer zu halten – »was hast du eigentlich getan, um dem Teufel Angst zu machen?«

»Komm her, dann zeig ich's dir«, sagte Arthur und schob sich vorwärts.

Billi ergriff Kays Hand und hielt ihn an der Wand fest.

Sie hatte den Karren ganz schön in den Dreck gefahren, als sie Michael vertraut hatte. Vielleicht hatte Kay gut daran getan, ihr nichts zu erzählen.

»Er hat Mom umgebracht«, sagte sie. Arthur ignorierte sie, aber seine Augen wurden schmal, und seine Faust schloss sich fester um den Schwertgriff.

»Vermisst du sie immer noch, Arthur?« Michaels Lächeln war verzerrt und widerlich. »Sie wartet auf dich. In der Hölle.«

Arthur griff an. Sein Schwert bewegte sich schnell wie der Blitz, so dass Billi der Bewegung nicht folgen konnte. Michael parierte; als die Schwerter aufeinanderprallten, hallte das Hämmern von Stahl auf Stahl laut zwischen den Wänden wider. Im schwachen Licht waren ihre Bewegungen verschwommen, und Billi konnte nur in stummem Entsetzen zusehen, wie sie kämpften. Das Gesicht ihres Vaters war kalt, ausdruckslos und hochkonzentriert. Er beobachtete nichts bis auf Michaels Augen, ahnte instinktiv und durch die Berührung der Klingen seine Angriffe, Riposten und Paraden voraus. Der Dunkle Engel war nicht minder konzentriert, aber er verlor nie sein arrogantes Lächeln, bis zuletzt nicht. Dann verfingen sich ihre Schwertgriffe aneinander, nur für eine Sekunde. Arthur drehte das Handgelenk abrupt herum, und Michaels Klinge zerbrach. Sie starrten einander an. Der Kampf war vorüber; beiden lief der Schweiß in dicken Tropfen herab. Dann trat Arthur zurück und ließ seine Klinge niedersausen. Er traf Michael im Nacken. Sein Kopf wurde vom Rumpf getrennt, drehte sich einige Male um sich selbst und sprang dann in eine Ecke. Der Körper wankte, fiel auf die Knie und schließlich vornüber.

Billi sah zu, wie sich um den durchtrennten Hals eine Blutlache auszubreiten begann. Der Körper lag auf dem Bauch, die Arme zu beiden Seiten ausgestreckt. Michaels Haut wurde bereits blass, während das Blut aus ihr herausfloss. Arthur zog ein staubiges Laken von einem der Tische und warf es über den Leichnam. »Ruf Percival an. Wir müssen saubermachen.«

»Warte mal«, sagte Billi. Sie konnte den Blick nicht von dem Kopf abwenden. Seine Augen starrten leer nach oben. »Seid ihr sicher, dass er tot ist? Ich habe ihm vor einer Stunde den Schädel eingeschlagen, und das hat ihn nicht aufgehalten.«

Kay stellte sich neben sie. »Er ist wirklich tot. Wir haben die Zauber hier unten verstärkt. Michaels Kräfte wurden vermutlich aufgehoben, sobald er die Reliquienkammer betrat.«

»Ihr habt das geplant?«

Kay blickte unbehaglich drein. »Ich wollte es dir ja erzählen, Billi, aber Arthur dachte –«

»Percival und ich haben hier die ganze letzte Woche abwechselnd Wache gehalten, weil wir nicht wussten, ob jemand kommen würde.« Arthur klang seltsam heiser. »Allerdings war ich erstaunt, dass dein Freund sich als der Todesengel entpuppt hat.«

Sie boxte ihn in den Brustkorb. »Und du hast Kay deinen kleinen Plan anvertraut und nicht mir? Und da fragst du dich noch, warum ich all das hier hasse ...«

Arthur ließ das Schwert fallen und beugte sich vornüber. Sie hatte ihn gar nicht so kräftig geschlagen. Er hustete und spuckte einen blutigen Klumpen auf den Boden.

»Dad?«

Sein Gesicht war aschfahl, und er rang nach Luft. Billi öffnete seine Jacke.

Und sah die dunkelroten Flecken, die sich auf seinem Hemd ausbreiteten.

»Billi«, sagte er; rosafarbener Schaum troff ihm aus dem Mund. Sein Bauch war klebrig von Blut, und erst jetzt sah sie den Riss in seiner Jacke. Er lächelte schwach. Und brach zusammen.

Billi packte ihn, aber er war schwer, und sie stolperte nach hinten, als seine Beine nachgaben. Kay eilte an ihre Seite, und gemeinsam legten sie ihn vorsichtig auf den Rücken. Sein Körper zitterte, als ein krampfartiger Hustenanfall ihn überkam. Die Blasen blutdurchsetzten Speichels waren nun dunkler.

»Ruf einen Krankenwagen! Sofort!«, schrie sie.

Die Wunde lag direkt unterhalb seiner Rippen, auf der rechten Seite. Sie hatte sein Herz verfehlt, musste aber, nach dem Schaum zu urteilen, die Lunge getroffen haben. Er ertrank an seinem eigenen Blut.

Aber die Wunde sah so klein aus! Sie versuchte, die Verletzung zu bedecken, aber ihre Hände glitten aufgrund des Bluts immer wieder ab. Tränen flossen, und ihr Vater hielt ihre Hand fest. Jedes Mal, wenn er atmete, kam ein bizarres, saugendes Geräusch aus dem Loch. Ihre Finger zitterten über seinem kalten Bauch. Das Blut sah im schwachen Licht so schwarz aus, und da war so viel davon. Sie konnte es nicht aufhalten. Er würde sterben. Oh Gott, was hatte sie getan?

»Du musst sie zustopfen, Billi«, flüsterte er. Er bemühte sich, die Augen offen zu halten; seine Lider flatterten. Billi suchte hektisch das Zimmer ab. Sie musste die Lunge versiegeln. Sie leerte einen Schreibtisch aus und fand, was sie suchte: eine Rolle Sellotape und ein Stück Plastikfolie. Als sie sich wieder umdrehte, war ihr Vater bewusstlos. Sie konnte nur noch das klebrige Zischen hören, als Luft aus seiner Lunge hervorblutete. Die Augen trüb vor Tränen biss Billi Klebebandstreifen ab und klebte das Plastik über dem Loch fest. Sie brauchte fast die ganze Rolle, um die Folie so zu befestigen, dass sie endlich hielt. Ihr Vater sah weiß aus, und sein Atem war nur ein schwacher Hauch. Sie nahm seine Hand; sie wusste nicht, was sie sonst tun sollte. Sie lag in ihrer Hand wie totes Fleisch, ohne Wärme, ohne Leben. Nur totes Fleisch.

Dann hörte sie etwas summen: das Handy ihres Vaters. Sie fand es in seiner Tasche und klappte es auf. Sie erkannte die Nummer sofort.

»Percy, komm schnell her! Es ist Dad!« Sie sah das bleiche, schweißüberströmte Gesicht an. »Mein Dad.«

»Was ist passiert?« Percys Stimme war angespannt; die Verbindung knisterte.

»Er hat eine Stichverletzung davongetragen. Es ist schlimm, Percy, richtig schlimm. Ein Krankenwagen ist unterwegs.«

»Ein Krankenwagen? Billi, du weißt, dass du dich erst mit mir oder mit Gwaine hättest absprechen sollen. Die Regeln –«

»Dad stirbt! Die verdammten Regeln sind mir scheißegal!«

»In Ordnung, Billi. Ist schon gut.« Sie konnte hören, dass er mit jemandem sprach. Mit wem? Gwaine? »Wie ist das passiert?«

»Wir sind in der Reliquienkammer. Dad hat den Wächter getötet.« Sie zwang sich, nicht zu dem kopflosen Leichnam in der Ecke hinüberzusehen.

»Da ist eine Leiche? Hör zu, Billi. Du musst Arthur wegbringen.«

Ihn wegbringen? Das konnte sie nicht. Was, wenn er wieder zu bluten anfing?

»Percy, er muss hierbleiben. Ich kann nicht.«

Auf der anderen Seite trat eine lange Pause ein. »Billi, du musst das verstehen. Dein Dad hat gerade jemanden ermordet. So wird die Polizei es sehen. Du musst ihn rausbringen. Sonst landet er im Gefängnis.«

Mein Gott, das ist Wahnsinn! Aber Percy hatte recht. Sie sah ihren Vater an. »In Ordnung, Percy. Aber beeil dich. Beeil dich.«

»Ich bin in fünf Minuten da.« Dann war die Verbindung tot.

16

Irgendwie schleppten sie Arthur zusammen nach draußen. Sie legten ihn genau vor die Ladentür, und bald hörte Billi das unverkennbare Dröhnen von Percys Motorrad. Wie er versprochen hatte, war er binnen fünf Minuten gekommen. Die Reifen quietschten, als er anhielt, er warf den Helm auf den Boden und rannte zu ihnen. Sie legten Percys Motorradjacke gefaltet unter Arthurs Kopf und brachten ihn dann in die stabile Seitenlage.

»Halt durch, Art«, sagte Percy, als er nach seinem Puls tastete. Er legte seine Hand über Billis. »Jetzt hört zu, wir müssen uns auf eine Geschichte einigen. Nichts Kompliziertes. Was habt ihr euch ausgedacht?«

Kay wies auf die zerbrochene Tür. »Wir werden sagen, dass wir gerade mit Arthur spazieren gingen, als er sah, wie jemand in den Laden einzubrechen versuchte. Er lief über die Straße, es kam zu einem Kampf, und er fiel zu Boden.« Kay blickte zu Billi hinüber. »Wir waren zu weit entfernt, um den Angreifer genau zu sehen. Durchschnittlich groß, durchschnittliche Figur. Einfach durchschnittlich.«

Percy nickte. »Das wird reichen. Verstanden, Billi?« Sie konnte es nicht fassen: Sie dachten sich Geschichten aus, während ihr Vater starb.

»Verstanden«, sagte sie mit trockener Kehle.

Die Sirenen und Lichter des Krankenwagens lockten Leute auf die Straße. Sie blieben unter ihren Vordächern und vor den Türen stehen, Mäntel über ihre Schlafanzüge und Nachthemden gezogen, und gafften, während die Sanitäter aus dem Krankenwagen eilten und sich um Arthur scharten. Percy zog Billi zurück, um sie nicht bei der Arbeit zu stören, und dann kam die Polizei. Die nächsten paar Minuten waren ein Gewirr von Fragen, blinkenden Lichtern und widerstreitenden Gefühlen. Ihr Vater war niedergestochen worden. Sie tischte der Polizei die Geschichte auf: der Räuber. Gerangel. Dann war Arthur zusammengebrochen. Nein, sie konnte sich nicht so recht erinnern, was der Räuber angehabt oder wie er ausgesehen hatte oder wohin er geflohen war. Der Polizeibeamte hatte bald genug davon und notierte ihre Angaben; er würde sich wieder melden.

Billi stieg zu ihrem Vater in den Krankenwagen und hielt seine Hand, während der Sanitäter ihn an die tragbaren Monitore anschloss. Percy nahm sie in den Arm. Kay stand ein paar Meter entfernt.

»Ich fahre direkt hinter euch her«, sagte Percy.

»Was ist mit Mike?«

»Darum kümmere ich mich. Die anderen sind unterwegs.« Er drückte sie ein letztes Mal an sich. »Pass du gut auf deinen Dad auf.«

Gegen Morgen hatten sie Arthur aus dem Operationssaal in ein Krankenhausbett gebracht. Billi starrte ihn an; er sah so alt aus. Die aufgehende Sonne war schwach und verlieh ihm eine totengleiche Blässe. Er wirkte in dem Krankenhausbett so klein und erbarmenswert. Hässliche gelbe Schläuche ragten aus seinem Mund und seinen Nasenlöchern hervor. Seine Augenlider waren halb geschlossen; die funkelnden blauen Augen, die normalerweise so kraftvoll und lebendig waren, sahen aus wie mattes, leeres Glas.

Hatte sie das hier zu verantworten? Wenn sie nicht so damit beschäftigt gewesen wäre, ihn zu hassen, hätte sie vielleicht begriffen, dass Mike der Dunkle Engel war. Und jetzt lag ihr Vater hier.

Das ist alles meine Schuld.

Billi zwang sich, ihn anzusehen. Sein Atem war ein schwaches Röcheln, gefolgt von einem unheimlichen Saugen; das Geräusch quälte ihre Ohren so sehr wie sein blasses Gesicht ihre Augen. Sie hasste Krankenhäuser. Der abgestandene Geruch vorgekochten Essens, das Rattern der Betten mit ihren Stahlrahmen. Sie sah die weißen Hände ihres Vaters an. Wie dünn die Haut nun wirkte, wie blau seine Adern! Sie griff nach seinen Händen und hielt sie, erschrocken, wie kalt sie sich anfühlten. Sie waren schlaff und feucht. Sie drückte sie, so fest sie konnte, flehte um irgendeine Reaktion. Das kleinste Zucken, das geringste Zeichen.

Bitte, nur ein Zeichen. Nur eines.

Es klopfte an der Tür.

Kay kam herein.

»Geht's dir gut?«, fragte er. Er streckte die Hand aus und schien nicht recht zu wissen, ob er sie sacht berühren oder umarmen sollte. Seine Augen waren zusammengekniffen, nicht, als ob er ihre Gedanken zu lesen versuchte, sondern als ob er besorgt wäre. Ganz normal. Billi starrte seine Hand an, bis er sie senkte. »Es tut mir leid.«

»Wusstest du es wirklich nicht?«, fragte sie.

»Was?«

»Dass Michael der Wächter war?«

Kay schüttelte den Kopf. »Nein. Wie kannst du das glauben? Ich hätte dich nie in seine Nähe gelassen, Billi.«

»Also warst du nicht einmal stark genug, um zu sehen, wer er wirklich war.«

»Aber … er war ein Dunkler Engel! Er … seine Kräfte sind zu groß, als dass ich …« Kay brach verstört ab.

Das war nicht fair. Das wusste sie selbst. Aber Billi musste irgendjemandem die Schuld geben. Sie wollte glauben, dass es nicht ihre Schuld war, aber sosehr sie es auch versuchte, wusste sie doch, dass diese Katastrophe allein ihr zu verdanken war.

Kay trat näher. »Billi, quäl dich nicht deswegen.« Er hatte ihre Gedanken gehört. »Niemand hätte ahnen können –«

»Dass ich einen Dunklen Engel zum Spiegel führen würde?« Das hatte sie doch getan, nicht wahr? Ganz gleich, wie sie es vor sich selbst zu rechtfertigen versuchte, sie hatte ihn hingeführt. Und Kay hatte sie gerettet. Sie war vielleicht eine schöne Templerin! Je länger sie dabeiblieb, desto mehr Schaden würde sie anrichten. Eine solche Last wollte sie nicht auf sich nehmen.

»Wo ist Percy?«, fragte sie.

»Unten bei Gwaine und den anderen. Sie warten auf dich.«

»Sie sind alle hier? Warum?« Sie fing Kays schuldbewussten Blick auf, bevor er sich abwandte, um aus dem Fenster des Zimmers zu sehen, und begriff. »Mein Gott, die können wirklich nicht abwarten, oder?«

Sie waren hier, weil Arthur im Sterben lag. Sie waren hier, um seinen Nachfolger zu wählen. Die Ritter konnten nicht zulassen, dass der Orden ohne Anführer blieb, nicht wahr? Ach, zum Teufel mit ihnen! Sollte Gwaine doch Templermeister werden. Der Orden hatte ihr nur Kummer gebracht. Erst ihre Mom, jetzt ihr Dad. Sie sah ihn an, leichenblass und plötzlich so alt. Nichts war diese Art Opfer wert.

Eine vergebliche Hoffnung keimte in ihr auf. Falls – nein, nicht falls, sondern wenn – Arthur sich erholte, würde Gwaine sich vielleicht als hervorragender Meister erwiesen haben, und Arthur würde nicht mehr gebraucht werden. Vielleicht würde Arthur, wenn die Last der Verantwortung für die Templer von ihm genommen war, wie ein normaler Vater werden. Vielleicht würde er sie und nicht mehr den Orden an die erste Stelle setzen. Vielleicht würde er sie sogar liebhaben. Es war ein feiger Gedanke, aber sie hatte ihren Dad immer als unverwundbar gesehen. Nun, da sie ihn so sah, wurde sie von Furcht übermannt. Billi hatte gedacht, sie hasse ihn, aber das tat sie nicht. Sie konnte es nicht. Er war alles, was sie hatte.

»Er ist ein zäher Bursche, Billi. Er wird es schaffen.« Kay legte ihr die Hand auf die Schulter. »Ihr werdet es schaffen.«

Sie goss sich ein Glas Wasser ein. »Wie ist die Säuberung verlaufen?«

»Darüber solltest du am besten mit Gwaine reden.«

Billi stand auf. Kays Ton ließ die Alarmglocken schrillen. »Was ist los, Kay?«

Kay verzog das Gesicht, überzeugte sich dann, dass die Tür geschlossen war, und flüsterte: »Billi, es ist etwas schiefgegangen. Im Keller war nichts. Michael ist verschwunden.«

So viel zum Thema »Prunk und Prachtentfaltung bei der Einsetzung eines neuen Templermeisters«. Einst wäre das innere Konklave hochrangiger Ritter in der Temple Church zusammengetreten, hätte gebetet und Nachtwachen gehalten, bevor es den, der die Templer anführen sollte, gewählt hätte. Jetzt würden sie darüber in der Krankenhauscafeteria abstimmen.

Gwaine saß am Kopf des weißen Resopaltisches. Er wirkte ruhig, aber nichts konnte den Eifer in seinen Augen verbergen. Da Arthur dem Tode nahe war, würde er ihn ersetzen. Sein Traum würde in Erfüllung gehen.

Alles nur ihretwegen.

Percy stand auf und nahm sie in den Arm.

»Wie geht's dem Alten?«

Billi wusste nicht, was sie sagen sollte. Dass er im Sterben lag? Sie barg den Kopf an Percys Brust. Dann bot er ihr einen Sitz am Tisch an. Eine Tasse Tee wartete auf sie.

Bors sah kurz von seinem Schinkensandwich hoch und fuhr dann fort, es mit den Zähnen in Stücke zu reißen; er mampfte lautstark. Berrant senkte seine Brille und lächelte Billi an. Pater Balin klapperte sich weiter durch seinen Rosenkranz. Gareth und Pelleas waren ebenfalls da. Kay setzte sich neben sie.

»Ich finde, da wir nun alle hier sind, sollten wir zur Sache kommen«, sagte Gwaine. »Erst mal die Lagebesprechung. Kay hat mich unterrichtet, und ich bin zu einem Schluss gekommen.« Er breitete die Hände aus. »Es ist ganz klar, dass Michael vernichtet worden ist. Das Verschwinden des Leichnams ist nichts Ungewöhnliches. Als Geistwesen hat er sich einfach wieder in Luft aufgelöst.«

»Aber was ist mit Arthurs Schwert? Das ist auch weg«, sagte Kay.

Gwaine zuckte mit den Schultern. »Da es vom Blut des Geistwesens befleckt war, hat es sich wahrscheinlich ebenfalls aufgelöst. Ganz einfach.«

»Es wirkt zu einfach ...«, murmelte Balin. Er schüttelte den Kopf. »Ich weiß nicht. Was hat Elaine zu alldem gesagt?«

Gwaine runzelte die Stirn. »Wir können weder Elaine noch den Verfluchten Spiegel finden.« Er blickte in die Runde. »Aber das können wir heute Nacht nicht klären. Wir haben andere Dinge zu besprechen.«

»Vergisst du nicht etwas?«, knurrte Percy. »Erst einmal sollten wir für Arthurs baldige und völlige Genesung beten, findest du nicht?«

Gwaine sah ihn finster an und räusperte sich dann. »Natürlich. Pater, wären Sie wohl so freundlich?«

Sie senkten die Köpfe, und Billi betete. Sie betete, dass ihr Vater überleben möge. Und dass so etwas nie wieder geschehen würde. Es war zu knapp gewesen. Beim nächsten Mal würde vielleicht jemand ihretwegen sterben. Billi kam zu einem Schluss: Es durfte kein nächstes Mal geben.

Gwaine hob nach einer Minute den Kopf. »Zur Sache. Es ist ganz einfach: Da Arthur nicht zur Verfügung steht, bitte ich hiermit in aller Form um das Kommando über die Arme Ritterschaft Christi und des salomonischen Tempels.«

»Auf Zeit«, sagte Gareth. Er hatte recht: Arthur war noch am Leben, so dass Gwaine nur geschäftsführender Meister werden konnte. Gwaine verzog das Gesicht und blickte sich im Kreis um.

»Ich weiß, dass wir Arthur alle lieben, aber wir müssen einsehen, dass seine Methoden sehr riskant sind. Schaut euch nur an, was heute Nacht passiert ist. Ich habe … Pläne, was den Orden angeht. Wir müssen unsere Stärke zurückgewinnen. Neue Mitglieder anwerben.«

»Wen zum Beispiel?« Percy kniff die Augen zusammen.

»Die Roten Ritter.«

Die anderen schnappten nach Luft. Billi traute ihren Ohren nicht. Die Roten Ritter waren ein Haufen religiöser Schlägertypen, Fanatiker der übelsten Sorte. Sie waren kaum etwas Besseres als eine Bande, die die Straßen unsicher machte, Einwanderer zusammenschlug und Brandbomben in Zeitungsgeschäfte warf. Meinte er das ernst?

»Dem würde Arthur niemals zustimmen«, sagte Balin. »Diese Schlacht ist längst geschlagen.«

Berrant nickte zustimmend. »Die *Bataille Ténébreuse* richtet sich nicht gegen unsere Mitmenschen, sondern nur gegen die Unholde.«

Gwaine hob die Hände. »Ich weiß, dass sie etwas übereifrig sind, aber man könnte sie anleiten. Trainieren und zügeln.« Er blickte zu Percy hinüber. »Sie sind auch nicht schlimmer, als Arthur war, als ich ihn rekrutiert habe.«

»Arthur ist nicht durch die Gegend gezogen, um Moscheen niederzubrennen«, entgegnete Percy.

Gwaine sah die anderen an, suchte nach Unterstützung. Doch er erntete nur kühle Blicke. »In Ordnung, wir können ein andermal über die Roten Ritter diskutieren. Aber die Frage bleibt bestehen: Werdet ihr mich zum Meister erklären?«

Balin seufzte, neigte aber den Kopf. Bors nickte eifrig; flüssiges Fett tropfte an seinem Kinn herab. Gareth und die anderen stimmten zu. So auch Kay, obwohl er wusste, dass Gwaine ihnen das Leben schwer machen würde. Er war ein Templer, und es gab die Regeln, die alten Gesetze, die festgelegt worden waren, als der Orden gegründet worden war. Percy zuckte lediglich die Achseln, und sie sahen Billi an.

»Nur eines«, sagte sie.

»Das ist kein Handel, bei dem man schachern kann, Knappe. Ja oder nein«, sagte Gwaine. Er sprach mit gesenkter Stimme, konnte aber seinen wachsenden Ärger nicht verhehlen. Die Wahl musste einstimmig erfolgen.

Billi holte tief Luft. Sie hatte nicht nur ihr eigenes Leben aufs Spiel gesetzt, sondern auch das von Kay und ihrem Vater. Früher oder später würde das wieder geschehen, und sie wollte niemandes Blut an ihren Händen haben.

»Du bekommst meine Stimme, Gwaine. Aber nur unter einer Bedingung.« Billi schloss die Augen und senkte den Kopf. »Ich will den Orden verlassen.«

Percy beugte sich zu ihr herüber. »Billi …«

»Nein, Percy. Es ist das Beste so.« Sie wollte die Augen nicht öffnen. Wenn sie es tat, würde sie es sich vielleicht anders überlegen. Am Tisch wurde es still. Am Ende schaute sie auf und begegnete Gwaines Blick. Er lächelte hämisch; er hatte gewonnen.

»Gewährt.«

17

Also war Billi raus. Einfach so. Wie betäubt verließ sie das Krankenhaus. Der Arzt hatte ihr geraten, sich etwas auszuruhen. Sie konnte nach der Schule wieder zu Besuch kommen. Sie nahm kaum wahr, wie überfüllt die Krankenhausaufnahme war oder dass zahlreiche kranke Kinder in Rollstühlen auf den Korridoren aufgereiht waren und darauf warteten, von Ambulanzwagen in andere Krankenhäuser gebracht zu werden, weil in diesem hier keine Betten mehr frei waren. Billi sah die müden, ängstlichen Gesichter der Eltern, aber sie war zu ausgelaugt, als dass sie irgendetwas für sie hätte empfinden können. Vage fragte sie sich, ob das hier Michaels Werk war, aber jetzt war er ja tot. Es war vorbei.

Das Haus war kalt und still, als sie eintrat. Billi ließ ihren Mantel auf den Boden fallen und ging direkt in die Küche hoch, mechanisch und automatisch. Sie stellte den Wasserkocher an und warf zwei Scheiben Brot in den Toaster. Sie sah sich in dem kargen, hässlichen Raum um. Hier hatten sie vor fünf Jahren über ihr Schicksal entschieden: dass sie eine Templerin werden sollte.

Balin an der Spüle, Gwaine auf dem Stuhl gegenüber, Percy am Schrank und ihr Vater hier, auf diesem Stuhl. Der abgehackte Arm in der Mülltüte hatte genau hier gelegen, auf diesem Tisch. Billi strich mit der Hand über die Tischplatte, die alte, dunkle Flecken aufwies, die tief ins Holz eingezogen waren. Blut? Das hätte sie wirklich nicht überrascht.

Die Haustür ging auf, und Billis Herz machte einen Sprung. Dad? Einen verrückten Moment lang glaubte sie, er sei es, irgendwie genesen und nach Hause zurückgekehrt, und sie sprang von ihrem Stuhl auf und rannte zur Küchentür.

»Billi?«, rief Percy. Er trat sich die Schuhe auf der Fußmatte ab. »Wo bist du, Schatz?«

»Hier oben.« Sie beugte sich über die Balustrade. Vielleicht wusste er etwas Neues. »Ist irgendetwas? Wie geht es Dad?«

»Er ruht sich aus.« Die Stufen knarrten, als Percy heraufkam. »Mach dir keine Sorgen um ihn.«

Billi wandte sich wieder dem brodelnden Wasserkocher zu. Sie holte zwei Becher und die Teebeutel heraus. Ein Würfel Zucker für sie, ein Spritzer Honig für ihn. Sie roch an der Milch, bevor sie sie eingoss.

Die Dielen knarrten, als Percy in der Tür verharrte. Sie wusste, worauf er wartete. Aber sie war gegangen und würde nicht zurückkommen. Sie knallte seinen Becher auf die andere Seite des Tisches, nahm ihren mit zu ihrem Ende und setzte sich hin.

»Und wie geht es dir?«, fragte er. Er ließ sich auf den Hocker sinken; er sah lächerlich aus. Seine Knie stießen an die Unterseite der Tischplatte.

»Ich weiß, was du denkst. Aber so ist es besser, Percy. Ich kann das nicht.« Sie blickte zu ihm hoch. »Ich habe ihn dorthin geführt. Meinetwegen ist Dad beinahe getötet worden.«

»Arthur wäre ihm früher oder später ohnehin gegenübergetreten, Billi. Das ist nicht dein Werk. Der Krieg gegen die Unholde fordert seinen Preis.«

Als ob sie das nicht wüsste. Ihre Mom und beinahe auch ihren Dad. Noch ein schlimmer Tag, und die Tempelritter würden ausgerottet sein. Aber das war nicht mehr ihr Problem.

Percy leerte seinen Becher. »Ich habe Gwaine gebeten, Arthur bewachen zu lassen. Anscheinend ist Michael tot, aber irgendetwas kommt mir komisch vor. Vorsicht ist dringend angebracht.«

»Glaubst du, irgendjemand könnte etwas versuchen?« Arthur hatte viele Feinde. Höllisch viele.

»Deshalb will ich ja, dass er bewacht wird.« Er sah sich in der Küche um. »Ich werde hier Quartier beziehen.« Er grinste sie an. »Eine Weile den Babysitter spielen. Ich bringe meinen Kram heute Nacht rüber. Es wird ganz wie in alten Zeiten sein, nicht wahr?«

Billi nickte. Sie wollte hier nicht allein sein. Percy würde auf sie aufpassen; das hatte er immer getan. Er beugte sich zu ihr und küsste sie auf die Stirn. »Schlaf ein bisschen.«

In der nächsten Nacht beobachtete Billi die Menschen durch das Arbeitszimmerfenster. Im Inner Temple war viel los. Sie hatte noch nie so viele Leute hier draußen gesehen, besonders nicht um diese Nachtzeit. Kay spähte über ihre Schulter nach draußen; sein Haar streifte sacht ihre Wange.

»Balin wird sich freuen«, sagte er. »Ich glaube nicht, dass in der Kirche je so viel los war.«

Er hatte recht: Sie waren alle auf dem Weg zur Temple Church. Oder zur St. Bride's. Oder St. Paul's. Vielleicht auch zur Moschee am Regent's Park. Der Zustrom war stetig: Dutzende von Leuten, die alle auf der dunklen Straße unterwegs waren. Viele von ihnen mit Kindern.

»Die Gläubigen«, sagte Kay.

»Die Ängstlichen«, erwiderte Billi. Die Zeitungen waren voll von Geschichten über seltsame Krankheiten. War es irgendein neues, gefährliches Virus? Oder ein neuer Lebensmittelskandal? Niemand wusste es. Jedes Kind, das auch nur den geringsten Husten oder das kleinste bisschen Fieber hatte, wurde eilig ins Krankenhaus gebracht. Und das war nur die Spitze des Eisbergs. Es war Michael gelungen, ein Dutzend verschiedener Orte zu infizieren, während sie China Wharf bewacht hatten. Nicht nur Krankenhäuser. Billi wurde übel, wenn sie daran dachte, dass er das wahrscheinlich getan hatte, unmittelbar bevor er sich mit ihr im Café getroffen hatte – bevor er sie auf den Turm gelockt hatte.

Sie sah auf die Leute in den Straßen hinunter und fragte sich, wie viel schlimmer es wohl geworden wäre, wenn er den Spiegel in die Hand bekommen hätte. Aber diese Hysterie würde nicht anhalten. Nun, da Michael nicht mehr da war, würden die Kinder, die er infiziert hatte, sich erholen. Die Panik würde vorbeigehen, und die Kirchen würden wieder leer sein.

»Billi …«

»Vergiss es, Kay. Ich habe dieses Gespräch schon mit Percy geführt.« Sie wandte sich vom Fenster ab. »Ich bin aus dem Orden ausgetreten.«

»Aber warum? Wir haben Michael besiegt. Wir haben alle Erstgeborenen gerettet. Du hast etwas Gutes getan.«

»Habe ich das?« Warum fühlte sie dann diese fürchterliche Leere in sich? Es wirkte nicht wie ein Sieg. Genau so war es nach der Feuerprobe gewesen. »Dad sagt, wir müssen schwierige Entscheidungen fällen. Ich habe beinahe dafür gesorgt, dass er getötet worden wäre. Solche Entscheidungen kann ich nicht fällen.«

»Also lässt du sie lieber von Leuten wie Gwaine treffen?« Die Art, wie er den Namen aussprach, hatte einen bitteren Beiklang.

»Macht er dir das Leben schon schwer?«

Kay seufzte müde. »Er traut mir nicht. Glaubt, dass meine Zeit in Jerusalem mich vielleicht befleckt hat.«

»Wie das?«

»Ich habe schließlich nicht nur mit Christen geübt, oder?« Kay zuckte mit den Schultern. »Er ist etwas altmodisch in religiösen Angelegenheiten.«

Billi sah zu, wie Kay sich auf die Fensterbank setzte, die Hände um ein Knie verschränkt. Das Mondlicht auf seinem blassen Gesicht ließ ihn strahlen. Sein Haar hing wie Silberfäden herab und umrahmte seine tiefblauen Augen.

Das Arbeitszimmer lag im Dachgeschoss; es hatte eine niedrige Decke und kleine Fenster in der Dachschräge. Dicht an dicht gefüllte Regale nahmen jede Wand ein; kaum ein Streifen Tapete war nicht entweder von Büchern oder von alten Karten und Gemälden verdeckt. Der Teppich war rot und ausgeblichen; ein großer schwarzer Eichenschreibtisch dominierte das Zimmer. Seine Platte war mit hellgrünem Leder bespannt. Ein Bronzehalter stand in der Mitte, ein schlichter Klotz mit einer flachen Vertiefung für einen Füller und zwei halbvollen Tintenfässchen, einem schwarzen und einem roten. Der Laptop ihres Vaters stand links davon; der Bildschirm strahlte zartblau und fügte sein Licht dem der milchigen Wandlampen hinzu. Dicke Vorhänge hingen links und rechts der Fenster, und tiefe Schatten lauerten in ihren Falten.

Sie hatten Stunden in diesem Raum verbracht. Hier hatte Balin ihnen Latein beigebracht. Sie hatten die alten Templeraufzeichnungen gelesen und sich ausgemalt, wie es wohl gewesen sein mochte, ein Held zu sein. Die Geschichten lasen sich wie Märchen und waren voller Schlachten, Monster und Heldentode. Aber die Geschichten logen. Schlachten waren so entsetzlich, dass es einem den Magen umdrehte, und kein Tod war ruhmreich oder edel – jeder einzelne war einsam, erschreckend und grausam. Sie sah Kay an und spürte plötzlich, wie Furcht in ihr Herz kroch.

»Tritt aus dem Orden aus, Kay.« Sie blickte auf ihre Hände hinab. Sie waren sauber. Sie hatte es endlich geschafft, das Blut ihres Vaters unter ihren Fingernägeln zu entfernen. »Verlass die Templer.«

»Das kann ich nicht.«

»Warum nicht? Gwaine will dich nicht. Elaine ist weg. Du kannst gehen.« Je mehr sie darüber nachdachte, desto besser klang es. Sie beide, mit ihrem Vater, weg aus dem Orden.

Kay schüttelte den Kopf. »Ich habe Verpflichtungen dem Orden gegenüber, mit oder ohne Gwaine.«

»Das hat für dich Priorität, oder?«

»Ja.«

»Warum bist du dann zum Turm gekommen? Das wirkte, als sei es persönlich.«

Kay sackte zusammen. Er blickte zu ihr hoch, dann schnell beiseite, als ob er Angst hätte, dass sie etwas gesehen haben könnte.

»Das spielt keine Rolle«, sagte er.

»Was hat Michael in der SMS geschrieben?«

Kay stand abrupt auf. »Ich sagte doch, das spielt keine Rolle.«

»Hast du mich vermisst, Kay?«

Er ging eilig durch den Raum und sah die Türklinke an; fuhr sich hektisch durch die Haare.

»Es ist so schwer.« Mit dem Rücken zu ihr trat er unbehaglich von einem Fuß auf den anderen und rammte sich die Hände in die Taschen. »Ein Seher darf keine emotionalen Bindungen haben. Das trübt unser Urteil. Deshalb hat Michael mich auch überlistet. Ich wollte … es glauben.«

»Was?«

»Ich kann nicht klar denken, wenn du da bist.« Er wirbelte herum. Sein Gesicht war nur wenige Zentimeter von ihrem entfernt, und seine halb offenen Lippen ließen seinen warmen Atem auf ihre Augenlider strömen. Er berührte sie nicht, aber Billi spürte seine Nähe, und die lähmte sie. Das hier war Kay. Sie waren zusammen aufgewachsen. Sie sah ihn doch nicht … so.

Oder?

Er trat zurück. »Ich kann nicht, Billi.« Der Schmerz war offensichtlich, als er sprach. »Mir darf nichts an dir liegen.«

Billi stand einfach da. Sie fühlte sich, als sei sie gerade geschlagen worden.

»Es wird mich zerstören«, flüsterte er.

Die Tür ging auf, und Percy kam herein; er trug ein Tablett. Er hatte die Ärmel an seinen baumstammdicken Unterarmen hochgekrempelt und trug noch immer die Schürze, obwohl sie kaum seinen Bauch bedeckte. Er stellte das Tablett auf dem Schreibtisch ab und setzte sich mit einem Becher in der Hand in einen der Sessel.

Billi ließ sich in den alten Ledersessel ihres Vaters sinken. Wie konnte Kay so etwas sagen? Nicht auch noch er! Er hatte ihr den Orden vorgezogen – genau wie ihr Vater.

»Irgendwelche Neuigkeiten von Elaine?«, fragte Kay Percy in angespanntem Ton. Er konnte Billi nicht in die Augen sehen.

Percy zuckte die Achseln. »Nein. Art muss sie angewiesen haben, sich zu verstecken, falls er Michael nicht besiegen würde.« Er sah Kay an. »Könntest du sie nicht … na ja, orten?«

»Nein. Elaine ist zwar nicht sehr begabt, aber sie kennt ein paar Tricks. Sie ist nicht auf irgendeinem Radarschirm. Wenn sie den Spiegel hat, dann ist sie wahrscheinlich an irgendeinem geschützten Ort. Es wird dort zahlreiche Bann- und Schutzzauber geben.«

Percy sah auf die Uhr. Kurz nach Mitternacht. Er deutete auf das Telefon auf dem Schreibtisch. »Lasst uns Berrant anrufen. Er hält Wache im Crow Street Hospital. Dann hören wir, wie es deinem Dad geht.«

Wenigstens habe ich Percy. Sie hatte ihren Vater nach der Schule besucht, und Percy war einfach da gewesen. Der große Westafrikaner war trotz seiner Kraft und Entschlossenheit weichherzig, was ihren Dad anging. Er war wahrscheinlich der einzige echte Freund, den ihr Vater hatte. Der einzige echte Freund, den sie hatte.

Percy wählte. »Berrant? Alles in Ordnung?« Er nickte. Und erstarrte. »Was meinst du damit, er hat dich weggeschickt? Wer passt auf Arthur auf?«

Billi sprang auf und stieß dabei den Becher zu Boden. Sie geriet in Panik und konnte den Blick nicht von Percys entsetztem Gesicht abwenden. Percy knallte das Telefon auf den Tisch. Er starrte es eine Sekunde lang an und riss sich dann die Schürze ab.

»Gwaine hat Arts Bewachung verschoben. Berrant dachte, ich sollte ihn ablösen.«

Billi bemühte sich, ihre zitternden Hände ruhig zu halten. »Wo ist Berrant denn?«

»In Kent. Gwaine hat ihn heute Nacht losgeschickt, um dort irgendeinen Spuk in Augenschein zu nehmen.«

»Wo sind die anderen?«, fragte Kay.

»Verdammt noch mal zu weit weg!«, fluchte Percy.

Niemand wachte bei ihrem Vater.

18

Sie nahmen Arthurs alten Jaguar, waren aber gezwungen, langsam zu fahren: Dichter Nebel hatte sich über die Straßen gesenkt und sorgte dafür, dass man nur ein paar Meter weit sehen konnte. Gespenstische weiße Nebelfetzen streiften die Windschutzscheibe, während sie zum Crow Street Hospital schlichen. Der Parkplatz war überfüllt, deshalb fuhren sie zur Rückseite, zu den versteckt gelegenen Laderampen und dem »NUR MIT SONDERERLAUBNIS«-Gelände. Percival parkte gleich hinter einem Notausgang. Kay und Billi stiegen aus.

Percival langte ins Auto und hakte die verborgenen Riegel unter dem Rücksitz los. Der Sitz klappte hoch und enthüllte die Waffenkammer. Die Waffen waren in Schaumstoff und Plastik verpackt, um nicht zu klirren. Er suchte sich ein Wakizashi aus, ein einschneidiges japanisches Kurzschwert. Er befestigte die Scheide auf seinem Rücken unter der Jacke und schob die Klinge hinein. Billi nahm zwei Bajonette ohne Tülle und einen Brustgurt; sie verkürzte die Riemen mit wohlgeübten Bewegungen und befestigte dann ihre beiden Dolche. Sie warf sich ihren Mantel über und zog, indem sie die Arme vor der Brust verschränkte, die Waffen ein, zwei, drei Mal, so dass sie bei Bedarf binnen eines Augenblicks in ihre Hände springen würden. Sie teilten sich einen Satz

Weihwasserphiolen und Kruzifixe; dann klappte sie den Sitz wieder nach unten.

»Was ist mit mir?«, fragte Kay.

Percival lachte. »Wenn wir in einen Kampf geraten, Seher, dann will ich, dass du wegläufst.«

»Das ist nicht fair! Ich kann kämpfen!« Er streckte die Hand aus. »Kommt schon, gebt mir irgendetwas.«

Billi und Percival tauschten einen Blick. Sie antworteten gleichzeitig: »Nein.«

Kay murmelte etwas in seinen Bart, und Percival legte Billi die Hand auf die Schulter.

»Keine Spielereien, in Ordnung? Wenn alles schiefläuft, sieh zu, dass du die Stellen triffst, an denen es leicht tödlich wird: Brust, Kehle, Bauch, in der Reihenfolge. Verstanden?«

Billi nickte. Sie hoffte wirklich, dass es nicht dazu kommen würde.

Percy sah zu dem Gebäude vor ihnen. »Wir werden hochgehen, ich zuerst. Wir schnappen uns Art und hauen ab. Im Ordenshaus in Canterbury gibt es medizinisches Gerät. Wir werden uns da um ihn kümmern.«

»Was ist mit Gwaine?«, fragte Billi. Der Dreckskerl hatte ihren Vater im Stich gelassen.

Percy zog den Reißverschluss seiner Jacke hoch. »Um Gwaine werde ich mich kümmern. Kommst du, Kay?«

Kay starrte in den Nebel, der offenbar noch dichter geworden war. Die matten, schummrigen Straßenlaternen drangen kaum durch die schwere Decke aus kaltem, weißem Dunst, der sie wie eine Gespensterarmee zu umzingeln schien. Er schauderte, sah dann zu Billi und schenkte ihr ein schwaches Lächeln.

»Fertig«, sagte er.

Der Hintereingang des Krankenhausblocks war vierundzwanzig Stunden am Tag geöffnet und kaum bewacht. Zwei große Rollläden standen weit offen; an jeden war rückwärts ein Lastwagen herangefahren. Helle Lichter schienen von der Laderampe herunter, und zwei Wäschereiarbeiter schoben überfüllte Wäschewagen in die Fahrzeuge hinein. Einer der Fahrer lehnte rauchend am Führerhaus. Percy duckte sich unter der kurzen Schranke hindurch und ging zu einem der hinteren Lieferanteneingänge. Er gab sich lässig, winkte dem rauchenden Typen zu und ging hinein. Billi und Kay waren nur einige Schritte hinter ihm.

Weitere Wagen standen entlang des Korridors: Manche waren mit verschmutzen Bettlaken und fleckigen Handtüchern vollgestopft, andere mit frisch duftender, ordentlich gestapelter Wäsche. Aber der Wäscheduft wich bald dem durchdringenden Geruch starker Desinfektionsmittel und dem leicht fauligen Aroma lauwarmen Essens. Arthur war oben im sechsten Stock, aber sie nahmen nicht den Aufzug. Kay stöhnte, als Percy die Tür zum Treppenhaus aufstieß. Die Treppen führten durch das ganze Gebäude empor und waren nur in jedem zweiten Stockwerk beleuchtet, so dass dunkle Schatten zurückblieben. Billi sah nach oben. Die Stufen waren breit genug für zwei Leute und wanden sich um einen offenen Treppenschacht. Eine Wand bestand aus Glas und hatte in jedem zweiten Stockwerk Luftklappen. Percy nahm leichtfüßig zwei Stufen auf einmal, und Billi folgte ihm; Kay stolperte fluchend hinterher. Sie blieben im sechsten Stock stehen, und Percy ließ ihnen eine Minute Zeit, Atem zu schöpfen. Er drehte den

Türgriff sacht herum – es war nicht abgeschlossen – und sah dann die beiden an.

»Ihr wartet hier. Ich schnappe mir Art.« Er deutete die Treppen hinunter. »Haltet den Fluchtweg frei. Gebt mir fünf Minuten.«

»Was, wenn du dich verspätest?«, fragte Billi.

»Wartet etwas länger.« Damit stieß er die Tür auf, zwinkerte Billi zu und ging. Billi verharrte an der Tür und starrte den dunklen Korridor hinunter, bis sich die Tür endlich schloss.

»Das hat Gwaine mit Absicht getan«, sagte sie. Na warte, wenn Arthur das herausfand …

»Vielleicht hatte er seine Gründe.«

»Ja, er wollte, dass Dad getötet wird, damit er Meister bleiben kann.« Billi kontrollierte ihre beiden Dolche. Sie zog einen und hielt ihn über die Brüstung, versuchte, ein wenig Licht von der Glühbirne aus dem Stockwerk darüber aufzufangen.

Kay trat von einem Fuß auf den anderen. Er schob die Hände in die Taschen, zog sie wieder heraus, verschränkte sie. Dann zurück in die Taschen. All das binnen etwa dreißig Sekunden.

»Entspann dich«, sagte Billi. Sie war das gewohnt – das Warten. Es gefiel ihr nicht, aber sie wusste, dass sie keine Wahl hatte. Aber natürlich war Kay sonst nie dabei, wenn es heiß herging.

»Tut mir leid, ich bin das nicht gewohnt«, sagte er. »Es tut mir leid. Wegen … uns.«

»Es gibt kein ›uns‹«, knurrte Billi. Sie hatte es nicht nötig, dass ihm etwas »an ihr lag«. Sie konnte auf sich selbst aufpassen. Sollte Kay doch bei den Templern bleiben. Schön blöd von ihm.

Sie sah auf die Uhr: Drei Minuten waren um. Sie presste ihr Ohr an die Tür. Sie konnte nichts hören. »Was glaubst du, sollte ich –«

Kay riss die Hand hoch. Er stieg zwei Stufen hinab, bewegte sich leise, langsam, drehte den Kopf, suchte alles ab. Plötzlich weiteten sich seine Augen. »Sie sind hier.«

Billis Herz setzte einen Moment lang aus. Sie berührte Kays Hand; sie war eiskalt. Er entzog sich ihr, ging ins Stockwerk darunter. Sie eilte ihm nach und packte ihn, als er gerade nach dem Türgriff langte.

»Warte, Kay! Wer?«

Kay schloss die Augen, seufzte tief und presste sich die Handflächen vors Gesicht. »Das kann ich nicht sagen. Zwei von ihnen, aber ich kann nichts wahrnehmen, nur Zorn, Raserei.« Er ließ die Hände sinken und näherte sich der Tür. »Sie … Oh nein! Die Kinder! Sie sind hinter den Kindern her!«

Billi zerrte Kay von der Tür weg, bevor er etwas Dummes tun konnte – wie etwa hineinzurennen und zu kämpfen. Sie zog ihn dicht zu sich heran. »Hör zu, wir gehen und holen Percy. Sofort.« Dies war nicht der richtige Zeitpunkt für alberne Heldentaten.

»Es ist nicht der richtige Zeitpunkt für Feigheit!«, entgegnete er.

Billi starrte ihm in die leuchtend blauen Augen. Sie konnte seinem Blick nicht standhalten. Er war dumm, aber er hatte recht. Sie deutete die Treppe hinauf. »Hol Percy.« Dann öffnete sie die Tür einen Spaltbreit. »Ich werde nachsehen.«

»Sei vorsichtig«, sagte er.

Oh, jetzt liegt ihm plötzlich etwas an mir, dachte Billi.

Es war kalt, viel kälter, als es hätte sein sollen. Nicht so, als ob die Heizung ausgefallen wäre, sondern so, als hätte jemand eine Kühlschranktür offen stehen lassen. Frostiger Nebel drang aus ihrem Mund. Sie musste keine Seherin sein, um zu wissen, dass etwas nicht stimmte. Die meisten Lampen längs des Korridors waren ausgeschaltet, deshalb bewegte sie sich langsam und geduckt. Ihr kribbelte die Haut, während sie sich den stillen Gang entlangtastete. Vor ihr lag eine Doppeltür, die einen Spaltbreit geöffnet war. Auf dem Schild darüber stand »PI«.

Pädiatrische Intensivstation.

Wo zum Teufel waren sie alle? Hätten hier nicht Krankenschwestern herumlaufen sollen? Sie erreichte die Türen, zog einen Dolch und schloss die Finger um den Griff, bis sie wehtaten. Sie stieß eine Tür mit dem Fuß auf.

Ein Körper lag zusammengebrochen auf dem Fußboden: eine Krankenschwester. Ihr Brustkorb hob und senkte sich noch, daher ignorierte Billi sie fürs Erste. Stattdessen sah sie sich in dem Raum um.

Sechs Brutkästen standen an zwei Seiten des Zimmers. Über jedem befand sich ein Monitor. Leuchtende Muster und Lichter flackerten auf jedem Bildschirm, und zahlreiche Kabel führten von der Kontrollstation des Monitors zum Bildschirm und zu dem kleinen Körper in dem durchsichtigen Kasten. Die Vorhänge waren aufgezogen, und über dem

Nebel drang genug Mondlicht durch, um dem Raum einen seltsamen, perlweißen Schimmer zu verleihen. Aber jenseits des Lichtkeils aus Mondschein war die Dunkelheit sehr tief. Billi konzentrierte sich auf die Schwärze und kämpfte gegen den Drang an zu erschauern. Sie starrte in die tintenschwarzen Schatten, die das kleine, zerbrechliche Baby im hintersten Brutkasten umgaben.

Es war, als würde die Dunkelheit um den Brutkasten herum zittern. Langsam lösten sich die Schatten wie tropfendes Öl, glitschig und dick, und gaben Stück für Stück zwei Frauen frei, bis sie mitten im Raum standen, beinahe identische Schwestern. Mit elfenbeinfarbenen Gliedmaßen und lockigem schwarzem Haar waren sie unmenschlich perfekt, bis ihre roten Lippen sich zu weit öffneten, ihre Gesichter beinahe spalteten und groteske Münder voll zackiger Reißzähne enthüllten.

Ghule.

»Templerin!«, sagte die erste. Sie kratzte mit dem Fingernagel über den Rand des Brutkastens. Das Baby darin begann zu schreien. »Still jetzt, Kleines. Bald werden wir dich in den Schlaf singen.« Die andere kicherte.

»Raus hier!«, sagte Billi. Wo zum Teufel waren Kay und Percy? Billi wich zurück und behielt die beiden Frauen im Auge. Sie schienen zu gleiten, und jede Bewegung war extrem kontrolliert, als ob gewaltige Energien gerade noch unter Kontrolle gehalten würden.

»Warum, Templerin? Warum willst du diesen Unschuldigen unsere Küsse versagen?« Die Frau schürzte auf grässliche Weise die Lippen. »Die würden sie in die ewige Seligkeit tragen.«

Wenn Michael sie geschaffen hatte, hatte Billi keine Chance. Sie musste ihren Verstand gebrauchen. Sie wich zur Tür zurück; sie würden einzeln angreifen müssen. Keine Spielereien. Plötzlich war sie sich des Stahls in ihrer Hand schmerzlich bewusst.

»Habt keine Angst – ich bin doch nur eine allein«, sagte sie, um sie zu provozieren.

Es funktionierte. Vier Meter lagen zwischen Billi und den beiden Schwestern, aber sie brachten die Strecke so schnell hinter sich, dass sie zu fliegen schienen. In ihrem Eifer, die Erste zu sein, prallten sie bei dem Versuch zusammen, durch die Türöffnung zu gelangen. Von ihrem Tempo überrascht stolperte Billi zurück, bevor ihr Instinkt die Kontrolle übernahm. Instinkt und Übung.

Keine Spielereien. Nur schnell töten.

Billi stieß mit der Klinge zu, so dass eine der beiden vor der Waffe zurückzuckte und sich mit ihrer Schwester ins Gehege kam. Billi knallte die Tür zu und hörte, wie die beiden gegen die schweren Stahlflügel krachten. Sie schob ihren Dolch quer durch die Türgriffe, rannte hinaus zur Treppenhaustür und wagte es nicht, einen Blick über die Schulter zu werfen. Sie hatte es fast geschafft.

Die Tür flog auf. Percival packte sie und zerrte sie hindurch, riss ihr dabei beinahe den Arm ab. Sie hatte gerade noch die Möglichkeit, ihren Vater zu sehen, der einen Arm um Kay gelegt hatte und schon eine halbe Treppe tiefer war, bevor etwas auf ihren Rücken prallte, sie gegen das Stahlgeländer schleuderte und ihr die Luft aus der Lunge presste. Sie glitt zu Boden und konnte nur ein Gewirr aus Armen und Beinen sehen, während Percival mit einer der Schwestern rang. Die Frau schrie, kratzte und knurrte. Sie sah im Vergleich mit dem riesenhaften Ghanaer winzig und zerbrechlich aus, aber ihre Schläge brachten Percival ins Straucheln. Ein Hieb traf ihn an der Schläfe, und er stolperte auf wackligen, unsicheren Beinen die Treppe hinunter. Er hielt den Arm der Frau noch immer fest, und Billi konnte es nicht fassen, dass sie nicht stürzte: Stattdessen balancierte sie am oberen Ende der Treppe, die Füße gegen Percys Gewicht gestemmt.

Billi trat zu und stieß die Beine der Frau in die Luft. Die Frau drehte sich halb um, griff nach dem Geländer und verfehlte es.

Die *Ghulin* schrie, als sie durch den Treppenschacht fünf Stockwerke tief hinabstürzte. Sie drehte sich wieder und wieder um sich selbst, mit wild wedelnden Armen und strampelnden Beinen. Billi sah entsetzt zu, wie die Frau wie eine Puppe hinuntersegelte und auf dem nackten Beton zwanzig Meter weiter unten zerschmettert wurde. Sie lag da, schrecklich reglos. Ihre schönen Gliedmaßen waren unnatürlich verbogen. Eine schwarze Blutlache breitete sich von ihrem Kopf ausgehend aus.

Billi stieß sich von der Kante ab, weg von dem Anblick.

»Los, weiter!«, befahl Percy. Er holte Kay ein und warf sich Arthur über die Schulter. Billi kam auf die Beine und folgte ihnen; sie zitterte noch immer von dem Kampf. Die anderen hatten bereits einen großen Vorsprung.

Sie hörte, wie die Tür am Fuß der Treppe aufschwang.

»Billi!«, rief Kay von weiter vorn. Billi sprang ins Erdgeschoss und sah gerade noch, wie er auf den Parkplatz hinausrannte. Sie war ein ganzes Stück zurückgefallen, aber sie konnte nicht gehen – noch nicht.

Sie konnte nicht anders – sie musste einfach hinsehen.

Das Licht vom Treppenabsatz schien grausam hell auf den zerschmetterten Körper der Frau. Ihr Oberkörper und ihre Gliedmaßen waren grotesk verdreht und entstellt. Ihr Gesicht war abgewandt, aber ihr Haar war ein schwarzes, durchnässtes Durcheinander. Billi hielt sich die Hand vor den Mund, damit ihr nicht die Galle hochkam.

Dann zuckte die Hand der Frau. Ein ekelerregendes Saugen ertönte, als sie ihr zerschmettertes, geschwärztes Gesicht Billi zuwandte. Das Gesicht der Frau verzog sich zu einem Grinsen. Ein paar Zähne fielen ihr aus.

»Gelobt sei Gott!«, krächzte sie durch eine zerdrückte Luftröhre. Billi schrie und rannte los.

Draußen ließ Kay gerade ihren Vater auf den Rücksitz fallen und hechtete hinter ihm ins Auto. Percival rannte vorn ums Auto herum und winkte ihr hektisch zu. »Beeil dich!«

Sie stieß die Tür hinter sich zu und sah dann einen verlassenen Rollwagen in der Nähe. Sie zog ihn vor die Tür, kippte ihn um und verkeilte ihn. Sie drehte sich um.

Sie kamen aus dem Nebel. Dunstschwaden brachen auf, und sie krochen auf das Auto zu. Fünf, sechs, noch ein paar nahe beim Tor, sie wusste nicht, wie viele. Sie beeilten sich nicht, riefen und schrien nicht, kamen nur selbstbewusst stetig näher; ihre wilden Augen funkelten vor atavistischer Mordlust. Auf den ersten Blick hätten sie ganz normale Leute von der Straße sein können. Abgesehen …

Abgesehen von ihrer raubtierhaften Anmut und dem zu

breiten, hungrigen Lächeln. Trotz der Dunkelheit schienen sie von irgendeiner überirdischen Lichtquelle beleuchtet zu werden.

Billi senkte den Kopf und raste auf die anderen zu. Der Motor wurde gestartet, und sie hechtete durch die Beifahrertür. Percy legte den Gang ein; die Reifen quietschten, als er das Gaspedal durchtrat. Im grellen Scheinwerferlicht sah sie, wie die seltsamen Gestalten argwöhnisch beiseitewichen, als Percy die Handfläche auf die Handbremse legte.

»Los.« Er löste die Bremse.

Das Auto schwankte, nur ganz leicht. Zwei nackte weiße Füße landeten sacht auf der Motorhaube, und eine Gestalt verdeckte die Windschutzscheibe, während ein weiter, dunkler Mantel sich über sie breitete. Ein Lichtstreifen traf auf die glänzende, schreckliche Schneide eines Zweihänders, einer allzu vertrauten Hiebwaffe ... Dann zerbarst die Windschutzscheibe.

Billi schrie und riss die Arme über den Kopf, als das Glas über ihr zersplitterte. Das Auto erzitterte, und sie spürte, wie ihr etwas ins Gesicht spritzte. Sie hielt die Augen geschlossen, während die letzten paar Scherben fielen. Das Auto kam zum Stehen, da der Druck auf das Gaspedal nachließ.

Langsam öffnete sie die Augen.

Percival saß neben ihr; seine Hände hingen schlaff links und rechts von ihm herab. Seine Finger zitterten einen Moment lang und kamen dann zur Ruhe. Seine Augen starrten leer und aufgerissen nach vorn; sein Mund stand offen. Winzige Bröckchen zersplitterten Glases waren wie Diamanten über ihn verstreut; manche hatten sich in seinem Haar verfangen, andere waren ihm in die Haut gedrungen. Billi sah weiter nach unten und bekam keine Luft mehr.

Ein Schwert ragte aus seiner Brust.

Das Templerschwert. Seine Jacke war von seinem Blut überströmt. Es bedeckte auch das Armaturenbrett und sie; sie konnte spüren, wie es ihr übers Gesicht lief. Das Schwert war geradewegs durch ihn hindurch bis in den Autositz gerammt worden. Ein einziger, kraftvoller Stoß. Er war sofort tot gewesen.

Keine Spielerei. Rasch getötet.

Die Gestalt sprang von der Motorhaube, ging zur Beifahrertür hinüber, öffnete sie und sah hinein. Er lächelte sie an, und Billis Herz gefror. Er strich sich die dunklen Locken mit langen, schlanken Fingern aus dem Gesicht und neigte den Kopf, so dass ihre Gesichter sich nahe waren. So nahe, dass sein Atem sie frieren ließ. Nahe genug für einen Kuss. Dann kräuselten sich seine Lippen in grausamer Erheiterung.

»Hast du mich sehr vermisst?«, fragte Michael.

19

Eine junge Frau mit blassgoldenem Haar und kleinen, zierlichen Händen packte Billi an der Kehle und zerrte sie aus dem Auto. Sie reichte Billi noch nicht einmal bis zur Schulter, aber sie trug sie, als sei sie eine Puppe, und ließ sie dann auf den schwarzen Asphalt fallen.

»Sachte, Eliza«, sagte Michael. »Billi hatte einen schweren Tag.« Die Frau grinste ihn an. Michael lächelte zurück. »Aber ich garantiere, dass er gleich noch viel schlimmer werden wird …«

Billi lag in einer Lache und starrte zu Percy hoch.

Er kann nicht tot sein. Das kann einfach nicht sein.

Sie wartete, drängte seine Augen von ganzem Herzen, ein wenig zu blinzeln. Aber nein, sie blickten weit aufgerissen in die Ewigkeit. Irgendeine unsichtbare Kraft drückte ihr den Brustkorb zusammen und zerquetschte ihr die Lunge, bis sie nicht mehr atmen konnte.

Percy. Sie war nie ganz allein gewesen – sie hatte immer Percy gehabt. Wenn ihr Vater tagelang verschwunden gewesen war, hatte sie Percy gehabt. Er hatte den Babysitter gespielt, gekocht, immer an ihren Geburtstag gedacht. Billi sackte vornüber, bis ihre Stirn den nassen Boden berührte.

»Was sagt man doch gleich über Templer?« Michael hockte sich hin und zerrte sie ruckartig an den Haaren hoch, so dass sie einander in die Augen sahen. »Ihr sollt den Märtyrern Gesellschaft leisten.« Er stand auf und schleppte sie mit sich. Arthur und Kay wurden ebenfalls im Kreis der umstehenden *Ghule* fallen gelassen.

Die *Ghule* standen stumm da, beobachteten ihre Opfer, sehnten sich danach zu töten. Die Hungrigen Toten, das passte perfekt auf sie. Michael mit eingerechnet waren sie ungefähr zu acht: Billis Augen standen so voller Tränen, dass sie sich nicht ganz sicher war. Michael trat ins Zentrum des Kreises und riss sich den Mantel ab. Sein T-Shirt war weg, und sein nackter Oberkörper glänzte im leichten Nieselregen, während sich das Netz aus Tätowierungen drehte und streckte, Stacheln und Dornen, die über seinem Herzen wuchsen. Über seinen Rücken verliefen zwei vertikale Narben, rot, geschwollen und schlecht verheilt.

Wie konnte das möglich sein? Sie hatte gesehen, wie ihm der Kopf abgeschlagen worden war. Abgeschlagen! Michael bemerkte, dass sie ihn anstarrte. Er reckte den Hals, so dass sie besser sehen konnte.

»Du kannst die Nahtstelle noch nicht einmal sehen, nicht wahr?« Er lachte. »Hast du wirklich geglaubt, die Waffe eines Sterblichen könnte mich töten?«

Billi kam auf die Beine und kämpfte die Furcht nieder, die sie zu ertränken drohte. Michael sah sie amüsiert an. Dann gab sie ihm eine Ohrfeige. Es war nicht der stärkste Schlag, zu dem sie in der Lage war, aber der verächtlichste. Ihr war übel, nicht nur wegen Percy, sondern auch um ihrer selbst willen. Sie waren wegen ihrer Zuneigung zu Michael an diesen Punkt gelangt. Was hatte sie nur jemals in ihm gesehen? Jedes Molekül ihres Körpers zuckte voll Abscheu vor ihm zurück. Er legte die Hand an seine Wange, die sich rötete, und ohrfeigte sie seinerseits so heftig, dass der Schlag sie umwarf.

»Rühr mich nie wieder an, Sterbliche.« Er stieß das letzte Wort giftig hervor. Dann spazierte er zum Auto hinüber und langte nach dem Templerschwert. Sein Blick ruhte auf Billi, als er die Klinge aus Percys Leichnam riss. Billi wusste, dass sie vor dem Feind eigentlich keinerlei Schwäche zeigen durfte, aber sie konnte nicht anders. Tränen liefen ihr übers Gesicht. Percys Oberkörper neigte sich langsam nach vorn, und sein Gesicht sackte aufs Armaturenbrett. Mit seinen großen, sanften braunen Augen sah er entsetzlich und erbarmungswürdig aus. Sie konnte es nicht ertragen, noch länger hinzusehen.

Arthur lag auf dem Rücken. Er hatte seine Slipper verloren und sah wie ein alter Tattergreis aus, während er keuchend in Bademantel und Schlafanzug dalag. Das Oberteil war nur teilweise zugeknöpft, und sie konnte seinen Brustkorb sehen, weiß und von alten Narben überzogen, die Rippen fest gegen die Haut gepresst. Billi half ihm auf. Sie konnte nicht glauben, wie dünn er war. Sie hatte ihn immer für so viel kräftiger gehalten.

»Verschwindet!« Kay war auf den Beinen und schwenkte sein silbernes Kruzifix. Er stand vor Billi und Arthur, die Weihwasserphiole in einer Hand, das Kreuz mit der anderen vor sich gestreckt.

Michael umkreiste ihn langsam. Dann lachte er.

Er wandte sich den *Ghulen* zu, und sie lachten ebenfalls. Michael schüttelte den Kopf und streckte die Hand aus.

»Kay, gib mir das.« Er lachte so sehr, dass ihm die Tränen

kamen. »Ich habe zur Rechten Gottes gestanden. Ich bin ein Engel. Ein Erzengel. Glaubst du wirklich, dass der kleine Anhänger dich beschützen wird?« Er riss ihn Kay aus der Hand und warf ihn weg. »Gott hat mir eine Pflicht auferlegt. Wenn die Menschen vom rechten Weg abwichen, sollte ich sie züchtigen.«

»Das ist Mord«, sagte Billi, die sich schmerzlich bewusst war, dass sie mit Percys Blut bespritzt war.

Michael hob die Hände zum Himmel. »Es ist eine gerechte Strafe.«

Arthur lachte. Es war ein rasselndes Krächzen, das aus seinem Brustkorb drang und in einem Hustenanfall endete. »Du hast den Himmel verlassen. Dir die Flügel abgeschnitten.« Er wies auf seinen eigenen Rücken. »Deshalb sind die Narben nie verheilt. Du bist ein Narr, Michael, ein hochmütiger Narr. Der Mensch ist nicht gefallen – du bist gefallen. Glaubst du ernsthaft, dass Gott dich je zurücknehmen wird?«

Michael überwand die kurze Distanz mit einem Sprung und packte Arthur am Hals. Sein Gesicht verwandelte sich für einen Augenblick in das einer knurrenden Bestie mit gefletschten Zähnen; seine Augen waren wild, seine Miene wutverzerrt.

»Nicht ich bin gefallen, sondern du!« Er schleuderte Arthur wieder zu Boden. »Sobald ich den Spiegel und die Macht all meiner Brüder und Schwestern habe, werde ich jeden Erstgeborenen opfern, und Gott wird wissen, wie sehr ich Ihn liebe.« Michael sah nach oben in die Nebelschleier. »Ich werde Ihm eine Million Seelen senden, die Ihm zu Ehren singen sollen.«

Arthur schüttelte den Kopf. »Du mordest und nennst das ein Gebet. Ein Opfer wird aus Liebe gebracht, aber alles, was du tust, ist von Hass getrieben.«

Michael biss die Zähne zusammen, und für eine Sekunde glaubte Billi, er würde ihrem Vater den Kopf abschlagen, aber stattdessen trat der Dunkle Engel auf sie zu.

»Du wagst es, mich zu kritisieren?« Er presste die flache Seite der roten Klinge gegen Billis Wange und beschmierte sie mit Percys Blut. »Ich könnte dich foltern, Arthur, damit du mir verrätst, wo der Spiegel ist – aber irgendwie nehme ich an, dass du das begrüßen würdest.« Er nickte zu einem der anderen hinüber. »Dein Leben ist dir überhaupt nichts wert.«

Plötzlich packten zwei der *Ghule* Billi. Einer hielt sie am Oberkörper, der andere nahm den linken Arm. Ihr Griff war steinhart. Sie versuchte sich zu wehren, aber Zentimeter für Zentimeter wurde ihr Arm gerade vor ihr ausgestreckt. Michael legte das Schwert darauf, knapp oberhalb des Handgelenks. Er blickte über die Schulter zu Arthur.

»Aber was ist mit Billi? Würdest du sie opfern?« Er sah Billi an; in seinen Augen funkelte wilde Lüsternheit. »Dein geliebtes Kind opfern?«

Er hob das Schwert.

Billi versuchte, ihren Arm zurückzuziehen, aber sie konnte dem Griff nicht entkommen. Sie sah von der Klinge zu ihrem Arm, dann wieder zurück zu der Klinge. Sie würde durch ihre Muskeln und Knochen schneiden wie eine Rasierklinge durch dünnes Papier. Sie wusste besser als jeder andere, wie tödlich diese Waffe war: Sie hatte hunderte von Stunden damit verbracht, sie zu schärfen.

»Nun, Arthur?«

Billi spannte sich an. Sie rang darum, ihren Atem unter Kontrolle zu bringen, und ballte die linke Hand zur Faust. Schweiß tränkte ihren Rücken, und ihr Arm zitterte stark. Michael hatte ihre Mutter getötet, und jetzt würde er sie töten.

Ein Templer zittert nicht.

Aber sie konnte nicht aufhören. Sie war keine Templerin. Sie hatte Angst und war schwach. Sie konnte nicht so hart sein, wie sie sollte. Nicht so, wie ihr Vater sie gern haben wollte. Sie biss sich auf die Lippen, sah ihren Vater an – und in diesem schrecklichen Moment wusste sie es.

Er erwiderte ihren Blick, kalt und leer. Es war eine einfache Wahl. Billi retten oder das Leben einer Million unschuldiger Kinder. Arthur wandte sich von ihr ab. Er würde sie nicht retten. Kay stöhnte verzweifelt, aber er konnte nicht helfen: Er lag flach auf dem Boden, und einer der *Ghule* drückte ihm seinen Fuß auf den Kopf.

Michael seufzte in gespielter Bekümmerung.

»Siehst du, Billi? Hab ich's dir nicht gesagt? Du bist ihm nicht wichtig. Du tust gut daran, ihn zu hassen.« Er seufzte noch einmal. »Letzte Chance, Arthur. Den Aufbewahrungsort des Spiegels – sonst verliert deine Tochter ihre Hand.«

Das einzige Geräusch war Billis verzweifeltes Keuchen. Michael sah sie an.

»So sei es.«

Oh Gott.

Die Klinge traf ihr Handgelenk, und Billi schrie. Sie riss ihren Arm los und brach zusammen, nahm ihn auf den Schoß. Sie starrte hin und sah …

Ihr Handgelenk. Es wies nur einen ganz leichten Schnitt auf. Sie hatte Angst, aber sie zwang ihre zitternden Finger, sich zu biegen. Sie gehorchten. Sie öffnete und schloss sie. Sie war unversehrt. Ihr Vater hatte gemerkt, dass Michael nur bluffte. Tränen strömten ihr übers Gesicht. Gott sei Dank! Michael hatte geblufft.

Michael lachte und spazierte zu Arthur hinüber. »Das liebe ich an dir, Arthur – du bist ein kaltherziger Dreckskerl. Du erinnerst mich an mich.« Er reichte einem der *Ghule* neben ihm – einem großen, blonden Kerl – das Schwert. »Nimm das hier, Ryan.« Er bewegte die Finger. »Es gibt einen Weg, die Wahrheit unter Garantie herauszufinden.«

Die *Ghule* ignorierten Billi; ihre Aufmerksamkeit war ganz auf Arthur und ihren Anführer gerichtet. Michael legte Arthur die Hände auf die Schultern und zwang ihn auf die Knie. Er strich mit den Händen über Arthurs Kopf, führte sie dann zusammen, so dass sie sein Gesicht umschlossen. Arthur knurrte, konnte sich aber nicht aus dem Griff des Engels losreißen.

»Öffne mir deinen Verstand.« Seine Finger streichelten Arthurs Wangen. »Du wirst kämpfen; ich erwarte auch nichts Geringeres von dir. Doch um die Wahrheit zu sagen, ich bin nicht so geschmeidig wie dein Seher. Ich kann nicht sanft hinein- und hinausschlüpfen.« Seine Fingernägel gruben sich in Arthurs Fleisch und ließen winzige Blutstropfen hervorquellen. »Ich werde deinen Verstand verwüsten. Ihn in Fetzen reißen. Wenn ich fertig bin, werde ich wissen, wo der Spiegel ist – und du wirst teilnahmslos vor dich hin sabbern.« Er blickte zu Billi hinüber. »Das könnte dein Verhältnis zu deiner Tochter sogar verbessern. Weiß Gott, schlimmer kann es ja gar nicht werden!«

Sie starrten einander an: Michaels feurige Augen glühten fiebrig; Arthurs Augen waren eiskalt und hell. Ein schwaches Stöhnen entrang sich Arthur, als er sich starr verschloss. Die Veränderung trat augenblicklich ein: Seine Augenlider sanken halb herab, und seine blauen Augen strahlten intensive Konzentration aus. Schweiß perlte auf seiner Stirn, und seine Atmung verlangsamte sich, als er in Trance fiel.

Michael presste die Finger tiefer in Arthurs Gesicht. »Öffne dich mir«, flüsterte er.

Sogar Billi, die nicht über messbare übersinnliche Fähigkeiten verfügte, spürte das Vibrieren der Energie, die von den beiden – dem Engel und dem Templermeister – ausging, die in einen reglosen Kampf verstrickt waren. Bebende Gefühlswellen spülten über sie hinweg, über sie alle, während die beiden im Geiste um die Oberhand rangen. Arthurs Atem zischte zwischen zusammengebissenen Zähnen hervor.

Die übersinnliche Explosion durchpulste Billi wie eine Supernova. Sie schrie auf, als die rohe Druckwelle durch ihren Verstand pflügte. Ihre Sinne schrien, während sie ausbrannten: Was sie zurückließen, war kristallklar und fürchterlich.

Nachts ist es in der Wüste kalt und windig, aber er genießt das scharfe, kribbelnde Gefühl, das der Wind auf seinem Fleisch hinterlässt. Er streckt die langen, kräftigen Arme aus und betrachtet seinen Schatten, den der Mond auf den Sand wirft. Obwohl er keinen Stolz hat, weiß er, dass er schön ist.

Es ist schon etwas, eine sterbliche Gestalt zu besitzen! Die Menschen sind wirklich gesegnet, über solche Gaben zu verfügen.

Er wartet auf der Hügelkuppe über der Stadt. Ein Mann – eingemummt gegen die bitterkalte Nacht – steigt langsam auf dem Ziegenpfad zu ihm herauf.

Der Prophet. Moses.

Unter ihnen schläft die Stadt. Einige Fackeln flackern an den Mauern des Palastes und bei den Soldatenpatrouillen, die durch die engen Gassen zwischen den Lehmziegelhütten und Häusern ziehen. Die Stadt ist von Omen und übernatürlichen Zeichen heimgesucht worden.

Aber sie glauben, dass das Schlimmste vorbei ist.

Sie irren sich.

Der Prophet bleibt einige Schritte entfernt stehen. Er ist in einfache, schwere Baumwolle gekleidet und trägt einen langen Stab aus Zedernholz. Einst trug er das weichste, weiße Leinen und ein goldenes Zepter. Wie sein Bruder.

Der Pharao.

»Ist es vollbracht?«, fragt der Prophet. »Sind sie … tot?«

Michael betrachtet seinen Gefährten. Es ist eine törichte Frage, die beinahe verdient, mit Schweigen beantwortet zu werden. Aber er sieht, dass der Mann zittert, obwohl er dagegen ankämpft. Er tut gut daran, sich zu fürchten, *denkt der Erzengel. Moses ist nur ein Mensch, während er … Michael ist.*

»Ja. Sie sind tot. Die Erstgeborenen jeder ägyptischen Familie.«

»Und was ist mit meinem Volk?«

»Sie haben getan wie geheißen und ihre Türen mit Blut gekennzeichnet.« Michael weist zum Himmel empor. »Und ich bin vorübergegangen.«

Der Prophet verhüllt sein Gesicht. Vielleicht lastet die Tat, die nun vollbracht ist, schwerer auf seiner Seele, als er erwartet hätte.

»Und jetzt?«, fragt er.

Michael verschränkt die Arme und sieht, wie Lichter in den Fenstern und

Türen unter ihnen aufglimmen. »Und jetzt wissen sie, dass sie den Herrn, den Gott Israels, zu fürchten haben.«

Der Todesengel lächelt.

Und tief unten beginnt das Geschrei.

Die Schreie wurden lauter, und Billi drehte sich um, um zu sehen, woher sie kamen. Betäubt von dem übersinnlichen Angriff lag sie auf den Knien; in ihrem Kopf pochte die schlimmste Migräne, die sie je gehabt hatte. Es fühlte sich an, als hämmere jemand Nägel in ihre Augen; jeder Schlag trieb einen Schaft der Qual durch ihren Schädel. Und die Schreie …

Zwei wilde, weißglühende Augen starrten sie aus dem Nebel heraus an, irgendein Dämon, den Michaels schreckliche Erinnerung geweckt hatte und der sie nun anbrüllte. Die anderen sahen sich um, überrascht und verwirrt ob des Ansturms. Die Augen wurden größer und heller, und die Schreie wurden ohrenbetäubend.

Ein Lieferwagen kam aus dem Nebel hervorgeschossen, mit eingeschaltetem Fernlicht, das sie blendete. Die Hupe wurde permanent gedrückt, während der Wagen in die Menge raste.

Billi sprang auf. Sie musste ihren Vater holen.

»Kay!«, rief sie und schaffte es kaum, die Hupe des Lieferwagens zu übertönen. Sie warf einen Blick zu ihm hinüber, als er sich von seinen betäubten Bewachern losriss. Der Wagen fuhr geradewegs auf ihn zu. Billi versetzte Michael einen Tritt gegen den Brustkorb. Michael stolperte einen Meter rückwärts, und das war genug. Der Wagen prallte auf ihn und ruckte erst ein Mal, dann ein zweites Mal hoch, als er ihn überfuhr.

Billi packte ihren Vater. Die Templer! Sie mussten es sein! Sie waren gekommen, um sie zu retten. Der Fahrer setzte die Handbremse ein, um höllisch scharf zu wenden. Jeden Augenblick würden jetzt die Türen auffliegen und die anderen Ritter herausstürmen.

Die Tür krachte auf, und eine Gestalt winkte hektisch vom Fahrersitz. Ihr stahlgraues Haar hing offen und wild um sie herum wie eine zottelige Löwenmähne.

»Kommt!«, schrie Elaine. Die Reifen rauchten, und der Geruch nach verbranntem Gummi durchtränkte die Luft, als sie den Motor hochjagte, um fliehen zu können, sobald sie die Bremse löste. Kay packte Arthurs anderen Arm, und gemeinsam schleppten sie ihn zum Fahrzeug. Billi schob die Seitentür auf und warf Arthur hinein.

»Billi!«

Sie wirbelte herum und duckte sich instinktiv bei Kays Warnung. Das Templerschwert zischte über ihren Kopf hinweg und riss die Seite des Lieferwagens auf. Der blonde Kerl zog die Waffe hoch, aber bevor Billi reagieren konnte, griff Kay an. Er rannte den *Ghul* über den Haufen und versetzte ihm zwei kräftige Tritte in die Rippen. Das Templerschwert fiel klappernd zu Boden. Kay wollte danach greifen, aber Billi packte ihn beim Kragen.

»Lass es liegen!«, schrie sie und riss ihn zurück. Die anderen *Ghule* hatten sie fast erreicht. Aber wo war Michael? Sie sah zu dem Platz hinüber, an dem er überfahren worden war.

Er erhob sich langsam vom Asphalt; sie konnte sehen, dass

sein Brustkorb zerdrückt war und weiße Knochen aus seinem schwarzen, blutgetränkten Fleisch hervorragten. Sein Gesicht war ein einziger Bluterguss, und sein Kopf war deformiert.

Er ist nicht aufzuhalten.

Sie sprang in den Lieferwagen, und Kay knallte die Tür zu.

Der Wagen ruckelte, als Elaine losraste. Ein *Ghul* sprang auf die Windschutzscheibe, aber ein heftiges Herumreißen des Steuerrads warf ihn wieder ab. Die Sicht war stark eingeschränkt, was Elaine jedoch nicht aufhielt. Mit durchgetretenem Gaspedal rasten sie davon.

20

Sie fuhren nach Norden. Sobald sie nicht mehr unmittelbar in Gefahr waren, fuhr Elaine langsamer. Der Nebel wich leichtem Nieselregen. Billi kletterte auf den Beifahrersitz. Elaines Augen waren von Tränen gerötet, während sie den alten Lieferwagen durch die Straßen lenkte. Billi warf einen Blick auf die Straßenschilder.

»Stoke Newington?«, fragte sie.

»Ein Haus, wo wir sicher sind. Niemand außer mir weiß davon.« Elaine schüttelte den Kopf. »Ich habe ihn überfahren. Und er ist wieder aufgestanden. Zur Hölle!«

»Wo sind die anderen?« Bei einer solchen Sache brauchten sie die übrigen Ritter. Sie konnte nicht fassen, dass sie nicht aufgetaucht waren. Wo waren sie? Besonders jetzt, da Percy tot war.

Der Gedanke ließ sie schaudern. »Elaine, weißt du, dass Percy …«

»Ja, ich habe es gesehen.« Elaine schniefte und rieb sich das Gesicht mit dem Ärmel ab. »Wie geht es deinem Dad?«

Wie ging es ihm? Billi schloss verzweifelt die Augen. Sie war beinahe gestorben, und er hatte nichts getan, um sie zu retten. Nichts! Mike hatte recht – er liebte sie nicht. Sie hatte *ihr* Leben riskiert, um *ihn* zu retten, und hatte stattdessen Percy verloren. War das ein fairer Tausch? Egal was sie tat oder wohin sie ging – sie konnte nicht entkommen. Und daran war ihr Vater schuld. Sie sah sich um; er sollte wissen, wie sie sich fühlte.

Er hockte in der Ecke, eine Decke um die Schultern gelegt. Er hatte den Kopf in die Hände sinken lassen, und Billi bemerkte, wie klein er aussah. Ihr Vater war alt. Alt und ausgelaugt. Seine Hände waren groß und kräftig, aber die Haut war dünner geworden; die Adern traten stärker hervor. Seine Schultern waren nicht mehr so breit. Nicht so breit, wie sie immer geglaubt hatte.

Er sah … niedergeschlagen aus.

Er hob den Kopf und fuhr sich mit der Hand übers Gesicht. Er starrte verzweifelt aus dem Rückfenster. Er konzentrierte sich auf nichts; er war hilflos. Er seufzte tief, und Billi sah zu, wie sein Brustkorb sich hob und senkte. Sein Körper schien zu schrumpfen, als die Luft hinausdrang, als wäre er leer. Er drehte sich um, und ihre Blicke trafen sich.

Billi schaute beinahe zu Boden, versuchte fast so zu tun, als hätte sie ihn nicht gesehen. Hätte ihn nicht schwach gesehen. Aber sie tat es nicht. Dies war eine Seite von Arthur, von der sie nicht gewusst hatte, dass es sie gab. Die menschliche Seite. Doch vor ihren Augen kehrte die Maske zurück. Sein Gesicht verhärtete sich, der kleine Anflug von Schwäche verschwand, und ein undurchdringliches, stahlhartes Gesicht ersetzte das menschliche. Vater und Tochter sahen einander noch eine Weile an. Dann richtete Arthur den Blick auf Kay.

»Und?«, fragte er.

Kay schrieb eine SMS. Er nickte und klappte dann sein

Handy zu. »Erledigt. Ich habe allen den Code 13-10 geschickt.« Dann warf er das Handy aus dem Fenster.

Natürlich, dachte Billi. *Stumme Flucht.* Arthur hatte diese neue Regel nach den Eisennächten eingeführt. Wenn die Templer je wieder bedroht waren, würde ein Alarmcode an alle geschickt werden: 1310. Das stand für Freitag, den 13. Oktober, den Tag, an dem die Templer von der Inquisition gefangen genommen worden waren. Jeder Templer war verpflichtet, sich sofort an einen sicheren Ort zurückzuziehen. Jedes dieser sicheren Häuser würde drei Ritter – eine »Lanze«, wie man sagte – aufnehmen. Billi und Kay hätten eigentlich mit Percy in eine Wohnung im East End gehen sollen. Von dort aus würde die sichere Kommunikation wieder aufgenommen werden.

Aber nicht mit Handys. Wenn irgendeine Lanze aufflog, musste man damit rechnen, dass der Feind die Handys gegen sie verwenden würde. So, wie Michael es getan hatte, als er Kay eine SMS geschickt hatte. Stattdessen würden sie sich an vorher abgemachten Orten treffen. Auf offenen Plätzen an sehr öffentlicher Stelle, wo es fast unmöglich sein würde, sie auszuspionieren oder in die Falle zu locken.

Elaine brachte sie zu einer Reihe Garagen in der Nähe eines Friedhofs, des Abney Park Cemetery. Der gewaltige Friedhof war eine viktorianische Totenstadt, die geplant worden war, als London im 19. Jahrhundert einen sprunghaften Bevölkerungsanstieg erlebt hatte. Jetzt war er durch jahrzehntelange Vernachlässigung zugewuchert. Die rostigen Eisenzäune, die ihn umgaben, waren efeuumrankt, und dahinter lag ein schwarzes Labyrinth aus zerbrochenen Grabsteinen, mit Graffiti beschmierten Mausoleen und Büschen und Bäumen.

»Zu Hause ist's am schönsten«, sagte Elaine. »Öffnet doch bitte die Türen, ja?«

Die Rückseite der Garage war voller alter Möbel, sicher Ausschuss aus Elaines Pfandleihe. Das obere Stockwerk bildete das sichere Haus, aber sie betraten es durch einen Seiteneingang neben der Garage. Während Billi Kay half, ihren Vater zu stützen, bemerkte sie eine kleine Nische im rechten Türpfosten. Sie enthielt ein schwarzes Kästchen. Eine *Mesusa.* Elaine berührte das Kästchen und küsste ihre Fingerspitzen. Sie bemerkte, dass Billi sie ansah. »Sicher ist sicher«, sagte sie.

Billi sah sich das Kästchen näher an. Sie wusste, dass es eine Schriftrolle mit einem jüdischen Gebet, dem *Schma Jisrael,* enthielt. Ein Schutz gegen böse Geister. Aber würde er sie auch vor Michael und seinen *Ghulen* schützen? Billi war sich nicht sicher.

Eine enge steile Treppe führte von der Haustür zum oberen Stockwerk. Die Wand war mit alten Fotos übersät, aber Billi konzentrierte sich darauf, ihren Vater nach oben zu bringen, was in dieser Enge nicht leicht war. Schließlich bogen sie rechts ab und betraten ein kleines, spärlich möbliertes Wohnzimmer. An der gegenüberliegenden Wand befand sich eine Küchenzeile mit schlichten, hölzernen Schränken, einem Herd und einem kleinen Kühlschrank, der laut brummte.

»Legt Art ins Schlafzimmer«, sagte Elaine und wies auf eine Tür in der Ecke. Billi nickte Kay zu, und sie schleppten Arthur die letzten paar Meter. Das Schlafzimmer enthielt einen Schrank, einen Schreibtisch und ein Futonbett mit ein paar grauen Armeedecken.

»Dad wird sich richtig zu Hause fühlen«, erklärte Billi, als sie ihn hinlegten. Er lag hustend da.

»Wasser«, sagte er. Kay ging hinaus, um etwas zu holen. Billi hob die Beine ihres Vaters aufs Bett und sah sich dann im Zimmer um.

Das hier war also Elaines kleiner Schlupfwinkel. Ein tibetisches Mandala hing über dem Bett, und mehrere nordamerikanische Traumfänger baumelten von der Decke. Es sah aus wie das Schlafzimmer eines Hippies. Sie schaute sich die Fotos an und blieb plötzlich stehen.

Das war ihre Mutter. Sie hatte einen Arm um Elaines Schultern gelegt und sich zurückgelehnt. Ihr Bauch war riesig. Schwanger. Elaine grinste in die Kamera, und Billis Mom war mitten im Lachen eingefangen.

»Wer hat das aufgenommen?«, fragte Billi.

Der Bettrahmen knarrte, als Arthur hinsah. »Ich«, seufzte er. »Vor Ewigkeiten.«

Billi starrte das Foto an. Es war kein Wunder, dass sie Freundinnen gewesen waren. Sie hatte darüber nachgedacht, seit sie die Kalligraphie in *Elaines Basar* gesehen hatte. Sie waren beide Außenseiterinnen gewesen. Elaine sah Jahrhunderte jünger aus: Ihr Haar war schwarz, die Falten nicht so tief. Billi konnte nicht aufhören, ihre Mutter anzusehen. Ihr Lachen war breit, drang aber nicht bis zu ihren Augen vor. Die waren klar und fest auf den Fotografen gerichtet: ihren Vater. Jamila hielt sich den vorstehenden Bauch, und Billis Mund wurde trocken. Da drinnen war sie, kurz vor ihrer Geburt. Woran hatte ihre Mutter wohl gedacht? Hatte sie sich die Ereignisse vorstellen können, die später folgen sollten – das, was ihr und ihrem Kind zustoßen würde? Die schwarzen Augen verrieten nichts – Augen, die Billi geerbt hatte.

Kay trat ein, und Billi versteifte sich. Kay reichte Arthur ein hohes Glas Wasser und ging dann wieder. Arthur leerte das Glas in einem Zug, setzte es ab und sah aus, als wolle er etwas sagen. Aber er tat es nicht; stattdessen sank er in die Kissen zurück und schloss die Augen.

Was sollten sie nun tun? Sie hatten keine Ahnung, wo die anderen Templer steckten oder ob sie auch nur überlebt hatten. Michael hatte sie vielleicht schon ausgelöscht.

Die Lage wirkte hoffnungslos. Billi betrachtete ihren schlafenden Vater und wollte von ihm die Antworten auf ihre Fragen hören. Aber sie war sich nicht sicher, ob er sie überhaupt wusste. Sie ging hinaus und schloss leise die Tür hinter sich.

Kay war auf dem Sofa zusammengesackt. Billi war sich nicht ganz sicher, aber er schien blasser als sonst auszusehen. Sie versetzte ihm einen Tritt gegen die Fersen, und er rutschte beiseite.

»Danke«, sagte sie. »Dafür, dass du dich um den *Ghul* gekümmert hast.«

»Ich hab dir ja gesagt, dass ich kämpfen kann.«

»Übertreiben wir mal nicht. Nur, weil du jemanden umgerannt hast, bist du noch nicht Bruce Lee.«

Elaine kam von draußen herein und warf einen vollgestopften Müllsack mitten ins Zimmer. »Hier drin sind ein paar zusätzliche Schlafsäcke und Bettlaken. Macht es euch gemütlich.«

»Wo schlafen wir?«, fragte Kay.

Elaine deutete auf das Sofa und dann auf den Fußboden. »Such's dir aus.«

Der durchdringende Geruch von Zigarettenrauch weckte sie. Billi wälzte sich auf die Seite und gab acht, nicht vom Sofa zu fallen. Es war durchgesessen und uneben; die Hälfte der Federn fehlte, und es hing in der Mitte durch. Jetzt, da sie wach war, spürte Billi ein Ziehen und Brennen im ganzen Rücken. Sie stand langsam auf und streckte sich.

Die Vorhänge bestanden aus dünner Baumwolle und schimmerten leicht im Mondschein. Kay lag ausgestreckt auf dem Boden; sein bleicher Fuß ragte aus dem offenen Schlafsack. Sein schwarzes T-Shirt ließ die Blässe seines Gesichts nur umso deutlicher und eisiger hervortreten.

Er schläft mit offenen Augen.

Nur ein bisschen Blau sah zwischen Kays halb offenen Lidern hervor und funkelte. Sein Brustkorb hob und senkte sich. Sein Atem war ein leiser Hauch.

Die Tür ihres Vaters stand halb offen. Sie sah seine Umrisse neben dem Schreibtisch. Ein roter Punkt glühte auf Höhe seiner Finger.

Er raucht. Er hat gerade einen Stich in die Lunge bekommen und zieht sich trotzdem eine Zigarette rein.

Sie ging zur Tür und stieß sie ganz auf.

»Es ist nicht so, dass du noch eine Lunge hättest«, sagte sie. »Du solltest damit aufhören.«

Arthur hob die Zigarette an die Lippen, hielt inne und legte sie dann in den Aschenbecher. »Wie du?«

Wenn das ein Versuch war, ihr Schuldgefühle einzuflößen –

und das nach allem, was gerade geschehen war –, dann würde er enttäuscht sein. Billi nahm die glühende Kippe und drückte sie aus.

»Also, warum bist du aus dem Orden ausgetreten?«, fragte er.

»Ich bin keine Templerin.«

»Sicher? Du machst dich doch gar nicht so schlecht.«

Billi lachte. »Abgesehen davon, dass ich mir bei der Feuerprobe die Eingeweide aus dem Leib gekotzt habe. Abgesehen davon, dass ich den Todesengel in unser Haus gebracht habe. Abgesehen davon, dass du meinetwegen fast getötet worden wärst. Abgesehen« – Percys Bild trat ihr vor Augen, sein Leichnam neben ihr, sein Blut in ihrem Gesicht – »abgesehen von Percy.«

»Wir alle machen Fehler.«

»Ja, aber meine sind tödlich.« Billi blickte in das hagere Gesicht ihres Vaters. »Ich kann das nicht ertragen, Dad. Ich will dieses Leben nicht. Diese Verantwortung. Mein Fehler hat Percys Tod verursacht.« Sie vergrub das Gesicht in den Händen. »Er ist meinetwegen gestorben.«

»Das hier ist keine Verpflichtung, die du einfach aufgeben kannst. Es ist wohl oder übel das Leben, das du führst.«

»Nein.« Sie hob den Kopf, so dass sie einander in die Augen sahen. »Es ist das Leben, das *du* führst. Ich habe nicht vor, so zu werden wie du.« Noch während sie sprach, verschlug es ihr den Atem. Er fühlte nichts, für niemanden. Sie blickte auf den kleinen Schnitt an ihrem Handgelenk hinab. Sie war ihm nicht wichtig – warum sollte er ihr also wichtig sein?

»Eines Tages wirst du das verstehen, Billi. Du wirst schwierige Entscheidungen treffen und dieses Leben brauchen, um sie treffen zu können.«

»Nein, werde ich nicht.« Billi ging zur Tür hinüber. Sie sah sich nach ihm um: mitgenommen, vernarbt, den Brustkorb in frische weiße Verbände gewickelt. Arthur hätte schon hundert Mal tot sein sollen: Und vielleicht war es das, was er in seinem tiefsten Inneren wollte. Er wollte sich selbst zerstören. Sie würde nicht zulassen, dass er auch sie zerstörte.

»Billi, ich weiß, dass du wütend auf mich bist. Ich wünschte, es gäbe einen anderen Weg.«

Billi drehte den Türknopf herum. »Ich empfinde keine Wut.« Sie öffnete die Tür und fügte hinzu: »Eher Mitleid.«

21

Sie träumt. Sie weiß es, kann aber nichts tun, als sich von den uralten Gespenstern tragen zu lassen, die direkt jenseits des Lebens lauern. Die Straßen, durch die sie schreitet, sind längst unter dem Sand verschwunden, und die heiße, weiße Sonne, das Auge des Ra, ist seither unzählige Male am Horizont versunken und wieder aufgegangen. Aber ihre Hitze verbrennt ihr das Gesicht, und die raue Körnigkeit unter ihren nackten Sohlen fühlt sich echt und unmittelbar an. Sie gräbt die Zehen in den ausgeblichenen weißen Sand und lässt die Körner ihre Füße kitzeln.

Sie kommen mit ihrer schrecklichen Last auf die Straße hinaus. Die Armen tragen einfache Tuniken aus beigefarbener Baumwolle, während die Reichen und Mächtigen in leuchtend weißes Leinen gehüllt sind.

Aber am weißesten sind die Leichentücher.

Irgendwo im Palast bahrt der Pharao sein totes erstgeborenes Kind zu Füßen des Anubis auf. Diese Götter, die einst so mächtig waren, werden wie diese Stadt zur bloßen Legende verblassen, während eine neue, größere und schrecklichere Gottheit ihren Platz einnimmt. Aber Religion verlangt Opfer. Billi weiß, dass das wahr ist, und tief in ihrem Innern fürchtet sie, dass der Preis erst noch bezahlt werden muss.

Die Toten säumen die Straßen. Arm und Reich, Sklave und Adliger sind gleichgemacht. Die Reihen weißer Bündel scheinen sich bis ins Unendliche zu erstrecken.

Aber eines zieht Billi an. Sie treibt wie ein Geist zwischen den trauernden Ägyptern hindurch, von dieser einen, bestimmten Gestalt im Leichentuch angezogen. Ihre Hand bewegt sich unwillkürlich, streckt sich aus, um dieses vertraute Gesicht zu berühren, das von dünner Baumwolle bedeckt ist. Ihre Finger streichen über die Züge, kalt trotz der Wüstenhitze. Daumen und Zeigefinger schließen sich um die Ecke des Stoffs, und sie zieht ihn ab –

Kay hielt sie fest an sich gedrückt, als sie schrie. Billis Haut war schweißüberströmt, und ihr Brustkorb hob und senkte sich rasch vor Angst. Sie hielt Kay fest, und sie klammerten sich aneinander, während sie gegen den Albtraum ankämpfte.

Ein Traum, bloß ein Traum. Es ist bloß ein Traum.

Mit zugekniffenen Augen presste sie die Stirn an Kays Brust. Er kniete neben ihr auf dem Sofabett. Sie war keine Seherin; ihre Träume hatten nichts zu bedeuten. Nichts. Sie versuchte, sich auf die Rückseite ihrer Augenlider zu konzentrieren, aber sie konnte es nicht. Kay roch. Nicht schlecht, aber es rief alte Erinnerungen daran wach, wie sie, als sie noch klein gewesen waren, gemeinsam in ein Bett gekrabbelt waren, während die anderen Templer sich unten unterhalten hatten. Näher war sie dem Gefühl, Teil einer Familie zu sein, nie gekommen. Nun, da sie ihn so eng berührte, nahm sie den warmen, leicht öligen Duft seiner Haut wahr, nicht trocken und kalt, wie sie es erwartet hätte, sondern seltsam erdig, feucht. Sie spürte, wie sein Brustkorb sich langsam hob und wieder senkte, und bemerkte, dass er gar nicht so mager war, wie sie immer gedacht hatte. Er hatte nicht Michaels nichtmenschlichen Körperbau, der an eine zum Leben erwachte Marmorstatue erinnerte, aber unter seiner Haut lag verborgene Kraft – und vielleicht mehr als Sehnen und Knochen. Seine Arme umfingen sie, und seine Hände waren weich. Vielleicht konnte sie sich hier noch für eine Minute ausruhen.

Kay hustete und zog sich zurück. »Bist du in Ordnung?« Er wurde rot. Bei jemandem, der so blass war, sah das ganz schön heftig aus.

Oh Gott, er hat meine Gedanken gelesen! Was hatte sie sich nur gedacht? Billi nickte und sah weg – irgendwohin, nur nicht ihn an. Das Licht der Morgendämmerung drang durch die kleinen Fenster und füllte das Wohnzimmer mit einem sanften, goldenen Schein. Billi streckte sich langsam, von den Zehen über die Beine, den Oberkörper und die Schultern bis in die Fingerspitzen, reckte sich so hoch, wie sie nur konnte, und ließ die Knoten und Verspannungen in ihren Muskeln weggleiten. Kay saß da und beobachtete sie.

»Warum hörst du nicht auf zu glotzen und holst mir stattdessen was zum Frühstück?« Billi trug ein altes T-Shirt und eine Jogginghose. Sie schnappte sich einen Pullover und zog ihn über, da sie sich Kays Gegenwart unbehaglich bewusst war. Sie schlüpfte in ihre Turnschuhe und ging zum Tisch, während Kay quer durchs Wohnzimmer zur Küchenzeile schlurfte. Er wühlte in einem Schrank herum und begann, Teller und Butter herauszuholen. Er hatte zwei linke Hände, verschüttete die Milch und ließ den Toast anbrennen.

»Dad und Elaine?«, fragte Billi.

»Noch im Bett.« Kay ließ fast eine Schüssel fallen. »Getrennt. Natürlich.«

Sie nahm ihm einen Teller ab. »Natürlich.«

Kay mischte eine Schale Müsli mit einem Löffel Honig und schob sie ihr dann hin.

»Das mag ich am liebsten. Woher weißt du das nur?«

Kay ging nicht auf ihre Provokation ein. »Was jetzt?«

Billi nahm einen Löffel. Eines musste man Kay lassen, er konnte prima Müsli anrühren. »Keine Ahnung. Aber ich bin mir sicher, dass Dad einen Plan hat. Einen wahnsinnig gefährlichen, wie ich ihn kenne.« Sie warf einen Blick zur Tür ihres Vaters. »Was ich nicht verstehe, ist, warum ich nicht davon betroffen bin. Von der Zehnten Plage, meine ich. Ich bin eine Erstgeborene.«

»Michael wollte sich sicher nicht verraten, indem er dich ansteckte. Das hätte ich gesehen.« Kay ballte die Hände zu Fäusten. »Aber ich habe ihn gezeichnet, Billi. Ich weiß, woraus er besteht.«

»Woraus?«

»Was gibt's zum Frühstück?«, fragte Elaine, als sie aus dem Gästezimmer kam. Sie hielt eine Zigarette zwischen den Fingern und drehte den Gashahn auf. Sie bewegte langsam das Ende der Zigarette, bis es sich entzündete, und nahm einen langen, tiefen Zug. »So ist es besser.«

Arthurs Tür öffnete sich einen Spaltbreit.

»Morgen.« Er schlurfte zum Tisch und setzte sich hin. Er sah besser aus, aber nicht viel. Seine Wangen hatten einen Hauch Farbe angenommen, und seine Augen wirkten nicht mehr so eingefallen wie vorher, aber seine Jeans und sein schäbiger grüner Pullover sahen aus, als wären sie zwei Nummern zu groß, und hingen schlaff um seinen Körper.

Er sieht so schwach aus, dachte Billi. *Eine Windböe würde ihn umwerfen.*

Im Kühlschrank waren Eier, und bald darauf brutzelten sie mit Pilzen, Zwiebeln und einem Löffel Chili in der Pfanne. Der Tee wurde eingeschenkt. Elaine räusperte sich.

»Wie sieht der Plan aus, Chef?«

»Ganz einfach. Wir formieren uns neu und greifen Michael an.«

Billi verdrehte die Augen. Na, das war ja mal eine Überraschung! Sie sah sich am Tisch um. Kapierten sie es denn nicht? Es gab keine Möglichkeit, Michael zu besiegen. Das hier war Selbstmord.

Sie musste sie zur Vernunft bringen. »Ich denke –«

»Wir wissen, was du denkst«, blaffte ihr Vater.

»Dad, sei doch vernünftig!« Billi sprang auf. »Wir wissen noch nicht einmal, ob die anderen überhaupt noch am Leben sind!«

»Oh, am Leben sind sie«, sagte Kay. Alle wandten sich ihm zu. Er zuckte mit den Schultern. »Um etwas aus dem Verstand einer Person zu ziehen, muss man den eigenen Verstand öffnen.« Er deutete auf Arthurs Stirn. »Als Michael versuchte, deinen Verstand zu öffnen, bin ich in seinen eingedrungen. Er hatte gehofft, zuerst uns zu erledigen und dann die anderen aus dem Weg zu räumen. Schwerer Fehler.«

»Gut gemacht, Kay!« Arthur schlug mit der flachen Hand auf den Tisch; seine alte Stärke kehrte plötzlich zurück, als er spürte, dass das Kriegsglück sich zu seinen Gunsten wendete. »Ich bin stolz auf dich.«

Er hätte Billi genauso gut einen Tritt in den Unterleib versetzen können.

Ich bin stolz auf dich.

Auf dich.

Mit ihr redete ihr Vater nie so.

Hatte sie denn nichts getan, worauf er stolz gewesen war?

Nein. Was Arthur anging, war sie nichts, solange sie keine Templerin war.

Ich bin stolz auf dich.

Billi ging zur Tür. Ihr Herz zog sich vor Kummer zusammen, aber sie unterdrückte das Gefühl. Sie würde nicht daran zerbrechen. Stattdessen wallte Schwärze in ihr auf und erfüllte ihr Herz.

Ich bin stolz auf dich.

Neulich in der Waffenkammer hatte er sie gefragt, ob sie ihn hasste. Warum?

Weil es leichter gewesen wäre, wenn sie es getan hätte. Leichter für ihn.

Sie bedeutete ihm nichts.

»Billi?«, fragte Kay erstaunt.

Sie knallte die Tür hinter sich zu.

22

Billi rannte. Sie rannte die Stoke Newington Church Street hinunter. Vorbei an den Müllmännern, die ihren Laster beluden, vorbei an dem alten Sikh, der Obst vor seinem Lebensmittelladen auslegte, vorbei an den Büroangestellten an der Bushaltestelle. Billis Füße berührten den Boden kaum, und ihr Zorn ließ nicht zu, dass sie stehen blieb. Die Tore zum Clissold Park standen offen, und der Park dahinter war von tief hängendem, weißem Nebel verhüllt. Billi rannte mitten hinein. Es war ihr egal, wohin sie lief. Nur weg.

Ich bin stolz auf dich.

Sie musste immer wieder daran denken, wie ihr Vater gelächelt hatte. Kay angelächelt hatte.

Oh ja. Sie hätte es wissen sollen. Kay war schließlich der Seher. Er war wichtig. Und sie? Was war sie?

Sie war keine Templerin.

Billi stürmte an zwei Joggern in leuchtfarbenen Lycra-Anzügen vorbei und überholte drei Kindermädchen mit Designerkinderwagen und Designerbabys. Das westliche Parktor, das auf die Green Lane hinausging, tauchte plötzlich vor ihr aus dem Nebel auf, nur einige Meter entfernt.

Genau wie Kay.

Billi hatte ihn schon fast umgerannt, als sie bemerkte, dass er da war. Er hob die Hand und lächelte – und fand sich im taufeuchten Gras wieder und hielt sich stöhnend das Gesicht. Billi stand über ihn gebeugt, die Knöchel ihrer rechten Faust heiß und aufgeschrammt.

»Warum zum Teufel hast du das getan?«, brüllte Kay.

Würde Arthur jetzt noch stolz auf ihn sein? Sie wollte, dass Kay wütend war, wollte, dass er aufstand und kämpfte. So dass sie ihm auch noch auf dem anderen Auge ein Veilchen verpassen konnte.

Toller Tempelritter.

Sie stieß ihn mit dem Fuß an. »Steh auf.« Er reagierte nicht. Sie verpasste ihm einen Tritt.

»Aua!«

»Steh einfach auf.«

Die drei Kindermädchen kamen vorbei; sie musterten Billi lange aus den Augenwinkeln und prägten sich zweifellos ihr Gesicht ein, falls sie sie später bei der Polizei als Verdächtige identifizieren mussten.

»Was zum Teufel glotzt ihr so?«, rief sie und ließ sich dann auf eine Bank fallen, die Fäuste immer noch fest geballt; sie rang darum, ihre Wut unter Kontrolle zu bringen. Aber sie sah nur, dass jeder Kay lobte und vergötterte. Den wundervollen Kay.

Das war aber nicht sein Fehler. Nicht wirklich. Sie bemühte sich sehr, daran zu glauben, aber der Drang, ihm in sein weißes Gesicht zu boxen, blieb unglaublich stark.

Sie musste es schließlich an irgendjemandem auslassen!

Sie senkte die Hände und starrte zu Boden. Und auf Kays Stiefel.

»Warum?«

Er trat von einem Fuß auf den anderen, hatte vielleicht Angst vor einem zweiten Angriff. »Warum was?«

»Warum bist du mir gefolgt? Das tust du immer. Wie so ein …«

»Schutzengel?«, schlug Kay vor.

»Wie ein Stalker.«

Kay lachte, und die Bank knarrte, als er sich neben Billi setzte. Er senkte die Hände, und Billi konnte die dunkelviolette Schwellung um sein linkes Auge herum sehen. Das würde ein dicker, fetter, hässlicher Bluterguss werden.

Richtig groß.

»Tut mir leid«, sagte sie.

Kay saß sehr nahe bei ihr, aber aus irgendeinem Grund hatte sie keine Lust beiseitezurücken. Sie blickte ihn aus dem Augenwinkel an. Er war eigentlich ziemlich gutaussehend, wie so ein unterernährter Indie-Popstar. Kay beobachtete, wie Elstern von den kahlen Ästen aufflogen, um im feuchten Erdreich zu picken. Seine glänzenden Augen nahmen alles wahr: Er schien über alles zu staunen. Da war wieder dieses heimliche Lächeln, das er zeigte, wenn er Dinge sah, von denen Billi wünschte, sie könnte sie ebenfalls sehen – nur ein einziges Mal!

»Sieht aus, als ob es aufklart«, sagte Kay. Der Nebel hatte sich verflüchtigt und nur einige hauchdünne Schwaden zurückgelassen, die sich stur an den Boden klammerten; die Morgensonne stand hell am leuchtend blauen Himmel.

»Was glaubst du, warum ist mein Vater so?« Sie brachte es nicht fertig zu fragen, was sie wirklich wissen wollte.

Warum hat er mich nicht lieb?

»Du täuschst dich in deinem Vater.«

»Meinst du? Bist du dir sicher?«

Kay hob die Hand und beschirmte sein Gesicht vor der Sonne. »Hast du jemals direkt in die Sonne gestarrt, Billi?«

»Ja. Und?«

»Es tut weh. Manchmal ist Helligkeit schmerzhaft. Manchmal müssen wir im Schatten leben, um uns zu schützen.«

Billi runzelte die Stirn. »Und was heißt das auf Englisch?«

Er rückte näher heran. Er hatte mit gesenkter Stimme gesprochen, und Billi spürte, wie sein Atem sanft ihre Wange liebkoste. Seine Hand berührte ihre seitlich, und sie saß sehr still. Sie wartete mit klopfendem Herzen; ein Teil von ihr sagte ihr, dass das hier nur Kay war, der Junge, mit dem sie aufgewachsen war.

Aber dem war nicht so. Dieser Kay hier war ganz anders. Sie drehte leicht den Kopf, so dass sein Atem ihre Lippen berührte. Sie senkte den Blick, betrachtete den Umriss seines Halses, der im T-Shirt verschwand, beobachtete, wie sein Brustkorb sich beim Atmen bewegte.

Kay stand auf.

Billi saß wie betäubt da, als er sich ihr entzog. Was war gerade geschehen?

Er fuhr sich mit der Hand durch die Haare und starrte auf seine Füße hinab, weil er nicht wusste, wohin er schauen sollte.

»Nur, dass du dich in deinem Vater täuschst.«

Niemand machte eine Bemerkung über Kays blaues Auge, als sie zurückkehrten. Arthur und Elaine saßen noch immer am

Tisch, aber das Frühstück war abgeräumt. Stattdessen lag eine schlichte weiße Leinendecke auf dem Tisch, und darauf stand eine große runde Keksdose. Daneben lag ein in Leder gebundenes Buch: klein, faltig, alt.

»Im Gefrierfach ist eine Packung Erbsen«, sagte Elaine. Billi brauchte eine Sekunde, bis sie begriff, dass sie über Kays Auge sprach. Kay fand die Erbsen und drückte die unförmige Tüte auf sein angeschlagenes Gesicht.

Billi setzte sich auf die andere Seite des Tisches, so weit entfernt von Kay wie möglich. Auf dem Rückweg aus dem Park hatten sie kein einziges Wort miteinander gesprochen.

Die Keksdose war kupferfarben; in den Deckel waren Porträts von Königin Victoria und Prinz Albert im Profil eingraviert. Aber Billi glaubte nicht, dass sich Gebäck darin befand. Das Buch kannte sie nicht.

»Ein Tagebuch?« Der Einband ähnelte den anderen, die sie in der Templerbibliothek gesehen hatte, aber dieser hier war weitaus älter. Er wies kleine Bronzeschnallen auf, und der Titel war mit Blattgold hervorgehoben. Billi beugte sich darüber, um ihn zu lesen. Als ihre Augen die winzigen, ausgeblichenen Buchstaben überflogen, wurde sie von kaltem, schleichendem Entsetzen erfasst.

»Die *Goetia*«, sagte sie. Sie sah zu ihrem Vater hoch. »Das ist nicht möglich.«

Der *Schlüssel Salomos*. König Salomos okkulte Schriften darüber, wie man Geistwesen beschwören und binden konnte: Teufel, *Malachim* und Wächter. Sie hatte nicht gewusst, dass dieses Buch noch existierte. Es war ein Buch der Nekromantie, der dunkelsten *Maleficia*.

»Wo hast du das her?«

»Von einem Dummkopf, der dachte, er könnte den Teufel beschwören«, sagte Arthur.

»Du machst wohl Witze.«

Arthur sah sie an. So ein Gesicht machte er nicht, wenn er scherzte.

»Was ist ihm zugestoßen?«

»Etwas Schlimmes«, sagte ihr Vater in dem Ton, der bedeutete, dass dieses Gespräch jetzt beendet war.

Er nahm den Deckel von der Dose. Darin befand sich in Luftpolsterfolie gewickelt der Verfluchte Spiegel, dessen Oberfläche wie öliges Wasser Wellen zu schlagen schien.

Nur hierum ging es: um diese kleine Kupferscheibe. Wie viel Schmerz, Qual und Morden war an ihre Oberfläche gebunden? Billi dachte an die gefangenen Wächter, die Eisennächte und an Percy, wie er dagesessen hatte, während sein Lebensblut aus seiner Brust geströmt war. Wie viele waren hierfür schon gestorben? Und wie viele würden noch sterben?

»Das ist der einzige Weg«, sagte Arthur. »Wir können Michael nicht töten. Aber wir können ihn binden. Ihn für immer im Limbus gefangen halten.«

»Das kannst du nicht. Sogar Salomo hat das nie geschafft. Michael ist ein Erzengel.«

»Salomo hat gegen Michael gekämpft, als der sich auf dem Höhepunkt seiner Macht befand. Er ist nicht mehr derselbe Erzengel wie früher.«

Billi schüttelte den Kopf. »Aber es gibt dennoch niemanden, der stark genug ist, das zu versuchen.«

Arthur stand auf. »Doch, es gibt jemanden«, sagte er und schob das kleine, tödliche Buch über die weiße Tischdecke.

Zu Kay.

23

Elaine fuhr ein Programm auf ihrem Laptop hoch. Billi stand hinter ihr, während Arthur und Kay rechts und links von ihr saßen und zusahen, wie eine Sternenkarte auf dem Bildschirm erschien. Elaine setzte die Brille auf und begann, sich durch die Zeitleiste in der Ecke zu klicken.

»Wonach suchst du?«, fragte Billi.

»Wir müssen Kays Erfolgschancen optimieren. Das hier« – sie klopfte auf den Bildschirm – »ist ein Programm, das die Planetenbewegungen im Jahreslauf nachzeichnet, wie man sie von der nördlichen Hemisphäre aus sieht.« Sie öffnete einen weiteren Ordner, und Billi sah eine Liste von Dateien, eine für jeden Templer. Elaine klickte auf Kays. Eine Tabelle mit Notizen in Hindi erschien.

»Und was ist das hier?«

»Vedische astrologische Diagramme, die auf dem Geburtsdatum und -ort basieren.« Elaine markierte eine Reihe von Zahlen. »Ein Brahmanen-Kumpel von mir hat sie für jeden von euch errechnet.«

»Gibt's eigentlich auch eine Religion, die du noch nicht ausprobiert hast?«, fragte Arthur. »Lot ist mit dem Christentum allein ausgekommen.«

»Und deshalb war er auch beschissen, wie du weißt, und brauchte immer meine Hilfe«, sagte Elaine. Sie kehrte zu der Sternenkarte zurück, öffnete ein Fenster und kopierte die Zahlen hinein. Sie drückte die Return-Taste und lehnte sich zurück. »Das dauert jetzt eine Minute.« Sie deutete zur Küchenzeile hinüber. »Setz doch mal einer den Wasserkessel auf.«

Kay stand auf, und Billi nahm sich seinen Stuhl. »Warum machst du das?« Elaine war keine Templerin, aber ihr war der kostbarste Schatz des Ordens anvertraut. Sie gehörte noch nicht einmal der richtigen Religion an – und doch verließen sie sich auf sie, wenn es darum ging, ihren schlimmsten Feind zu besiegen. Sie verließen sich immer auf sie.

Elaine schüttelte eine frische Zigarette aus dem Päckchen. Sie bot Arthur eine an, aber er lehnte ab.

»Oh, das ist ganz einfach – irgendjemand muss es ja tun.« Elaine lächelte in sich hinein. »Ihr Ritter seid von Dogmen besessen – davon, alles auf eine Art und nur auf eine Art zu tun. Wenn es nicht in den Templerregeln steht, interessiert es euch nicht. Deshalb geratet ihr in solch große Schwierigkeiten. Eure Herangehensweise ist engstirnig.« Sie deutete auf Arthur. »Aber Art will bloß gewinnen, nicht wahr? Deshalb wirbt er die Beste an – mich.«

»Aber du bist keine Seherin.«

»Gott sei Dank! Ich schlafe so schon schlecht genug, ohne von verrückten Träumen gestört zu werden. Ich habe ein winziges bisschen übersinnliches Talent.« Sie wandte den Kopf zu Kay. »Aber nicht so viel wie der Goldjunge da. Genug, um zu wissen, was richtig ist und was funktioniert. Abgesehen davon muss man nur offen für alles bleiben.«

Es war ganz wie mit Billis Kampftraining. Arthur und die

anderen hatten ihr nicht Karate, Judo, Kung-Fu oder irgendetwas anderes beigebracht, das man klar eingrenzen konnte. Ihr war beigebracht worden, wie sie fest zuschlagen, noch fester zutreten, ringen und den Gegner festhalten konnte, hunderte von Bewegungen, die aus allen Kampfstilen stammten.

»Darum haben wir Kay auch nach Osten geschickt.« Elaine seufzte. »Wenn er erst fertig ausgebildet ist, wird er übernehmen.«

»Also ziehst du dir deinen Nachfolger heran«, sagte Billi.

Elaine warf Arthur einen Blick zu. »Wer tut das nicht?«

Arthur legte Elaine die Hand auf die Schulter. Billi betrachtete sie. Die beiden verband eine lange, unbekannte Vergangenheit, und sie wusste, dass sie nie alles darüber herausfinden würde. Obwohl Elaine so lässig darüber gesprochen hatte, musste es seinerzeit im Orden für einen handfesten Skandal gesorgt haben, dass einer Jüdin der Reliquienschrein anvertraut worden war. Selbst als Meister hatte Arthur sicher hart um die Zustimmung der anderen kämpfen müssen. Ihr Vater räusperte sich, als Kay mit den Teetassen zurückkam.

»Wir müssen die anderen Ritter kontaktieren«, sagte er. »Wenn Kay Erfolg hat … Es gibt noch immer die *Ghule*, die auf Michaels Befehl handeln. Wir müssen sie in dem Moment angreifen, in dem Michael an den Spiegel gebunden worden ist.«

»Wie?«, fragte Billi.

»Wenn ich erst weiß, wer überlebt hat, werde ich euch das sagen können.« Arthur deutete aus dem Fenster. »Der Treffpunkt ist der Trafalgar Square.«

Das war logisch. Viele Leute, viele Wege dorthin, viele

Wege wieder von dort weg. Michael würde hunderte brauchen, um alle möglichen Fluchtwege zu versperren.

Arthur fuhr fort: »Wir haben uns darauf geeinigt, dass alle Überlebenden sich um sechs Uhr abends, zur Hauptverkehrszeit, treffen. Ich will, dass ihr Kontakt zu den anderen aufnehmt, ihnen sagt, was wir vorhaben, und in Erfahrung bringt, was für Neuigkeiten sie haben. Erstattet mir Bericht; ich werde eine Strategie ausarbeiten.«

»Gwaine führt jetzt den Befehl, Dad.«

»Nein, tut er nicht.« Arthur blickte finster drein und drehte sich zu Kay um. Billi sah, dass trotz seiner Schwäche Feuer in seinen Augen loderte. Arthur tat gerade, was er am besten konnte. »Ihr werdet vorsichtig vorgehen müssen.«

Kay fasste sich sacht an die Schläfe, aber Billi hörte seinem Tonfall die Nervosität an. »Ich habe seine Aura gezeichnet. Jetzt werde ich ihn bemerken, bevor er mich bemerkt.«

»Gut gemacht.«

»Ich komme mit«, sagte Billi.

Arthurs Augen verengten sich. »Das ist Templersache; das ist jetzt nicht mehr dein Problem.«

»Ich tue es nicht für die Templer.«

»Doch sicher nicht für mich?«

»Da hast du recht. Sicher nicht.«

Für sich selbst. Um Rache zu nehmen. Dafür, wie Michael sie benutzt hatte. Und vielleicht ... vielleicht für Kay. Er würde sie brauchen, wenn Gewalt ins Spiel kam. Und das war angesichts der Situation nur allzu wahrscheinlich.

Der Laptop piepste.

»Wie sieht's aus?«, fragte Kay. Er sah zugleich eifrig und

angespannt aus. Das hier würde seine Feuerprobe sein. Eine Prüfung, der sich ein Seher normalerweise gar nicht unterziehen musste. Billi konnte erkennen, dass Kay zu versessen darauf war, und das machte sie nervös.

Sie starrten alle die Karte an. Linien verliefen von Stern zu Stern und markierten astrologische Muster, aber für Billi sah das alles nur nach willkürlichen Formen aus. Elaine holte tief Luft und markierte eine Reihe von Punkten. Diese Knoten leuchteten auf, und ein Datum erschien am Fuße des Bildschirms.

»In sieben Tagen«, sagte Elaine. Sie legte ihre Hand über Kays. »Wir binden Michael in sieben Tagen.«

Ein trüber, zugezogener grauer Himmel hing über dem Gedränge auf dem Trafalgar Square. Billi war froh, nicht mehr im Bus zu sein. Ihr war den ganzen Weg über übel gewesen, weil sie während der gesamten Fahrt in dem überfüllten, ruckelnden Bus mehr oder weniger unter der stinkenden Achsel irgendeines Typen eingezwängt gewesen war. Nieselregen benetzte ihre Wangen. Sie zog sich die Kapuze über den Kopf und marschierte dann durch eine Touristengruppe, Kay gleich hinter ihr. Sie zwängten sich zwischen Rucksäcken hindurch und wichen den Kameras aus.

»Spürst du irgendwas?«

Kay schüttelte den Kopf. »Die Luft ist rein.«

In der Mitte des Platzes erhob sich die Nelson-Säule, fünfzig Meter hoch und von vier gewaltigen Bronzelöwen bewacht. In jeder Ecke des Platzes befand sich ein Fundament. Auf dreien standen Statuen berühmter Persönlichkeiten, aber eines war leer. Billi ging zum nördlichen Fußweg vor der National Gallery, einem riesigen, neoklassizistischen Gebäude, das eine Seite des Platzes einnahm. Straßenkünstler lockten kleine Menschenmengen an: Irgendein Kerl war als Charlie Chaplin verkleidet und führte einen fast hundert Jahre alten Sketch auf. Zwei Rollschuhfahrer fuhren zwischen aufgereihten, umgedrehten Bechern hin und her. Ein silbern bemalter römischer Soldat stand still wie eine Statue mit einem Eimer zu seinen Füßen; Kinder schnitten ihm Grimassen. Billi sah zu, wie sie lachten, während ihre Eltern versuchten, sie zur Ordnung zu rufen und sie ins Museum zu führen.

Überall waren Kinder. Billi beobachtete, wie ein blau gekleideter kleiner Junge einen Taubenschwarm vom Boden hochscheuchte. Die Luft füllte sich mit flatternden grauen und schwarzen Federn, aber die Vögel waren zu gerissen und erfahren, um mit irgendjemandem zusammenzustoßen. Der Schwarm hob ab, flog einen weiten Kreis und landete keine zwölf Meter entfernt. Der Junge setzte den Tauben nach.

Billi sah die fröhlichen Menschen und erschauerte. Es war hier oben so kalt, wenn man allein war.

Nein, nicht mehr allein. Kay stand stumm neben ihr.

»Es wird schon gut gehen«, sagte er. Sie war sich nicht sicher, ob er mit ihr oder mit sich selbst sprach.

»Kay, der ewige Optimist.« Billi lachte.

»Wahr, sehr wahr.« Er wies auf die Leute unter ihnen. »Wenn du es nur für eine Minute sehen, wirklich sehen könntest. Dann würdest du niemals aufgeben.«

Sie musterte ihn. Kays Gesicht besaß eine sanfte Ruhe, eine zielgerichtete Sicherheit. Er zweifelte nie. Es war nicht der verbissene Fanatismus ihres Vaters, nur ein unerschütterlicher Glaube an das, was er tat.

»Glaubst du, dass du es schaffen kannst? Ihn zu binden, meine ich.«

»Ich muss es versuchen.«

»Kay, wenn du noch nicht dazu bereit bist, musst du es ihm sagen. Wenn es zu gefährlich ist, musst du das sagen. Umgebracht zu werden ist nicht heroisch.«

»Billi, hast du etwa keine Angst? Wenn du losziehst, wenn es heiß hergeht? Oder während deiner Feuerprobe?«

Was für eine dumme Frage war das denn? Sie hatte ihr halbes Leben wahnsinnig vor Angst verbracht.

Kay runzelte die Stirn und drehte sich dann um, um sie anzusehen. »Weißt du, wie ich mich fühle, wenn ich dich losziehen sehe?« Er senkte den Kopf. »Unwürdig.«

»Also geht es nur ums Heldentum?«

»Manche Dinge sind es wert, dass man für sie kämpft.«

»Welche?«

Kay zog sich die Mütze vom Kopf und zerknautschte sie. »Dein Traum etwa.«

»Aber ich habe dir gar nicht erzählt … Oh.«

»All die Leichen auf den Straßen, all die Trauer.« Er nahm ihre Hand. Sie versuchte zu ignorieren, wie gut sich das anfühlte. »Kannst du dir vorstellen, wie es hier aussehen wird? Wie viele Tote? Wenn wir Michael nicht aufhalten, wer dann?«

»Du bist bereit, dein Leben aufs Spiel zu setzen, um ihn aufzuhalten?«

»Könntest du damit leben, es nicht zu tun?«

Ein Pärchen schlenderte vorbei. Die beiden hielten sich an

der Hand, und der junge Mann hatte einen Luftballon dabei, obwohl er schon über zwanzig war.

»Was siehst du, Billi?« Er streckte die Hand aus und berührte sacht ihren Arm. »Er hat ihr gerade einen Heiratsantrag gemacht. Das kann man am Licht sehen. Er ist aufgeregt, hat aber auch Angst. Sie werden lieben, leben und sterben. Wie alles.« Er wirkte gedankenverloren. »Und ist das nicht genug? Ist all das es nicht wert, dass man dafür stirbt?«

»Rede nicht so.«

»Billi, du musst –«

Billi küsste ihn. Sie wollte nichts mehr hören.

Sie tat es, ohne nachzudenken, denn wenn sie das getan hätte, hätte sie vielleicht der Mut verlassen. Sie schoss vorwärts und drückte ihre Lippen auf seine. Er war warm, und diese Hitze durchströmte sie, ein Kribbeln, das ihr bis in die Knochen drang. Ihre Finger schlossen sich um die Brüstung, so dass Kay zwischen ihr und der niedrigen Mauer eingezwängt war und ihre Körper aneinandergepresst wurden. Er umschloss ihr Gesicht mit den Händen, und Billi spürte, dass seine Wimpern ihre streiften. Dann zog er sich mit einem leichten Seufzen zurück. Nicht weit. Gar nicht weit.

Seine edelsteingleichen Augen waren riesig, klar und makellos. Billi konnte das Spiegelbild ihrer eigenen dunklen Augen darin treiben sehen. Kays Handflächen lagen heiß an ihren Wangen. Sie lehnte sich leicht zurück und fuhr sich mit der Zunge über die Lippen. Kay schmeckte gut.

»Ich störe doch nicht?«

Sie lösten sich voneinander, und Billi sah, dass Bors mit einem Hotdog in der Hand vor ihnen stand.

Muss er ständig etwas in sich hineinstopfen?

Bors grinste lüstern und leckte sich die ketchupverschmierten Lippen. »Wenn doch, könnte ich ja später wiederkommen.«

»Wir waren gerade fertig«, sagte Kay ungerührt und überließ es ganz Billi, rot zu werden. »Bist du der Einzige?«

Bors schüttelte den Kopf. »Meister Gwaine und Gareth sind bei mir.«

»Seneschall Gwaine, meinst du«, sagte Billi.

Bors schob sich den Rest seines Hotdogs in den Mund. Er redete beim Kauen und spuckte rosafarbene Fleischstücke und Zwiebeln auf den Boden.

»Hat Arthur die 13-10 gesendet? Brauchte wohl jemanden, der ihm die Bettpfanne wechselt?«

»Halt die Klappe.«

»Versuch's nur, Kleine!«

Billi trat vor, aber Kay hob die Hand.

»Das hier führt zu nichts. Arthur hat das Kommando, so einfach ist das. Gwaine wird sich dem anpassen, wenn er schlau ist.«

Bors wischte sich den Mund mit dem Jackenärmel ab. »Ihr glaubt wohl, dass ich Angst vor Arthur habe?«

»Natürlich hast du das«, sagte Gareth, der aus der Menge hervortrat. »Sogar der Teufel hat Angst vor Art.« Er winkte Pelleas zu, der an die Wand gelehnt Wache stand.

Sie hatten es geschafft, Gott sei Dank. Allseits Lächeln und Umarmungen. Sogar Bors sah wider Willen erleichtert aus.

Kay erläuterte Arthurs Plan, und sie lauschten alle schweigend. Billi stand neben ihm, erstaunt, wie selbstsicher und überzeugt er war. Er erzählte ihnen davon, wie er Michael binden wollte, und sie merkte, dass sie beeindruckt waren.

»Warum nicht gleich? Warum erst in sieben Tagen?«, fragte Bors.

»Wegen der Planetenkonstellation. Technische Details«, sagte Billi. »Das würdest du ohnehin nicht verstehen.«

Kay griff ein, bevor Bors etwas erwidern konnte. »Wir müssen meine Erfolgschancen optimieren.«

Pelleas und Gareth tauschten einen Blick. Billi bemerkte, dass Gareth den Kopf schüttelte.

»Was? Stimmt etwas nicht?«, fragte Billi. »Warte mal … Sollte Berrant nicht in deiner Lanze sein, Pelleas? Wo ist er?«

Pelleas sah sie unschlüssig an. Dann runzelte er die Stirn. »Berrant ist tot, Billi.«

Sie starrte ihn an. Es dauerte eine Weile, bis sie die Worte vollständig begriff. »Tot?«

Pelleas nickte mit gesenktem Blick. »Michael hat unser Versteck gefunden.«

»Aber wie?«, fragte Kay.

Bors mischte sich ein. »Der Zauberbann über den Verstecken ist nicht stark genug. Wir könnten genauso gut ein Neonschild mit der Aufschrift ›TEMPLER HIER‹ auf unser Dach stellen.«

»Bist du sicher, dass es an den Schutzzaubern liegt? Vielleicht hat einer seiner *Ghule* euch entdeckt?«, fragte Kay.

»Eure Schutzzauber haben ihn in der Reliquienkammer nicht aufgehalten, oder? Wieso glaubst du, dass sie ihn jetzt aufhalten werden?«, sagte Bors. Er spuckte Kay ein Stück Knorpel vor die Füße. »Du willst dir ja vielleicht gern Zeit nach Belieben lassen, um deinen Hokuspokus zu veranstalten, aber Michael radiert uns alle aus. In einer Woche wird keiner von uns mehr übrig sein.«

Bors hatte recht, obwohl es Billi sehr widerstrebte, das einzugestehen. Sie sah Kay an. Sie kannte die Frage, die nur er beantworten konnte.

Kays Miene war grimmig. Das Überleben der Tempelritter hing von ihm ab. »Dann können wir es uns nicht leisten, sieben Tage zu warten, bevor wir ihn binden, nicht wahr?« Er wandte sich an Billi. »Wir werden es heute Nacht tun.«

24

»Nein, das verbiete ich dir«, sagte Arthur. Gleich, als sie zurückgekommen waren, hatte Kay die Gefahr erläutert, in der sie alle schwebten. Arthur war vollkommen ungerührt.

»Aber, Dad, Berrant ist tot. Die anderen –«

»Kannten das Risiko, als sie dem Orden beigetreten sind. Das tun wir alle.« Er sah Kay, Elaine und schließlich Billi an. »Habt ihr darüber nachgedacht, was geschehen könnte, wenn wir übereilt handeln und etwas schiefgeht? Was Kay zustoßen könnte?«

»Ich bin bereit, das Risiko einzugehen«, sagte Kay.

»Wirklich?« Arthurs Augen verengten sich. »Bist du bereit, die Verantwortung für all die toten Erstgeborenen zu übernehmen, wenn du es vermasselst?« Er schüttelte den Kopf. »Nein, wir warten.«

Billi spähte aus dem Fenster. Dicke dunkle Wolken hingen regenschwer über der Stadt. Das Fenster war Gott weiß wie lange nicht mehr geputzt worden. Dort, wo die Regentropfen ihre rußige Spur gezogen hatten, waren schwarze Schlieren.

»Das war's dann. Die Tempelritter werden ausgelöscht werden«, sagte sie.

»Besser, wir verlieren eine Handvoll Männer als alle erstgeborenen Kinder Großbritanniens.«

Elaine warf eine Zeitung auf den Tisch. »Aber sie sterben

bereits. Michael ist nicht untätig gewesen, während wir hier faul auf dem Hintern gehockt haben.«

Die Schlagzeile war fett in Weiß auf eine schwarze Seite gedruckt:

WAS HAT SIE GETÖTET?

Es folgten reihenweise Fotos. Manche waren Ausschnitte aus Ferienschnappschüssen, andere Schulbilder, Kinder, die in Schuluniform verlegen in die Kamera grinsten. Billi überflog den Artikel und hielt bei einem Namen inne, den sie kannte.

»Rebecca Williamson.« Sie erkannte sie auf dem Foto kaum wieder. Das Gesicht, das zu ihr aufblickte, war das eines fröhlichen blonden Mädchens mit runden Wangen und Grübchen. Kein bisschen wie das skelettartige Kind, mit dem sie im Krankenhaus gesprochen hatte.

»Er hat sie alle getötet.« Es mussten fünfzig oder mehr sein. Schulen wurden geschlossen. Krankenhäuser waren voller besorgter Eltern, die ihre Kinder einlieferten. Und niemand konnte es aufhalten – bis auf sie.

»Das will er doch nur, versteht ihr nicht?« Arthur nahm ihr die Zeitung ab. »Er wird uns zwingen, ihm gegenüberzutreten, unseren Trumpf zu früh auszuspielen, wegen dieser Todesfälle.«

»Mein Gott, Dad, wir müssen etwas tun!« Billi baute sich vor ihm auf. »Glaubst du etwa, dass Michael keine Jagd auf uns machen wird, nachdem er die anderen getötet hat? Wir können uns nicht ewig hier verstecken.«

Elaine drehte Kay sanft um, so dass er sie ansah. »Kannst du es schaffen?«, fragte sie.

»Ich muss.«

Billi sah, wie Kay heftig schluckte.

Arthur setzte sich hin und drehte seinen Ring am Finger. Die anderen drei standen um ihn herum und warteten. Am Ende nickte er seufzend.

»Gut. Heute Nacht.«

Die Beleuchtung auf dem Dachboden bestand aus einer einzelnen nackten Glühbirne, die von einem niedrigen Balken hing, der quer unter dem Dach verlief. Die Luft roch nach Staub und frischer Farbe. Billi kroch hinter ihrem Vater hinein und schmiegte sich neben ihm in eine Nische.

Der Dachboden war sauber gefegt worden, die Gaubenfenster überstrichen. Elaine und Kay legten auf allen vieren letzte Hand an einen Kreis von zwei Metern Durchmesser, das Binde-Siegel. Darin befand sich der sechszackige Stern; der Verfluchte Spiegel lag, poliert und glänzend, auf einem schwarzen Samtkissen in seinem Zentrum. Trotz der Kälte trug Kay nichts am Oberkörper und schwitzte. An der Stirn, um den Hals, um die Arme und um die Brust trug er kleine Silberamulette, *Maqlu*, die mit dünnen Lederriemen befestigt waren. Er kopierte – einen Topf weißer Farbe in der rechten, einen schmalen, spitzen Pinsel in der linken Hand – Keilschriftzauber aus der *Goetia*, die neben ihm lag. Er blickte kurz zu Billi hoch und zwinkerte.

Er sieht mitgenommen aus. Ständig wischte er sich den Schweiß von der Stirn und legte die linke Hand aufs rechte Handgelenk, um sie ruhig zu halten. Er war hochkonzentriert.

Das musste er auch sein. Jeder Fehler wäre jetzt schlimmer als tödlich gewesen.

Kay blies auf die vollendete Kalligraphie und schaute dann noch einmal die Vorlage an, prüfte Zeile um Zeile auf Fehler. Elaine sah ihm aufmerksam zu. Befriedigt klopfte sie ihm auf die Schulter und nickte.

Die Leiter rastete laut klappernd ein, und Arthur zog die Luke zu, sperrte sie auf dem Dachboden ein. Elaine kam zu ihnen herüber an die Seite, direkt außerhalb des Siegels. Alle drei knieten da und beobachteten Kay.

Aber war er bereit? Billi hatte genug über Nekromantie gelesen, um zu wissen, was geschehen konnte, wenn alles schiefging. Theoretisch war es gefährlich einfach. Kay würde ein Portal ins Geisterreich öffnen und versuchen, den Weg zum Limbus zu lokalisieren. Wenn er einen Fehler machte, würde er vielleicht den Weg zu einem der anderen Aspekte des Äthers wählen: Himmel oder Hölle. Sobald das Portal ganz geöffnet war, würde er Michael suchen, was ihm nun möglich war, da er ihn übersinnlich gezeichnet hatte; dann würde er den Dunklen Engel durch das Portal ziehen und die Tür schließen. Aber auf dem dämmrigen Dachboden mit den dichten Schatten ringsum hatte Billi Angst um Kay. Was, wenn es schiefging? Er würde sich selbst in die Geisterwelt hinauswerfen, unter die zahllosen Wesen, die dort lebten. Viele von ihnen hassten die Menschheit. Sie könnten seine Seele in Fetzen reißen. Billi sah zu Kay hinüber; sie hatte einen Kloß im Hals. Sie wollte ihn nicht auch noch verlieren! Vielleicht war das hier ein Fehler. Vielleicht hätten sie doch noch sieben Tage warten sollen. Vielleicht …

Kay blickte auf. Er lächelte sie an, und obwohl er so erschöpft war, lag eine Heiterkeit in seinem Gesicht und seinem Lächeln, die den Raum zu erhellen und die Schatten zu verscheuchen schien. Er zwinkerte ihr zu und wandte sich an Elaine.

»Ich bin bereit«, sagte er.

Mit Elaines Hilfe zog er die Riemen und Laschen fester, richtete die Tafel auf seiner Stirn aus. Drei der kleinen Silberamulette hingen um seinen Hals. Er hakte eines aus und klemmte sich das Metall zwischen die Zähne. Sein Atem zischte wild durch seine Nasenlöcher.

Dann setzte er sich im Lotossitz hin, den Spiegel auf dem Schoß. Die Glühbirne direkt über ihm warf seltsame Schatten und Spiegelungen gegen die Dachschrägen. Kay neigte den Kopf zurück, den Blick ins Leere gelichtet, und ließ seinen Atem zu einem bloßen Hauch werden.

Jetzt ging es los.

Die Glühbirne summte und wurde immer schwächer, bis sie ganz erlosch; der Dachboden versank in völliger Schwärze. Billi spürte, wie ihr Vater seine Haltung veränderte, und bekam eine Gänsehaut, als hätte sie jemand mit Eis gestreichelt.

Kay stöhnte.

Und der Spiegel begann zu glühen. Erst war es nur ein matter, pulsierender Schimmer in Orange, Rot und Gold, der in langen Intervallen an- und abschwoll. Er war kaum hell genug, um Kay zu beleuchten; der unheimliche Schein lief in Wellen über seinen schneeweißen Oberkörper. Seine Muskeln waren hart angespannt, und die Adern zitterten. Seine Zähne bissen fest in das Silber, und seine Lippen waren zurückgezogen, so dass er die Zähne zu einem stummen, wilden Knurren bleckte.

Sein Atem fuhr in einem heftigen, verzweifelten Keuchen ein und aus.

Eine kalte Brise kam von irgendwoher, und Frost kroch über den Boden. Die Dielen wurden weiß, während sich eisige Bänder auf ihrer Oberfläche bildeten. In der wachsenden Helligkeit sah Billi, wie ihr Atem zu weißen Wolken wurde.

Intensives Licht strömte aus dem Spiegel hervor. Das grelle Leuchten war stetig und vielfarbig. Die Muster, die auf Kays Fleisch geworfen wurden, zeigten Gestalten, die sich vor der Lichtquelle bewegten, und Billi schoss beinahe nach vorn. Kays Brustkorb hob und senkte sich wie der eines Marathonläufers, und der Schweiß, der auf seinem Körper glänzte, hatte sich in winzige Eiströpfchen verwandelt, die ihn stachen und an seiner Haut klebten.

Stimmen wisperten in der Luft, ein fernes Gemurmel in fremden Sprachen, das Billis Ohren überflutete und durchzuckte, unzusammenhängend, aber dringlich und drängend.

Kays Körper zuckte, als hätte er einen elektrischen Schlag erhalten, und sein Mund spie den Talisman aus.

Schwarze Rauchfahnen sickerten aus dem Spiegel hervor und krochen vorsichtig über Kays zitternde Muskeln, schlangen sich um seine Arme und seinen Hals, tasteten seine Augen, seine Ohren, seinen Mund ab …

Kay schrie, und in dem Moment wurde der Rauch in ihn hineingesaugt. Seine Augen starrten entsetzt ins Leere, und ihr Blau verblasste, als die Dunkelheit seinen Körper erfüllte. Er zitterte, als die dunklen, dichten Nebel in seinen Mund strömten wie in einen Trichter und ihn fast erstickten.

»Du schaffst das, Junge«, flüsterte Arthur. Er packte Billis Handgelenk, weil er zu Recht vermutete, dass sie Kay zu Hilfe eilen wollte.

Elaine begann, etwas auf Hebräisch zu rezitieren: »*Adonai Eloheinu, Adonai Echad* …«

Kays Körper pulsierte, und ekelerregende Schwellungen blubberten und wallten unter seiner weißen Haut. Gestalten und Gegenstände schienen durch seine Adern zu schwimmen, und schwarze Tränen tropften aus seinen ebenholzschwarzen Augen.

Die Dachpfannen knirschten und knackten; winzige Keramiksplitter brachen in der intensiven Kälte ab. Die hölzernen Dachbalken wurden vor lauter Eiszapfen brüchig, und die Dielen knarrten, während sie sich in der fürchterlichen Kälte verformten.

»Nein«, murmelte Arthur. Er sah sich nach dem wachsenden Eis um. Billis Brustkorb zitterte. Was meinte er damit? Irgendetwas stimmte nicht. Das war nicht die Fülle von Farben, die sie gesehen hatte, als Kay versehentlich das Portal zum Limbus geöffnet hatte, und das hier fühlte sich mit Sicherheit nicht nach dem Weg in den Himmel an …

Oh nein. Sie versuchten hervorzukommen.

Aus der Hölle.

Kays Augen verdrehten sich blicklos – sie waren nur noch schwarze Murmeln –, und ölige Tränen hinterließen Schlieren auf seinem Gesicht. Ein verzerrtes, grinsendes Antlitz drückte von der Innenseite gegen seine Brust und versank dann; rote Striemen blieben dort zurück, wo die Zähne sich in sein Fleisch gepresst hatten. Große Tumore erhoben sich aus seinem Körper, und Kay drückte den Rücken durch, unfähig zu schreien. Er kämpfte gegen Geister des Äthers und war dabei zu verlieren. Jetzt würden sie jede Sekunde seine Seele zerfetzen.

Billi sprang über das Siegel. Es war, als wäre sie nackt in eine Gefriertruhe gesprungen: Die Kälte packte ihre Lunge und ließ sie nach Luft schnappen. Der schwarze Rauch – jetzt eine feste, tentakelbewehrte Masse – spürte ihre Gegenwart und wandte sich ihr zu. Billi schob sich ihr Silberkreuz in den Mund und biss fest zu; dann packte sie Kay. Sie versuchte, ihn hochzuheben, aber unsichtbare Kräfte hielten ihn nieder. Die Tentakel begannen, ihre Beine hinaufzukriechen, und sie spürte, wie ihre eiskalte Berührung ihr durch die Haut in die Knochen drang.

Oh Gott, ich kann nicht –

Arthur packte den Spiegel und schleuderte ihn aus dem Siegel heraus. Die Stimmen schrien, aber nur einen Moment lang.

Billi brach in der Dunkelheit zusammen. Sie spürte, wie Kays Körper unter ihr erschlaffte. Er war eiskalt. Sie schlang die Arme um ihn, presste ihren Körper gegen seinen Rücken; obwohl sie zitterte, packte sie fest zu.

Komm schon!

Kay hustete und zuckte. Er stieß ein langgezogenes, schmerzerfülltes Stöhnen aus. Billi spürte, wie seine Hände ihre drückten.

»Billi«, flüsterte er. Er klang ausgedörrt und sprach mit brüchiger Stimme.

Ein leises Summen erfüllte die Luft. Die Glühbirne erwachte wieder zum Leben.

Arthur kniete neben Billi. Sein Gesicht war weiß vor Angst.

Elaine drehte Kay um und starrte ihm in die Augen. Sie berührte die Silbertafel an seiner Stirn. Dann ließ sie sich in die Hocke sinken und stieß einen langen Seufzer der Erleichterung aus.

»Was für eine schwachsinnige Idee!«, sagte sie.

25

»Legt ihn auf mein Bett«, sagte Elaine. Kay hing zusammengesunken zwischen Billi und Arthur. Er war schwerer, als er aussah, und Billi ächzte, als sie ihn endlich auf die Matratze fallen ließ. Arthur schwitzte stark und konnte seine linke Seite nicht belasten.

»Wie sieht's mit der Naht aus?«, fragte Elaine. Arthur winkte ab, aber es war offensichtlich, dass er Schmerzen hatte. Also kümmerte sie sich stattdessen um Kay, inspizierte seine Augen, seinen Mund und seine Ohren. Sie hatte die meisten Amulette von seinem Körper abgenommen und rings ums Bett aufgebaut.

»Geht es ihm gut?«, fragte Billi. »Er ist doch nicht ... na ja, besessen oder so etwas?«

»Wenn du dich fragst, ob sein Kopf auf dem Hals rotieren wird ...« Elaine trat vom Bett zurück. »Nein, besessen ist er nicht. Er braucht etwas Ruhe, dann wird er schon wieder. Würde mich aber nicht wundern, wenn er böse Träume hätte.«

Sie zogen sich ins Wohnzimmer zurück. Billi sackte auf dem Sofa zusammen; sie war erschöpft, und ihr war übel. Kay hatte versagt. Sie war sich so sicher gewesen, dass er es schaffen würde. Das waren sie alle gewesen. Aber es war zu früh gewesen – der falsche Zeitpunkt, es zu tun. Sie wusste, dass er, wenn er aufwachte, glauben würde, gegenüber dem Orden versagt zu haben – sie wusste, wie diese Schuldgefühle sich anfühlten. Aber Kay trug nicht allein die Schuld. Sie hatten es alle vermasselt – und zwar richtig. Und würde er stark genug sein, es in sieben Tagen noch einmal zu versuchen? Sie wusste es nicht. Wenn sie denn überhaupt noch sieben Tage hatten …

Was würden sie tun? Den Rest ihres Lebens auf der Flucht verbringen? Sich jede Nacht in einem anderen Loch verkriechen? Sich immer nach dem Todesengel umsehen? Sie hatten nur ihr jeweiliges Leben. Michael hatte die ganze Ewigkeit.

»Das war's dann«, sagte Arthur. »Allein mein Fehler. Dumm von mir.«

»Nein, Dad. Du hattest recht: Wir haben uns geirrt. Wir haben dich dazu gezwungen.«

Er lachte, aber nicht lange, denn er wurde blass und krümmte sich. Als er sich wieder aufrichtete, zischte er zwischen zusammengebissenen Zähnen hindurch: »Gezwungen, soso. Ich hatte … gehofft …« Er lachte beinahe wieder, und Billi sah, wie seine Miene sich aufhellte. Dass Arthur etwas lustig fand, war etwas Neues. »Dumm. Zu hoffen.«

Elaine legte Arthur eine Hand auf den Arm. Billi fing ihren Blick auf: Aus ihm sprach tiefe Besorgnis.

Wenigstens kann es nicht noch schlimmer werden, dachte Billi.

Elaine deutete auf Arthurs Brust. »Sei nicht so schüchtern. Nehmen wir es doch in Augenschein.«

»Es ist nichts«, sagte er. Er grinste, aber es wirkte nicht heiter. »Hab schon Schlimmeres erlebt.«

Elaine machte da nicht mit. Sie brachte ihn dazu, den Bademantel auszuziehen und sein Sweatshirt anzuheben.

Sein Bauch war blutüberkrustet. Die Verbände waren braun von geronnenem Blut, und frisches, scharlachrotes sickerte hindurch; dünne Rinnsale tröpfelten ihm über den Unterleib.

»Du blöder, blöder Idiot«, sagte Elaine. Sie wies mit dem Daumen ruckartig auf den Schrank. »Billi, hol mir den Verbandskasten. Er liegt ganz unten.«

Der Verbandskasten war die militärische Standardausführung: voller Verbände, Morphin und Nadeln. Elaine begann, die nutzlosen alten Bandagen aufzuschneiden. Billi zuckte zusammen, als Elaine den Verband abriss.

Arthur sah Elaine finster an, als sie die Plastikscheide von der Kanüle zog. »Keine Medikamente.«

»Ein Märtyrer bis zum Ende«, erwiderte Elaine. »Halt die Klappe und leg dich hin.«

Arthur ignorierte sie, stemmte sich auf die Ellbogen hoch und winkte Billi näher heran. »Die anderen warten sicher. Sie müssen erfahren, dass es nicht gelungen ist, ihn zu binden. Ich will nicht, dass sie vorschnell annehmen, wir hätten uns um Michael gekümmert.«

»Lass sie, Arthur. Das Mädchen hat genug getan.«

Das stimmt, das habe ich wirklich. Welches Recht hatte er, sie herumzukommandieren? Nicht ihr Problem. Hatte sie das nicht deutlich gemacht? Sie hatte versucht, Kay zu überreden, aus dem Orden auszutreten – und was war jetzt mit ihm passiert? Billi sah zur Schlafzimmertür hinüber. Vielleicht würde Kay nach diesem Erlebnis Vernunft annehmen und begreifen, dass die Templer nichts Gutes bedeuteten.

Aber würde es ein »Danach« geben? Michael tötete überall

in der Stadt. Arthur sah mit fiebrigem Gesicht zu ihr hoch. Er verlangte Gehorsam von ihr, und sie wollte nicht gehorchen. Sie war keine Templerin mehr. Er konnte sie nicht herumkommandieren. Aber …

Wenn das hier nicht ihr Problem war, wessen war es dann? Sie würde es für sich selbst tun, nicht für sie.

»Wo warten sie, Dad?«

»In Southwark. In der Southwark Cathedral.« Sein Tonfall war drängend. »Sie werden zur Matutin dorthin gehen.«

Dann drang ihm die Nadel ins Bein, und er sackte zurück aufs Sofa. Elaine warf Billi einen kurzen Blick zu. Sie wollte etwas sagen, da war Billi sich sicher. Stattdessen biss Elaine sich auf die Unterlippe und ging an die Arbeit.

Fünf Uhr morgens. Es war fünf Uhr morgens, und in einer Stunde war Matutin. Die Welt schlief noch. Billi starrte mit leerem Blick in den Nebel vor dem Fenster, zwang sich aufzustehen, ihren Mantel zu holen und ins Freie zu gehen.

Sie fand ein altes Rennrad hinten in der Garage. Der Rost auf der Kette war nicht sehr stark, und sie stöberte ein paar Ersatzbatterien für die Lampen in einem Werkzeugkasten auf. Billi zog den Reißverschluss ihrer Jacke hoch und schob sich die Kapuze tief ins Gesicht, so dass nur noch ihre Augen hervorsahen.

Der eisige Nebel brach in gespenstischen Wellen über sie herein, und die Nacht war bis auf die quietschenden Pedale still. Billi sank in einen halbwachen, mechanischen Betäubungszustand, ließ einfach ihre Beine die Räder drehen und konzentrierte sich auf den Fleck matten Lampenlichts vor ihr.

Der schwarze Asphalt flog unter den Rädern dahin, während sie in die City of London unterwegs war.

Totschlagzeit, so nannten die anderen Templer die neblige Zeitspanne zwischen Nacht und Morgendämmerung. Wie oft hatte sie im Halbschlaf im Bett gelegen, gelauscht, wie die Haustür sich geöffnet hatte und die Waffen ihres Vaters geräuschvoll auf den Küchentisch gelegt wurden? Wie oft hatte sie danach die Gebete und die gemurmelten Debatten über Mord und Totschlag gehört?

Die Kette sprang von den Zahnrädern und rüttelte Billi aus ihren verträumten Erinnerungen auf. Die Kette hing lose zu Boden. Billi hielt am Straßenrand an und nahm ihr Fahrrad in Augenschein.

Mist, Mist, Mist.

Die Kette war gerissen. Unmöglich, sie zu reparieren. Billi sah sich um. Fleet Street. Southwark war noch ein paar Meilen entfernt.

Sie würde das kaputte Rad stehen lassen und den Nachtbus nehmen. Billi klopfte sich auf die Tasche, froh, an ihr Portemonnaie gedacht zu haben. Sie hätte sich wirklich nicht die Mühe machen sollen –

Gelächter klang aus der Dunkelheit hervor, und Billis Blut gefror. Es war ein harsches, grausames Lachen voller Bosheit, das im grauen Nebel zwischen den Wänden widerhallte.

»Willkommen zu Hause, Templerin.« Die Frauenstimme schien von hinter Billis Schulter zu kommen. Sie wirbelte herum. Da war nichts. Noch ein Lachen, genauso bösartig.

Sie glitten aus der Dunkelheit hervor, erst nur als verschwommene, dunstige Umrisse; dann nahmen sie die Gestalt von zwei Frauen an, die den schattenbekränzten Schwestern entsprachen, die sie im Krankenhaus gesehen hatte. Sie standen gerade noch innerhalb des Scheins der orangefarbenen Straßenlaterne; beide bewegten sich mit der Geduld von Raubtieren. Ihre Augen funkelten vor Eifer. Diejenige, die am Fuß des Treppenhauses zerschmettert worden war, war vollkommen geheilt. Der Nebel hing in weißen Schwaden um ihre langen, schlanken Glieder: eine gespenstische Umarmung.

Billis Instinkte übernahmen die Führung – Instinkte und Furcht. Billi rannte durch die Seitengassen der Fleet Street. Ihre Füße führten sie ohne Nachdenken nach Süden; sie rannte über nacktes, glitschiges Kopfsteinpflaster, auf dem ihre raschen Schritte laut widerhallten. Das Entsetzen übermannte jeglichen Schmerz, den sie spürte.

Sie sah sich für einen kurzen Augenblick um.

Nichts.

Wo sind sie?

Sie bog in den Pump Court ein – und da waren sie. Die leeren Glasfenster starrten wie gesichtslose Zuschauer auf sie herab, und sie sah, wie die Schwestern sich trennten; die eine bewegte sich hinter sie, um ihr den Rückweg abzuschneiden, die andere blieb vor ihr.

Perfekte Jägerinnen, die sich die Beute zutrieben.

Billi duckte sich nach links und wirbelte dann sofort nach rechts hinüber. Sie hechtete an der *Ghulin* vorbei und merkte, wie harte, scharfe Fingernägel ihr den Ärmel aufschlitzten, aber ihr war zu heiß und sie hatte zu viel Angst, als dass sie die blutigen Risse gespürt hätte. Sie rannte durch den Kreuzgang mit seiner niedrigen Decke und den weiß gestrichenen Säulenreihen. Nur ein Gedanke trieb sie an:

Kirchenasyl.

Plötzlich sah sie es vor sich aufragen. Trotz des Nebels und der Dunkelheit. Das fahle Steingebäude mit seinen hohen, lichten Buntglasfenstern und wuchtigen, schwarzen Türen schien beides abzuhalten. Die Temple Church. Kein Hungriger Toter konnte ein Gotteshaus entweihen. Wenn sie es erreichte, würde sie in Sicherheit sein.

Billi rannte über den gepflasterten Hof, der mit frühmorgendlichem Raureif überzogen war. Die beiden *Ghule* schrien, und sie sah vor sich eine verschwommene Bewegung.

Billi stürzte die Stufen zum Eingang hinunter. Eisenharte Finger gruben sich in ihre Schultern, aber irgendwie riss sie sich los.

Kirchenasyl! Sie reckte sich, um das breite, bogenförmige Westportal zu berühren, ihre einzige Hoffnung. Plötzlich wurde sie zurückgerissen. Eine der Schwestern schloss die Finger um Billis Hals und hob sie vom Boden hoch. In Billis Kopf pochte das gefangene Blut.

»Kirchenasyl«, flüsterte Billi, reckte die Arme, die Finger ganz ausgestreckt; ihre Spitzen kamen quälend nah heran.

Die Kirchentüren barsten auf, beiseitegeschleudert von einem Hurrikan. Gleißendes weißes Licht verzehrte sie, und die Schwestern ließen einen höllisch hohen Banshee-Schrei ertönen, bevor sie von der funkelnden, tosenden Welle mitgerissen wurden.

Billi krachte zu Boden; die Helligkeit lähmte sie. Das Licht vernichtete alles rings um sie und trug tausende von Stimmen, die einen ohrenbetäubenden, hasserfüllten Schrei ausstießen. Billi rollte sich zu einer Kugel zusammen, die Augen fest zusammengekniffen, und bedeckte ihr Gesicht mit den Fäusten, aber sie konnte dem Licht nicht entkommen. Es brannte sich durch ihre Augenlider hindurch und versengte ihr die Netzhaut.

Und dann war es weg.

Sie lag da, zu verängstigt, um sich zu rühren. In ihrem Kopf hallte die plötzliche Abwesenheit des Lärms wider, und es vergingen ein oder zwei Minuten, bis sie es wagte, die Hände zu senken und langsam die tränenverquollenen Augen zu öffnen.

Ein Türflügel knarrte; er hing noch an einer Angel. Das Holz hatte sich verzogen, und seine Oberfläche war mit Asche bedeckt. Hinter ihr waren gezackte Splitter in die Wand gedrungen. Von den *Ghulen* war nichts übrig, bis auf schmutzige, schwarze Schlieren dort, wo sie zuletzt gestanden hatten. Drinnen waren die Kirchenwände rußverschmiert und die Bodenplatten geborsten und glänzend schwarz, als wären sie gewaltiger Hitze ausgesetzt gewesen. Tausende kleiner Stücke brennenden Papiers aus den Gesangbüchern trieben durch die Luft wie Geister auf einem Ball. Glas fiel klirrend in einem Schauer auf die Steine. Jedes einzelne Fenster war geborsten, so dass nur noch gezackte Zähne aus Glas aus dem Stein hervorragten. Dünne Rauchsäulen stiegen spiralförmig aus den glimmenden Überresten des Gestühls auf; jede Kirchenbank war nur noch ein deformiertes Skelett aus Asche.

Aber inmitten dieser verwüsteten, ausgebrannten Hülle sah Billi jemanden.

Im Zentrum des Chors stand ein Mann, allein und glänzend in der Dunkelheit, als ob er von innen heraus leuchtete. Billi kniff die Augen zusammen, weil er so hell funkelte, als sei er ein Mensch gewordener Stern. Aber langsam wurde sein Leuchten geringer, da seine Energie verbraucht war, und sie schnappte nach Luft.

Er hätte Michaels Zwilling sein können. Die gleichen makellosen, wie aus Marmor gemeißelten Züge, die gleichen vollen, sinnlichen Lippen. Der einzige Unterschied bestand in den Augen: Die dieses Mannes waren hinter dicken, schwarzen Brillengläsern verborgen. Der Rauch verdichtete sich um ihn zu einem mattschwarzen Anzug. Er ging auf sie zu; der Boden zischte, als seine nackten Füße den polierten, überhitzten Stein berührten.

»Hallo«, sagte er.

Er hatte so hell geleuchtet, der hellste Stern.

Der Morgenstern.

»Zur Hölle«, sagte Billi.

Er lächelte. »Ganz genau.«

Dann streckte der Teufel die Hand aus und half Billi auf.

26

Billi rechnete damit, bei seiner Berührung Schmerzen oder starke Hitze zu spüren. Aber nein – es war nur eine gewöhnliche, lauwarme Handfläche. Überhaupt nichts Besonderes daran.

»Na, SanGreal?« Er beobachtete sie. Er stand inmitten des geschmolzenen Brandopfers, und Dunst, Dampf und Rauch umspielten seine Gliedmaßen wie Schlangen. Seine Lippen deuteten ein winziges Lächeln an, aber die Art, wie er sie leckte, verriet gierigen Hunger.

Billi trat ins Zentrum der Rotunde. Es war der älteste Teil der Kirche, der, in dem sie in die Arme Ritterschaft Christi und des salomonischen Tempels, den Templerorden, aufgenommen worden war. Sie erinnerte sich an die Kerzen, die neun leeren Stühle und die anderen Templer, die zwischen den steinernen Bildnissen einstiger Wohltäter des Ordens gestanden hatten.

Sie waren noch immer da. Auf dem Boden um sie herum lagen acht in Stein gehauene Ritter, darunter William Marshall, Geoffrey de Mandeville und Gilbert Marshall. Aber ihre Züge waren zerstört, zu grotesken, wurmähnlichen Formen verschmolzen.

Satan trommelte mit den langen Fingernägeln auf eine rauchende Marmorsäule.

»Ihr habt versucht, während des Rituals zu uns durchzudringen. Aber das haben wir unterbunden.«

»Wie?«

Er zeichnete einen Kreis in die Luft. »Ich brauche keinen Schnickschnack, um auf die Erde zu kommen.« Er drückte seinen Fuß in eines der Bildnisse. Das Gesicht schmolz wie Wachs. »Ich bin nicht an den Spiegel gebunden. Meinesgleichen kann kommen und gehen, wie es uns gefällt.«

»Seid ihr nicht in der Hölle gefangen?«

»Was ist die Hölle, SanGreal?« Er breitete die Arme aus. »Die Hölle ist der Schrei eines verhungernden Säuglings. Die Hölle ist die abgeschlagene Gnadenbitte. Die Hölle ist, wenn Mann und Frau einander betrügen.« Er presste die Hände aneinander, und sein Lächeln wurde breiter. »Die Hölle sind die Lügen zwischen Vater und Kind.« Er klopfte sich auf die Brust. »Die Hölle ist im Herzen.« Der Teufel sah sich in der verwüsteten Kirche um. »Wenn Gott jedes Gebet hört, wer hört dann die Flüche? Die Schmerzensschreie? Die bitteren Lügen? Wir. Am Ende ist die Qual so groß, dass der Äther zerfetzt wird und ein Teufel die irdische Welt betritt.«

»Du lügst. Wenn das wahr wäre, wären die Straßen voller Teufel.«

»Und woher weißt du, dass sie das nicht sind?«

Billi wich zurück, aber sie konnte nirgendwo hinrennen. Als sie sich tiefer in die Kirche, in den Altarraum, zurückzog, trat Satan näher an sie heran. Plötzlich spürte Billi, wie ihr Rücken auf den Altar traf. Der Teufel blieb stehen.

»Ich bin hier, um dir zu helfen«, sagte er.

»Wie?«

Er wies auf den Altar hinter ihr.

Ein Schwert war in den großen Marmorklotz gerammt worden. Es ragte stolz, hell und hoch daraus hervor. Die Klinge war sehr lang, aber nur einen Daumen breit. Es wirkte eher wie ein Rapier, das beim leisesten Aufprall entzweibrechen würde. Der Griff war mit Silberdraht umwickelt und lang genug für zwei Hände, der Knauf schlicht und walnussförmig. Das Licht umspielte die Schneide wie Quecksilber.

»Was ist das?«, fragte Billi, unfähig, den Blick davon zu wenden.

»Ein Silberschwert.«

»Wer hat es geschaffen?«

»Ich. Während der Rebellion.«

Die Rebellion.

Der Krieg im Himmel.

»Das Schwert tötet Geistwesen. Das garantiere ich«, sagte Satan.

Billi kletterte auf den Altar. Das Schwert war schlicht, elegant und unverziert. Keine Edelsteine, Inschriften oder Runen der Macht. Aber es strahlte eine reine Zweckmäßigkeit aus, die alle anderen Schwerter nur andeuteten. Die erste und perfekteste Waffe.

»Jesus ...«, murmelte sie.

»Den auch.«

Sie berührte den Griff, und eine Energiewelle schoss ihr durch den Arm, setzte ihren Körper unter Strom. Sie zuckte ein einziges Mal zusammen, als das Feuer durch ihr Herz toste. Dann verflog der Schmerz, und sie fühlte sich vollgepumpt mit Kraft. Ihre Finger schlangen sich von selbst um den Griff, und sie zog sanft. Die Klinge glitt mühelos aus dem Stein. Sie hatte angesichts der seltsamen Proportionen damit gerechnet, dass das Schwert unhandlich sein würde, aber es lag so leicht wie ein Pinsel in ihrer Hand. Sie zeichnete ihren Namen in die Luft, und es reagierte schon auf die kleinste Andeutung von Bewegung aus dem Handgelenk heraus.

»Dieses Schwert wird dich für Michaels Kräfte unverwundbar machen.«

»Du schenkst es mir?«

»Nein, ich tausche es ein. Ein Handel.«

»Gegen meine Seele?«

Der Teufel grinste. Er stand dicht neben ihr, und ein schwacher Geruch nach altem, verwesendem Fleisch sickerte ihm aus dem Mund. Er schritt durch das zerstörte Westportal. »Komm mit.«

Aus dem Nebel kam ein rostiges altes Auto angekrochen. Es mochte schwarz sein, war aber so schmutzbedeckt, dass das unmöglich festzustellen war. Der Lack schälte sich vom Fahrgestell wie schorfige alte Haut, und der Motor grollte tief wie ein schnarchender Riese. Billi spürte, wie ihr das Vibrieren durch den Boden in die Knochen drang. Der Fahrer trug Lumpen und war kaum mehr als ein hautbedecktes Skelett. Die Augen, der Mund und sogar die Ohren waren ihm zugenäht worden. Geronnenes, braunes Blut überkrustete die zerfetzte Haut.

Billis Hand schloss sich fester um das Silberschwert.

Der Teufel stieg ein und ließ sich auf dem geflickten Ledersitz nieder.

»Ich werde dir nichts tun, SanGreal.«

Das hatte Elaine auch gesagt: Teufel konnten den Menschen nicht direkt schaden. Aber Billi wusste, dass sie sich in schreckliche Gefahr begab. Die schwachen Lampen innen im Auto leuchteten warm golden, der Motor brummte sanft, und die Kälte draußen stach sie.

Sie stieg ein. Der Teufel seufzte, als sie die Tür schloss.

Sie sah zu, wie die Stadt vorüberglitt, beleuchtet vom grellen, orangefarbenen Natriumlicht der Straßenlaternen, das im Nebel verschwamm und sich verlor. Die Dunkelheit umgab diese dunstigen Stellen und wurde in den Einschnitten der Architektur tiefer. Schwärze verdichtete sich unter den Brücken, in den leeren Hauseingängen und den vielen Seitenstraßen, die durch die Stadt führten. Billi sah, wie sich ein junges Mädchen – nicht viel älter als sie selbst – mit einem geflickten Schlafsack in der dunklen Einmündung eines Durchgangs zusammenrollte. Billi fragte sich, ob sie am Morgen noch da sein würde – oder würden die Schatten sie verschlungen haben? Vielleicht hatte der Teufel ja recht, und die Hölle war direkt jenseits der Fensterscheibe.

Das Auto fuhr durch leere Straßen, und das Licht schien von ihm zurückzuweichen. Die Dunkelheit kroch neben den Reifen her, und knapp außer Sichtweite spürte Billi die Kälte anderer Dinge, vielleicht die der Teufel, die durch die Dunkelheit schlichen, auf verfluchte Gebete antworteten und Verdammnis verhießen. Sie lauerten unsichtbar neben ihr und in der Gegenwart ihres Herrn und Meisters. Die Stadt jenseits des Fensters schien zu verblassen, bis alles ein einziger Nebel war.

Dann hielt das Auto an, und die Tür öffnete sich. Der Fahrer verneigte sich tief, als der Teufel ausstieg. Billi folgte ihm und sah sich um.

Sie standen vor Elaines Garagenhaus.

»Warum sind wir hier?« Die Fenster im oberen Stockwerk waren dunkel. Sicher schliefen alle.

»Damit du deinen Teil des Handels erfüllen kannst.«

»Willst du meine Seele?«

Der Teufel lachte, schüttelte aber den Kopf. Er berührte das Schloss, und die Tür zur Wohnung schwang auf. Er deutete die Treppe empor.

»Ich will, dass du deinen Vater tötest«, sagte er.

27

»Nein!« Was konnte sie auch sonst sagen?

»Bist du sicher? Willst du nicht die Erstgeborenen retten?« Der Teufel zog eine Augenbraue hoch. »Oder Kay? Verdient er es nicht, gerettet zu werden?« Er schlang die Hand um ihre und verstärkte seinen Griff, presste ihre Finger um das Heft des Schwertes. »Glaubst du, dass Arthur zögern würde, wenn eure Rollen vertauscht wären?«

Sie wollte bejahen, wollte sagen, dass ihr Vater seine Pflicht nicht über seine Tochter stellen würde, aber die Worte weigerten sich herauszukommen. Sie erinnerte sich an Michaels Worte – und daran, wie er das Templerschwert auf ihren Arm herabgesenkt hatte. Arthur hatte nichts getan.

Ihr Leben oder das Leben jedes Erstgeborenen.

Die Frage hätte sich ihm gar nicht gestellt.

»Das stimmt.« Der Teufel hob die Hand und damit die Klinge. Billi hielt mit aller Kraft dagegen, doch sie konnte sich nicht gegen ihn wehren. Die Schneide der Klinge streifte ihren Hals. Beim kleinsten Druck würde sie ihr den Hals weit aufschlitzen. »Er würde keinen einzigen Moment darüber nachdenken, nicht wahr?« Er ließ sie los.

Billi stand in der Tür und starrte zu der nackten Glühbirne am oberen Ende der engen Treppe empor. Nebelschwaden drehten sich langsam im Eingangsbereich.

»Nein.« Sie konnte es nicht. Vielleicht würde ihr Vater die Pflicht über sie stellen. Aber sie war nicht wie er. Sie hasste ihn vielleicht, aber sie war keine Templerin, und sie war ganz gewiss keine Mörderin. »Warum willst du ihn tot sehen?«

»Man erzählt sich, dass ich Angst vor Arthur SanGreal hätte. Das stimmt.« Der Teufel nahm die Brille ab. Seine Augen …

Er hatte keine. Blut überkrustete den Rand seiner Augenhöhlen; die Lider waren faltig und zurückgezogen und ließen zwei leere, schwarze Höhlen sehen. Er packte Billis Wangen und zog ihr Gesicht an seines heran, so dass sie nur wenige Zentimeter voneinander entfernt waren. »Und zwar aus dem Grunde, weil ich endlich einen Sterblichen getroffen habe, der noch skrupelloser ist als ich.« Er wies auf die leeren Augenhöhlen. »Das Werk deines Vaters.«

Sie wollte den Blick abwenden, aber sie konnte nicht anders. Sie starrte hinein und sah endlose Dunkelheit, einen Abgrund. Je länger Billi hineinblickte, desto mehr fühlte sie sich, als ob sie fallen, immer weiter fallen würde.

»Ich wurde vor Jahren von einem Bischof gerufen, der dachte, er könnte mir Befehle erteilen. Aber als ich erschien, griffen die Templer ein.« Er schob die Finger in die beiden Löcher. »Aus der Geisterwelt in diese Welt aus Lehm überzugehen ist nicht einfach und auch nicht sanft. Die Hülle der Realität zu zerfetzen erfordert gewaltige Anstrengung, und wir kommen geschwächt und orientierungslos hier an. Sonst hätte dein Vater nicht tun können, was er getan hat.«

Daher hatten die Templer also ihre Kopie der *Goetia*. Von diesem Bischof. »Dann hast du den Priester getötet?«

»Ich? Nicht ich, SanGreal.« Er setzte die Brille wieder auf. »Arthur war derjenige, der den armen Mann gestraft hat.« Billis Spiegelbild leuchtete aus dem dunklen Glas hervor. »Und sein Sterben war nicht leicht.«

Billi ließ das Silberschwert auf den kalten Stein fallen. »Töte ihn selbst«, sagte sie.

Die beiden rangen miteinander, Billi gegen die Wand gepresst, der Teufel hart gegen sie. Langsam ließ er sie los und hinterließ eine Reihe blutiger Nagelspuren entlang ihrer Wangen. Er steckte den Finger in den Mund. »Weißt du, was deiner Mutter durch den Kopf gegangen ist, als sie im Flur lag und verblutete? Allein und verlassen?« Er sah sie mit seinen abgrunderfüllten Augenhöhlen an. »Sie begriff, dass du, früher oder später, in der gleichen Lage sein würdest.« Er lächelte grausam. »*Ihr sollt den Märtyrern Gesellschaft leisten.* Ist das nicht das Schicksal aller Templer?«

»Aber ich bin keine Templerin.«

Der Teufel lachte. »Glaubst du wirklich, dass du eine Wahl hast?«

Hatte sie die? Sie war aus dem Orden ausgetreten – und doch war sie hier, tat, was ihr Vater wollte.

Er würde sie nie frei sein lassen. Sie musste sich selbst befreien.

Billi griff nach dem Schwert.

»Nein, nicht damit. Du musst deinen eigenen Weg finden, dies zu tun. Lass es hier, bis es getan ist.«

Billi stieg die Treppe empor.

Sie schloss die Tür auf und trat ins Wohnzimmer. Sie hatte gedacht, dass die anderen wach bleiben würden, aber Elaine schnarchte zusammengesunken auf dem Sofa. Die Tischlampe brannte, und ein Buch, *Der Talisman,* lag offen auf Elaines Schoß. Billi schlich an ihr vorbei und nahm ein Messer aus der Küchenschublade. Es war ein Schälmesser mit schmaler Klinge, scharf und leicht gebogen. Es würde leicht zwischen Rippen gleiten.

Die Waffe eines Meuchelmörders – so hätte Percy es genannt. Er hatte Messer gehasst, weil man sie lächelnd verbergen konnte. Er hatte gesagt, dass Meuchelmörder töteten, während sie ihre Opfer umarmten.

Billi betrat das Schlafzimmer.

Die Vorhänge flatterten in der Brise; ihr Vater schloss sein Fenster nie ganz, noch nicht einmal, wenn es draußen schneite. Durch den Spalt fiel gerade so viel Licht, dass sie sehen konnte, dass er schlief. Er lag auf dem Rücken. Die Laken hingen halb vom Bett hinunter. Sein Oberkörper war mit frischen, weißen Verbänden bedeckt. Alte, schmale Narben zierten seinen Brustkorb. Er hatte sein Leben lang gekämpft, erst bei den Royal Marines und dann als Templer. Er hatte all diese Schlachten überlebt, all die mitternächtlichen Feuerproben gegen *Ghule,* Werwölfe, Gespenster und Dämonen.

Die Unholde fürchteten ihn zu Recht.

Mondlicht traf auf die Schneide ihres Messers. Jede Brustwunde, die tiefer als sieben Zentimeter war, war tödlich; Billis Klinge war zehn Zentimeter lang.

»Jamila?«

Sie erstarrte, als er den Namen ihrer Mutter flüsterte. Vermisste er sie so sehr, dass er sogar jetzt, statt Billi zu sehen, zuerst seine tote Frau sah? Würde Billi immer die zweite Geige hinter einem Geist spielen? Er liebte den Tod, nicht sie. Arthur wandte den Kopf, als er sich aufrichtete und sich gegen das hölzerne Kopfteil des Betts lehnte. Sein Gesicht geriet in einen Kegel aus Mondlicht. Seine Augen waren rot gerändert, immer noch von dem Morphin geweitet, aber sie richteten sich auf sie. »Billi«, ächzte er. »Ich dachte, es wäre … egal.«

Dann bemerkte er das Messer.

Sein Blick ruhte auf der Waffe, als könne er nicht glauben, was er sah. Vielleicht konnte sein Gehirn es einfach nicht verarbeiten.

Mörderin.

Die besten Mörder wurden von ihren Opfern geliebt, bis es zu spät war. Wie sollte man nahe an sein Opfer herankommen, wenn es einem nicht vertraute? Wenn es einen nicht liebte?

Wie sonst konnte man Arthur SanGreal töten?

Ein Leben gegen tausende. Ein Leben gegen hunderttausende. Der Teufel hatte recht: Wenn ihre Rollen vertauscht gewesen wären, hätte Arthur nicht gezögert.

Langsam hob er den Blick, bis seine blauen Augen ihren schwarzen begegneten. Seine Wangen kräuselten sich ganz leicht, und die Falten rings um seine Augen bündelten sich. Er lächelte sie an. »Ich verstehe«, sagte er. Er sah auf seine Brust hinab und wandte das Gesicht dann dem Licht zu, das durchs Fenster drang. Und wartete.

Billi stand neben dem Bett; ihr Herz pochte so heftig, dass sie es hören konnte. Ihr Rücken war schweißüberströmt. Sie war nur ein paar Schritte gegangen, aber ihre Beine zitterten vor Anstrengung. Nur ihre Hand war ruhig. Sie schloss die

Augen. Sie dachte an Rebecca Williamson, die allein und verängstigt gestorben war. Wie ihre Mutter. Wie er auch sie eines Tages sterben lassen würde.

Ein Leben gegen alle Erstgeborenen.

Das Leben ihres Vaters.

Billi stach zu.

28

Das Messer steckte fest im Kopfbrett des Betts.

Arthur sah zu ihr hoch. Tränen säumten seine wettergegerbten Wangen.

Die Tür flog krachend auf, und das Licht ging an. Billi blinzelte angesichts der plötzlichen Helligkeit. Elaine stand im Türrahmen. Ihr Haar stand wild ab wie das einer Hexe, und sie starrte sie an – und dann das Messer ein paar Zentimeter neben Arthur. Ihr Mund stand offen; dann verzog er sich zu einer wütenden Grimasse. »Sag's ihr, Arthur! Erzähl's ihr!«, zischte sie durch gebleckte gelbe Zähne. Dann zog sie sich den schlabberigen Schlafanzug zurecht, knallte die Tür zu und stürmte davon.

»Oh Gott.« Billi trat vom Bett zurück; sie zitterte am ganzen Leib. Sie starrte die funkelnde Klinge an, die zitternd im Holz steckte. »Was? Was, Dad?«

Arthur richtete sich auf. »Es tut mir leid, Billi. Es tut mir alles leid. Ich wünschte, es hätte einen anderen Weg gegeben. Aber du konntest es nicht wissen. Es lag an Kay.«

Plötzlich schien es so schwer zu atmen. Arthur holte tief Luft und erklärte dann: »Kay sagte, dass diese Nacht kommen würde.« Er nahm ihre Hand; nur so konnte er sie daran hindern zu zittern. »Er hat prophezeit, dass du mich töten würdest.«

Billi schüttelte wild den Kopf. »Nein, Kay hat keine solche Macht. Das hat er selbst gesagt.« Telekinese, Telepathie, Aura-Lesen, jegliche übersinnliche Wahrnehmung – aber nicht dies. Er konnte nicht in die Zukunft sehen.

»*Sie wird den opfern, den sie liebt, um sie alle zu retten.* Das hat Kay gesagt, als wir ihn damals fanden.« Seine Stimme war kaum lauter als ein Flüstern. Er hatte das Geheimnis so lange für sich behalten, dass er es nun kaum aussprechen konnte. »Die Anfälle, die er damals hatte … Das waren Visionen. Das haben wir zuerst nicht verstanden. Aber diese eine kehrte immer wieder.«

»Warum hast du mir nichts gesagt?«

»Ich konnte nicht, Schatz. Ich konnte nicht.«

Schatz? Das klang so falsch, wenn es von ihm kam. Arthur sah sie flehend an; sein Gesicht war im Mondschein bleich und blutleer. Es wirkte wie das Gesicht eines Toten.

Er fuhr fort: »Kay wusste, dass etwas bevorstand, etwas Schreckliches. Und er wusste, dass nur du es aufhalten könntest.« Er kämpfte sich aus dem Bett und lehnte sich schwer gegen einen der Bettpfosten. »Aber ich würde sterben müssen.«

Oh Gott. Natürlich. Alles in dem Versuch, die Zehnte Plage aufzuhalten.

»Darum habe ich dich so trainiert, wie ich es getan habe, Billi. Ich musste. Glaubst du, dass ich dieses Leben irgendjemandem wünsche – und ausgerechnet dir?«

Kay hatte versucht, es ihr zu sagen. *Du täuschst dich in deinem Vater.* Er wusste es, er konnte sehen, dass Arthur sie wirklich liebte.

»Aber ich durfte nicht zeigen, wie sehr es mir wehtat, so … grausam zu sein. Ich musste dein Herz verhärten. Gegen mich. Dich skrupellos genug machen zu tun, was nötig war.«

Es war krank.

»Damit ich dich töten würde, wenn ich musste.« Billi schloss die Augen; in ihrem Kopf drehte sich alles. Ihr Dad hatte sie dazu erzogen, ihn zu töten. Und die anderen Templer, sogar Percy, mussten es gewusst haben. Sie war ihr Leben lang von allen angelogen worden.

»Sag etwas, Billi.«

»Mein Gott, ich wusste bis heute nicht, wie völlig wahnsinnig du bist.« Sie ging rückwärts zur Tür. Sie fühlte sich gefangen und erstickt. »Du kranker Dreckskerl! Wie konntest du mir das nur antun?«

Kay öffnete die Tür. Sein Haar war zerzaust und verdeckte halb sein Gesicht; er sah noch toter aus als ihr Vater. Er versuchte, etwas zu sagen, starrte sie beide stattdessen aber nur in verwundertem Schrecken an. Billi drehte sich zu ihm um.

»Und Kay? Wusste es Kay?«

Arthur schüttelte den Kopf. »Nein. Diese Visionen trieben ihn bis über den Wahnsinn hinaus. Elaine hat endlos daran gearbeitet, ihn zurückzuholen. Aber dabei ging die Wahrsagegabe verloren.«

Billi verbarg ihr Gesicht, unfähig, zu weinen oder zu schreien; gefangen zwischen Hass und Mitleid. Arthur trat auf sie zu und wollte die Arme um sie legen.

»Fass mich nicht an!«

Er ließ die Hände sinken und wich zurück.

Lügen, Lügen, Lügen.

Die Tempelritter.

Dreckskerle.

Sie wanderten ins Wohnzimmer hinüber. Elaine hatte die Vorhänge aufgezogen, um das graue Licht der Vordämmerung einzulassen. Arthur schlurfte hinter ihr herein, und Kay starrte nur vor sich hin.

Billi hätte erschöpft sein sollen, aber die zitternden Energien aus dem Silberschwert durchströmten sie noch immer und saßen tief im Mark ihrer Knochen fest.

»Erzähl mir alles, von Anfang an«, sagte Arthur.

Billi starrte die drei an. Mit jedem der Gesichter war eine kleine Veränderung vorgegangen. Ihr Vater blickte sie beinahe sanft an. Nun, da er die Last seines Geheimnisses los war, konnte sie eine gewisse Leichtigkeit sehen, nur eine ganz zarte, aber jedenfalls etwas Neues anstelle dieser eisernen Maske. In Billi kochte allerdings noch immer der Zorn. Sie konnte ihm nicht vergeben, wie er sie behandelt hatte. Wie alle sie behandelt hatten.

Kay lehnte, noch immer geschwächt von dem Ritual, an der Wand, weit weg von ihr. Er hatte Angst.

»Satan«, sagte er. »Du bist Satan begegnet.«

Arthur versteifte sich. Er hatte das Messer aus dem Kopfbrett des Betts gezogen und auf den Tisch gelegt. »Wo?«

»Er hat in der Temple Church auf mich gewartet.«

»Aber warum ist er nicht einfach durchgekommen, als ich das Ritual durchgeführt habe?«, fragte Kay. Billi war sich nicht sicher, ob er erfreut oder enttäuscht war.

»Er sagte, die Geistwesen wären schwach, wenn sie die Materielle Welt betreten.« Billi warf einen Blick aus dem Fenster; der Teufel war längst fort. »Er hat mir ein Silberschwert angeboten – aber nur, wenn ich dich töten würde.«

»Um Kays Prophezeiung zu erfüllen«, fügte Elaine hinzu.

Kay bewegte sich plötzlich. »Ich habe nie irgendwelche Prophezeiungen ausgesprochen. Du weißt, dass ich das nicht kann.«

Elaine schüttelte den Kopf. »Heute nicht mehr, Kay. Aber damals, als du zu uns gekommen bist. Ich hätte damals auf Pferde wetten sollen.« Sie lachte, aber der schwache Scherz erstarb. Ein Gefühl von Furcht lag intensiv im Zimmer.

Arthur sagte: »Junge übersinnlich Begabte haben ein außergewöhnliches Potenzial. Aber es ist wild und treibt sie in den Wahnsinn. Es ging dir schon nicht gut, als wir dich gefunden haben.« Er sah Kay an. »Du warst von Pflegefamilie zu Pflegefamilie weitergereicht worden. Pater Balin machte dich zum Mündel des Tempels, und von da an kümmerte sich Elaine um dich. Aber du hattest deine Prophezeiung ausgesprochen. Etwas Tödliches und Schreckliches kündigte sich an, und du sagtest: *Sie wird den opfern, den sie liebt, um sie alle zu retten.*« Er wandte sich Elaine zu. »Wir stritten darüber, was das zu bedeuten hatte. Prophezeiungen – besonders solche, die weit in die Zukunft weisen – sind gefährlich mehrdeutig.«

»Und du dachtest, du wärst gemeint?«, fragte Billi.

»Wer sonst könnte gemeint sein?«, fragte er.

Billi schloss die Augen. Sie wollte sich vor allem verschließen. Es war zu viel. Aufgrund der vagen Prophezeiung eines Jungen hatte sie die letzten fünf Jahre damit verbracht, geschlagen, trainiert und auf die Probe gestellt zu werden. Man hatte ihr beigebracht, wie man schreckliche Dinge tat. Alles, damit sie bereit sein würde, ihren Vater zu töten. Sie rang nach

Luft. Es war, als zerquetsche sie ein riesenhaftes, unsichtbares Übel von allen Seiten.

»Ich wollte das nie für dich, Billi«, sagte Arthur. Er klang aufrichtig. Na und? Das war das Leben, das er ihr gegeben hatte.

Kay berührte ihre Hand. Sie sah zu ihm hoch, und in seinen Augen lag solche Zärtlichkeit... Ihr blauer Schimmer spiegelte seine Sanftmut wider, und wenn Billi nicht ausgerechnet Arthurs Kind gewesen wäre, hätte sie geweint. Kays Finger schlangen sich um ihre, und Billi spürte, wie weich sie sich im Vergleich zu ihren eigenen anfühlten, die nach jahrelangen Waffenübungen hart und schwielig waren.

Elaine räusperte sich. »Was machen wir als Nächstes, Art?«

Ihr Vater sah sie an, dann Kay. Er lächelte, aber es war ein trauriges Lächeln. Er war geschlagen. »Ihr flieht.«

Sie würden aufbrechen. Elaine und Kay würden den Verfluchten Spiegel nach Jerusalem bringen. Sie hofften, dass unter all den Sufis, Rabbis und Priestern dort einer sein würde, der Michael aufhalten konnte. In der Zwischenzeit würde Arthur eine Finte organisieren, die Michael ablenken und ihn hoffentlich davon abhalten würde herauszufinden, dass der Spiegel längst weg war. Billi würde sich verstecken. Da die Prophezeiung sich als Fehlschlag erwiesen hatte, wollte Arthur, dass Billi weit von der sich ankündigenden Schlacht entfernt war.

Billi half Kay beim Packen. Elaine hatte sich zwei Müllbeutel aus der Altkleidersammlung für den Oxfam-Shop geschnappt und sie auf den Schlafzimmerboden geworfen. Billi hob ein braunes Polyestershirt mit orangefarbenen Streifen hoch und hielt es gegen das Licht. Hatte Elaine diese abscheulichen Sachen mit Absicht ausgesucht?

Es sieht absolut –

»Nicht fluchen«, mahnte er.

»Ich habe nichts gesagt.«

»Aber du hast es richtig kräftig gedacht.«

Billi fand eine Packung Thermounterhosen. Sie wollte nicht wissen, wie Elaine ihre Kleidergröße erraten hatte. Sie stopfte sie schnell in den Koffer.

»Du gehst schon wieder weg«, sagte sie. »Wir könnten zusammen gehen, wenn du willst.« Und das würde sie tun. Ganz gleich, was ihr Vater sagte. Wenn Kay wollte. Er schüttelte den Kopf.

»Nein. So ist es sicherer.« Er sah sie nicht an; er hielt seine Aufmerksamkeit ganz auf die Kleider gerichtet. »Weißt du … ich habe dich durchaus vermisst.«

Billi nickte. »Wenn du mir das gleich gesagt hättest, wäre alles viel unkomplizierter gewesen.«

»Du bist die einzige Freundin, die ich je hatte, Billi.« Er hielt inne. »Vielleicht sind wir ja auch mehr als Freunde?«

Billi dachte daran, wie sie sich gefühlt hatte, als sie ihn am Trafalgar Square geküsst hatte.

Sie lächelte. »Da war ich hysterisch. Das zählt nicht.«

Kay legte den letzten Pullover in den Koffer und schloss ihn. Billi konnte hören, wie Elaine und Arthur das Abendessen vorbereiteten. Teller klapperten, Besteckteile klirrten aneinander. Ein Kessel pfiff.

»Du kannst es schaffen, Kay.« Billi hielt seine Hand. »Du wirst Michael besiegen. Ich weiß, dass du es schaffst.«

Kay runzelte die Stirn. »Und dann?« Er sprach leise. Billi schwieg. Selbst, wenn er zurückkehrte, würden sie nicht zusammen sein. Sie war keine Templerin – er war ein Templer. Der Orden bedeutete ihm alles.

»Tut er nicht, Billi. Nicht so viel wie andere Dinge.«

Billi sah Kay mit hochgezogenen Augenbrauen an. Er hatte wieder ihre Gedanken gelesen. Aber irgendwie schien das jetzt nicht mehr so wichtig zu sein. »Dann werden wir vielleicht wie normale Leute sein?«

Keiner von beiden sagte noch etwas. Sie wussten beide, dass das nie wirklich geschehen würde.

Elaine klopfte an die Tür. »Abendessen ist fertig!«

Sie versammelten sich um den Tisch, während das Essen aufgetragen wurde. Arthur sprach das Tischgebet, dann begann Elaine mit der Schöpfkelle den Gemüseeintopf auszuteilen. Billi beobachtete, wie Elaine und Arthur arbeiteten; er reichte das Essen herum, während Elaine die Schüsseln füllte.

»Wisst ihr, woran mich das erinnert?« Elaine besah sich den Tisch. »Ans Pessach-Fest.«

Das Mahl, das abgehalten wurde, um an die Nacht zu erinnern, in der der Todesengel die Zehnte Plage über die Erstgeborenen von Ägypten hatte hereinbrechen lassen. Billi warf einen Blick zu Kay hinüber. *Siehst du?* Sie hatte in den Templerstunden doch ein bisschen aufgepasst. Kay lächelte. Er sah nicht gerade blendend aus: Die Auswirkungen des Rituals hatten ihn sehr ausgelaugt. Billi berührte unter dem Tisch seine Hand.

»Ich glaube kaum, dass es Michael diesmal aufhalten wird,

Lämmerblut an die Türpfosten zu schmieren«, erwiderte Arthur trocken.

»Das weiß ich«, knurrte Elaine. »Was zählt, ist das, was das Blut symbolisiert: das Opferblut. Der mächtigste Zauber, den es gibt. Einfach ein Lamm zu töten würde heute nichts bedeuten. Das Opfer« – sie warf Billi einen Blick zu – »muss etwas bedeuten.« Elaine hob eine Platte mit Spinat hoch und reichte sie über den Tisch. »Ich mochte es einmal sehr gern, das Essen für das Sedermahl zuzubereiten. Den Meerrettich, all die gehackten Nüsse und Äpfel, die im Wein schwammen.« Plötzlich lachte sie. »Wisst ihr, was wir gemacht haben? Wisst ihr das mit dem Becher für Elias?«

Billi nickte. »Man füllt einen zusätzlichen Becher, falls er plötzlich vor der Tür stehen sollte.«

Elaine klatschte in die Hände. »Genau! Als ich noch ein Kind war, füllten wir den Becher und warteten dann. Aber während wir auf den Propheten warteten, gingen alle Blicke zur Haustür, und dann … Es ist ein alter Streich, aber der beste überhaupt. Wenn niemand hinsah, klopfte mein Vater auf den Tisch! Ihr hättet sehen sollen, wie wir dann alle zusammengezuckt sind!« Sie lachte und hob ihre Faust über den Tisch …

Poch.

Poch.

Poch.

Jemand klopfte an die Tür. Kräftig, fest und regelmäßig. Kay starrte in die Richtung, aus der das Geräusch kam; sein Gesicht war aschfahl. Billi stand auf, verließ in der Stille das Zimmer und trat auf den Treppenabsatz hinaus. Schweiß lief ihr über den Rücken und klebte an ihrer Bluse.

Getrieben von unüberwindlichem Entsetzen stieg sie die Treppe hinab, drehte den Türgriff und zog die Tür langsam auf.

Er wartete im Eingang und lächelte sie an. Keine Drohungen, keine plötzlichen Bewegungen. Die brauchte er nicht. Mit entsetzlicher, plötzlicher Klarheit begriff Billi, dass sie verloren hatte. Wirklich absolut und komplett verloren.

Es war Michael.

29

Er lächelte sie an, einen Fuß auf der Türschwelle. »Darf ich hereinkommen?«

Sie wollte weglaufen. Ihre Hand war wie am Türgriff festgefroren. Ihre Beine zitterten; sie war unfähig zu reagieren. Es dauerte ein paar Sekunden, bis sie ihren Mund aufzwingen konnte, und kostete große Anstrengung zu sprechen.

»Nein.« Das war alles, was sie herausbrachte.

Ihr Blick richtete sich auf die *Mesusa* an der Wand.

Konnte sie ihn aufhalten? Elaines Wohnung wurde von Dutzenden von Schutzzaubern bewacht; die *Mesusa* war einer der stärksten. Vielleicht –

Michael zerschmetterte das Kästchen mit der Faust. Er zog die kleine, zerbrechliche Schriftrolle hervor und hielt sie zwischen Zeigefinger und Daumen. Das Papier ging von selbst in Flammen auf. Binnen Sekunden verbrannte es zu Asche.

Wie auch Billis Hoffnungen.

»Ihr konntet mich im Reliquienschrein nicht aufhalten. Was bringt dich auf den Gedanken, dass dies hier« – Michael schüttelte die Asche ab – »mich jetzt aufhalten könnte?« Er betrat den Flur.

Sie wich langsam zurück. Ein Rinnsal eisigen Schweißes lief ihr den Rücken hinab; jeder Quadratzentimeter ihrer Haut zitterte bei Michaels näher kommenden Schritten.

»Wer ist es?«, rief Elaine von oben.

Weglaufen. Sie musste weglaufen. Sie mussten alle weglaufen. Weg! Sie brachte den Ruf nicht heraus. Ihre Kehle war trocken, zugeschnürt.

Rückwärts ging sie die Treppe hinauf, auf die offene Tür zu. Sie wagte es nicht, den Blick von ihm abzuwenden, während er weiter ins Haus kam und ihr Schritt für Schritt folgte. Aber als sie durch die Wohnungstür trat, sah sie kurz über die Schulter. Eine andere Warnung als ihre schreckgeweiteten Augen war nicht nötig. Sie drehte sich um, rannte los und blieb zwischen ihrem Vater und Kay stehen.

Michael hielt am Eingang inne. Er blickte sich im Zimmer um.

»Hugo von Payns wäre sicher enttäuscht zu erfahren, dass die Templer so tief gesunken sind.«

»Manchmal wagen wir uns in den Schmutz, um unsere Feinde zu finden«, sagte Arthur. Er hielt ein Schneidmesser in der Hand; Billi glaubte nicht, dass es viel ausrichten würde. Kay starrte Michael mit bleichem Gesicht an. Er sah aus, als würde er gleich zusammenbrechen, und stützte sich schwer auf den Tisch. Elaine hatte die Hand auf der Keksdose. Michael trat in die Mitte des Wohnzimmers und kostete seinen Sieg aus. Billi zweifelte nicht im Geringsten daran, dass er sie alle vier ohne große Mühe töten würde.

»So ist es das Beste, Erstgeborene. Gib mir den Spiegel, und ich werde dich rasch und schmerzlos töten.« Er wandte den Blick nicht von der Dose ab. »Die Plage ist nicht angenehm. Ganz und gar nicht angenehm.« Seine Augen funkelten vor Vorfreude. »In der Morgendämmerung, beim ersten

Hahnenschrei, werden alle Infizierten sterben, und ich werde zusehen, wie die Welt wiedergeboren wird. Von hoch oben.«

»Du kannst dein Angebot nehmen und es dir dahin stecken, wo die Sonne nicht hinscheint«, knurrte Billi. Ihr Vater schob seine Hand in ihre. Michael sah es und lachte.

»Wie süß, Arthur. Ich hätte nicht gedacht, dass du so ein Mann bist.«

Das war er auch nicht. Billi spürte, wie er mit seinen beiden ersten Fingern zudrückte. Ein, zwei, drei Mal. Ein Angriff. Sie sollte nach links ausbrechen und Michael ablenken, und er würde ihn angreifen. Mit einem Brotmesser. »Selbstmord« war gar kein Ausdruck dafür.

»Nein«, sagte sie. Ihr Vater spannte sich an, rührte sich aber nicht. Billi trat vor. »Sieh mal, Michael. Du weißt, dass es falsch ist. Du kannst die Menschen nicht auf diese Weise zu Gott zurückführen. Darum geht es doch nicht.«

Er lachte. »Ah, ist das ein Appell an meine bessere Seite? An meine Menschlichkeit?« Er stieß sich von der Wand ab. Hitze und Licht gingen von seinem Körper aus. Wellen heißer Luft flirrten zwischen ihnen. »Du vergisst etwas, Sterbliche: Ich besitze keine Menschlichkeit.«

Kay senkte den Kopf und stöhnte. Die Teller und Tassen auf dem Tisch erzitterten und sprangen umher, verteilten Tee über das vergilbte Tischtuch. Billi, die immer noch die Hand ihres Vaters hielt, trat zurück. Dann schrie Kay.

Der Esstisch flog durch den Raum und schmetterte Michael an die Wand. Putz rieselte von der Decke, als das Holz explodierte und gezackte Splitter durchs Zimmer flogen. Billi bekam einige ins Gesicht, bevor sie hinter das Sofa hechtete. Einen Augenblick später flog auch das Sofa durch die Luft und krachte auf Michael.

»Lauft!«, rief Kay. Er stand in der Mitte des Raums, während Stühle, Teller, Messer, Löffel und so gut wie alles andere, was nicht niet- und nagelfest war, wie Blätter in einem Hurrikan um ihn herumwirbelten. Sogar die Dielen knackten und knarrten; ihre Nägel klirrten und schüttelten sich, als sie sich, getrieben von seinem Willen, aus dem Boden lösten.

Michael stand auf, klopfte sich den Staub ab und drehte sich dann zu Kay um. Hitze brach rings um ihn hervor, und Billi schnappte nach Luft, als wäre sie gegen eine offene Esse gestoßen worden. Flammen flackerten aus der Tapete und den Rändern der flatternden Vorhänge hervor.

Kay warf einen Blick auf die Küchenzeile. Die Schubladen flogen heraus, und ein Schauer aus stählernen Messern, Gabeln und Grillspießen sauste durchs Zimmer in Michael hinein. Er stolperte, als die Klingen sich in seinen Körper fraßen und die Wände mit seinem Blut besprenkelten. Aber er fiel nicht.

Billi wollte helfen, aber Arthur packte sie am Arm und floh; er riss sie von den Füßen und durch die Tür. Elaine folgte eine Sekunde später, die Keksdose an die Brust gedrückt. Eine Implosion von Feuer und Wind ließ ihnen fast das Trommelfell platzen. Der Boden wellte sich, und die Wände glitten einen halben Meter beiseite. Das gesamte Gebäude wackelte heftig.

Billi barg ihren Kopf, als große Putzstücke herabregneten. Die Treppenstufen wankten und knarrten. Die Haustür am Fuß der Treppe lag vor ihnen, aber das Gebäude schien sie alle einzusaugen. Der Boden neigte sich, und Billi fiel vornüber; ihr Vater packte sie gerade noch, bevor sie kopfüber die Treppe hinunterfallen konnte. Zerbrochene Ziegelsplitter wurden ihr ins Gesicht geschleudert und hinterließen auf ihren Wangen winzige, brennende Schnitte. Sie wusste nicht, wo oben und unten war. Elaine prallte gegen sie, und sie stießen mit den Köpfen zusammen. Ein ohrenbetäubender Wind heulte durchs Treppenhaus, als befänden sie sich in der Nähe eines Düsentriebwerks.

Steh auf!

Sie warf sich gegen die Tür. Sie war schon halb aus den Angeln gerissen und krachte ruckartig auf. Halb kriechend hoben Arthur und Billi Elaine unter den Achseln hoch; zusammen flüchteten sie auf die Straße hinaus.

Elaines Wohnung war ein gleißendes Inferno. Das Dach war ein Rahmen aus skelettartigen, schwarzen Rippen, und die Hälfte der Wände war eingestürzt.

»Kay!«, rief Billi. Sie hatte gedacht, er sei gleich hinter ihnen, aber sie konnte ihn nicht sehen. Er war noch in der Wohnung! Sie drehte sich um, aber ihr Vater hielt sie fest.

»Es ist zu spät, Billi! Es ist zu spät!«

»Nein!« Sie wehrte sich gegen ihn, schrie und schlug mit den Fäusten nach ihm. Sie musste Kay retten. Arthur ignorierte ihre Schläge und schlang die Arme um sie. »Es ist zu spät.«

Er zerrte sie von dem lichterloh brennenden Gebäude weg. Ein halbes Dutzend Leute in Schlafanzügen, Bademänteln oder hastig übergezogenen Jacken stand auf der Straße und starrte das brennende Gebäude an. Manche machten Fotos.

Die letzte Explosion riss sie alle von den Beinen. Der Boden wellte sich unter ihren Füßen und zersprengte den schwarzen Asphalt in tausende von Stücken. Die Luft füllte sich mit einem Auflodern von weißem Feuer, und Billi konnte nicht aufstehen. Sie konnte nur in das furchteinflößende Licht starren.

Er ging die Straße hinunter, stieg über die Körper hinweg, die sich vor Schmerz krümmten. Seine Kleider glommen, und Rauchfahnen kräuselten sich aus seinem Körper hervor. Das Licht wurde matter, und da war er: Michael. Blut aus hunderten von Schnitten überkrustete seinen Körper, und es ragten immer noch Messer aus ihm hervor, als sei er eine scheußliche Darstellung des heiligen Sebastian.

Die Keksdose lag ein paar Meter entfernt, dort, wohin sie aus Elaines Griff gerollt war. Billi versuchte aufzustehen, aber sogar die Luft schien zu schwer zu sein. Sie konnte sich nicht rühren. Sie konnte ihn nicht aufhalten.

Michael hob die Dose hoch und riss den Deckel ab. Licht daraus übergoss sein Gesicht.

»Endlich.« Er riss die Luftpolsterfolie ab und hob den Verfluchten Spiegel über sich. »Endlich!« Goldenes Licht strömte daraus hervor, heller als die Sonne, und er badete darin. Erst flüsterten sie. Dann sangen sie. Dann schrien die im Jenseits gefangenen Wächter, als sie ihre Energie in die Materielle Welt fließen ließen. Die Hitze verdoppelte sich, verdreifachte sich dann, vervielfachte sich mit jeder Sekunde, während sich das Tor zum Limbus öffnete. Billi hielt sich die Ohren zu, bevor ihr das Trommelfell durch das zerstörerische Geräusch der zahllosen Chöre platzen konnte. Das Licht war unerträglich, und sie begrub den Kopf unter den Armen. Der Asphalt unter ihr begann zu schmelzen und zu dampfen.

Ein Donnerschlag setzte dem ein Ende. Die Hitze war so intensiv, dass die Luft einfach explodierte. Die letzte Stoßwelle ging vorüber, und Billi begriff, dass sie nicht tot war. Der Himmel grollte, und die ersten, spärlichen Regentropfen landeten auf ihrem Gesicht. Sie hob vorsichtig den Kopf.

Er stand in einem geschwärzten Krater aus geschmolzenem Asphalt. Und die anderen scharten sich um ihn.

Sie erschienen als verschwommene Schatten, die im feurigen Gegenlicht zitterten und langsam Substanz und Gestalt annahmen. Jeder Einzelne schrie, als er die letzte Barriere zwischen den Welten durchbrach und schließlich in diese zurückkehrte. Billi sah sie nackt und erschöpft umherstolpern und auf dem Boden zusammenbrechen; schwarze Dämpfe stiegen aus ihren sich noch formenden Körpern auf. Dutzende und Aberdutzende unternahmen die gleiche Reise, und die Straße war mit weißen, tätowierten Körpern übersät. Michael ging zu einem und half ihm auf. Sie starrten einander an, die goldenen Augen von ätherischer Macht erfüllt. Michael umarmte ihn.

»Araqiel«, sagte er.

Die anderen standen auf. Die Schatten rings um ihre Körper wellten sich und hüllten ihre Leiber in dunklen Stoff. Davon hoben sich ihre weißen Gesichter ab, die von einem engelsgleichen Leuchten erfüllt waren. Wahrhaftig Dunkle Engel.

Der Verfluchte Spiegel. Michael hatte ihn fallen lassen. Billi kroch darauf zu. Mit dem Spiegel hatten sie vielleicht noch eine Chance. Sie streckte die Hand aus.

Michael hob ihn auf. Er sah auf sie herab und umschloss die Scheibe mit den Händen. Sie schmolz wie Butter durch seine Finger, und lange Schlieren geschmolzenen Kupfers tropften auf den Boden, zischten und verfestigten sich zu einem unförmigen Klumpen.

Dann bückte sich Michael und hob Billis Gesicht sanft an. Die Augen, die ihr einst so schön und glänzend erschienen waren, waren nun die eines unbarmherzigen Jägers. Sie spiegelten keinerlei Wärme oder Mitgefühl wider. Er senkte die Lippen und küsste sie. Billi zuckte zurück, aber seine Finger schlossen sich um ihren Unterkiefer und hielten sie fest. Es fühlte sich an, als würde sie gegen einen kochenden Kessel gepresst. Sie wollte schreien, aber seine Lippen hielten ihre verschlossen. Dann ließ Michael sie fallen.

Die anderen Wächter scharten sich um ihn.

»Kommt, wir müssen Gottes Werk tun«, sagte er. Dann wandten sie sich ab und verschwanden in der Dunkelheit.

Billi stand auf, machte ein paar Schritte und brach dann zusammen, da sich ihr alles im Kopf drehte und der Boden wankte. Sie wandte sich dem Himmel zu und hoffte verzweifelt auf kühlen Regen auf ihrem Gesicht, aber sie brannte. Sie fühlte sich, als ob die Regentropfen auf ihrer Haut zu kochen begannen, sobald sie sie berührten. Sie konnte nicht atmen. Die Luft verdichtete sich um sie herum. Das Geräusch wurde zu einem endlosen, hohen Sirren, und der Boden gab nach. Hände packten sie, als sie fiel, und ihr Vater schrie sie an, die Augen vor Entsetzen weit aufgerissen, aber sie konnte nicht hören, was er sagte. Stählerne Nägel zerkratzten ihr den Bauch, und sie krümmte sich; Galle fraß sich ihre Kehle empor und sprudelte ihr aus dem Mund. Elaine kam ihr zu Hilfe, und ihre Hände strichen über Billis Augen, nur ganz kurz.

Sie sah sie, die Wolke schwarzer, kristallener Aasfliegen, die über sie kam. Sie schrie, als sie ihr Gesicht verseuchten, ihr über den Mund und die Augen krochen. Ihr Summen hallte tief in ihrem Schädel wider. Sie schlug wild um sich, versuchte sie abzuwehren, aber der Schwarm um sie herum wurde immer dichter, bis sie von ihm bedeckt war und ihre Augen sich mit Dunkelheit füllten.

Die Plage war losgelassen.

30

Ich bin tot.

Kay ist tot.

Wir sind alle tot.

Sie schwebte in der Luft, warm und ohne Gewicht. Sie fühlte sich sicher und geborgen; so hatte sie sich seit Jahren nicht mehr gefühlt. Wenn das der Tod war, war er gar nicht so übel.

Aber als Billis Sinne zurückkehrten, tat das auch der Schmerz. Jeder Atemzug war, als würde sie Glasscherben ihre Kehle hinabziehen, und weißglühende Nadeln gruben sich in jedes Gelenk.

Sollte das nicht alles aufhören, wenn man starb?

»Billi?«

Ihr Vater war bei ihr, sah auf sie hinunter. Er trug sie auf den Armen. Das hatte er nicht mehr getan, seit… wann? Ewigkeiten. Er wischte ihr das Gesicht mit dem Ärmel ab.

»Nicht weinen! Wir sind fast zu Hause.«

Zu Hause? Wo war das?

Sie blickte in den dunklen Himmel auf. Über ihnen schwebten zwei Ritter, die auf einem Pferd ritten. Die Tempelritter.

Mein Gott, die Templer haben einen Himmel ganz für sich allein.

Einfach klasse.

Sie hatte gedacht, wenn sie erst tot war, würde sie sich von alldem erholen können. Aber als ihre Augen klarer sahen, wurden die beiden Ritter zu einer kleinen, schmiedeeisernen Statue auf einer schlichten weißen Steinsäule.

Zu Hause. Was für ein Zuhause hatten sie sonst?

Die Temple Church.

Elaine warf ihren Mantel auf den Sockel der Templersäule, und Arthur legte Billi darauf. Nieselregen kitzelte ihr Gesicht; die Kühle linderte das glühende Fieber, das ihre Haut kochen ließ.

Von hier aus war zu Kreuzzügen aufgerufen worden. Von hier aus war der mächtigste Ritterorden des Mittelalters in den heiligen Krieg gezogen. Adlige, Fürsten und sogar Könige waren hergekommen, hatten das Knie gebeugt und unter der eisernen Hand der Tempelritter gezittert.

Jetzt war die Temple Church eine feuergeschwärzte leere Hülle. Die Fenster waren alle zersprungen und die Türen mit Sperrholz vernagelt. Ferne Blitze erhellten die schwarzen Wolken, die drohend über London hingen. Die Luft zitterte vor Donner.

Aber da war ein anderes Geräusch, das unter dem tobenden Himmel fast ertrank. Billi stemmte sich auf die Seite und strengte sich an, die Laute auseinanderzuhalten.

Kirchenglocken. Die Stadt hallte vor Glockengeläut wider. Das Geräusch schwoll an, als immer mehr Glocken sich dem Ruf anschlossen. Die schwarzen Wolken schienen vor Wut zu zittern und donnerten zurück. Für einen kurzen Augenblick hoffte Billi. Sie hoffte, dass etwas geschehen würde, irgendetwas.

Sie riefen die Gläubigen. Die Ängstlichen.

Der Regen prasselte heftig nieder, der Wind heulte durch den Hof, und Billi konnte die Glocken nicht länger hören. Sie sank zurück auf den kalten, harten Stein. Was würde es ihnen nützen? Michael hatte gewonnen. Und morgen würden alle Erstgeborenen tot sein.

Kay war tot. Sie würde tot sein.

Arthur setzte sich neben sie und streichelte ihr das Haar. Er lehnte sich gegen die Säule und lächelte schwach. In ihm lag eine Zärtlichkeit, die sie seit Jahren nicht mehr erlebt hatte. Er sah so verändert aus.

»Art«, sagte Elaine und deutete in die Dunkelheit.

Sie kamen. Schwarze Gestalten bewegten sich vorsichtig durch die Regenwand. Arthur stand auf und zog das Brotmesser.

Die Wächter. Sie waren gekommen, um die Arbeit zu Ende zu bringen. Etwa ein halbes Dutzend, aber das würde mehr als genug sein. Sie bewegten sich mit dem Selbstbewusstsein von Kriegern, nicht eilig, aber sie kamen mit tödlicher Sicherheit näher.

Arthur trat vor.

»Mach die Augen zu, Billi«, sagte Elaine. Sie ballte die knochigen Fäuste, entschlossen, bis zuletzt zu kämpfen. Billi wollte lachen; sie wollte weinen. Elaine war im Leben keine Templerin gewesen, doch sie würde als Templerin sterben.

Nein. Billi würde nicht mit geschlossenen Augen und auf dem Rücken hinübergehen. Sie kämpfte sich auf die Beine. Ihre Muskeln zuckten, aber sie biss die Zähne zusammen und zwang sie unter Kontrolle. Wenn dies das Ende war, würde sie kämpfen. Die schwarzen Umrisse kamen näher.

»Art?«

Sie starrte in die Dunkelheit. *Moment mal…*

»Gwaine?«, sagte Arthur.

Gwaine trat in den schwachen Lichtschein der Straßenlaterne. Sein Gesicht war gealtert, seine Wangen eingesunken und faltiger als zuvor. Aber seine Augen glänzten feucht. Er blieb eine Armlänge von ihrem Vater entfernt stehen. Billi sah zu, wie die anderen erschienen. Die Luft ringsum wurde still, und sie hielt den Atem an.

»Arthur.« Er nahm Arthurs rechte Hand und beugte das Knie. »Mein Meister.«

Sie waren gekommen. Sie waren alle gekommen. Bors, Gareth, der alte Pater Balin und die anderen. Pelleas umarmte Billi, drückte sie an sich, bis sie keine Luft mehr bekam. Sogar Elaine bekam Küsse von Bors, und Billi sah, wie sie rot wurde und erleichtert lachte.

Sie waren gekommen. Sie waren nur wenige, aber Billi bedeuteten sie, wie ihr nun aufging, alles.

Es war unvermeidlich. Sie hatte es versucht und dagegen angekämpft. Sie war aus dem Orden ausgetreten und hatte sie beinahe im Stich gelassen, aber dies hier war ihr Leben, ihr Schicksal. Kay war fort, und dies hier war die einzige Familie, die sie jetzt noch hatte.

Die Tempelritter.

31

»Aber ich komme mit«, sagte Billi. Sie saß mit einem dicken braunen Wollschal um die Schultern auf einem Hocker und kam sich vor, als sei sie hundert Jahre alt. Der Schmerz war nicht länger unerträgliche Todesqual, sondern nur noch unerträglich. Vielleicht bildeten die Knochen der alten Templer hier, tief unten in den Tempelkatakomben, einen besseren Schutzzauber als alle Magie, die Elaine aufbieten konnte.

»Nein, tust du nicht«, entgegnete Arthur. Er hob die Arme, und Elaine kontrollierte seine Verbände. Er sah gespenstisch bleich und verhärmt aus, aber er war der Meister und würde die Templer in den Kampf führen. Er winkte Pelleas heran, der eine schwere Brünne aus stählernem Kettengeflecht über der Schulter trug. Arthur schlang sich eine gepolsterte Seidentunika um den Oberkörper und verknotete die kurzen, roten Bändchen unter seinem linken Arm.

»Gwaine wird Bors mitnehmen und sich um die Finte kümmern. Ich werde die anderen zum Angriff führen.« Pelleas hob ihm die Brünne über den Kopf wie einen Pullover. Lederschnüre führten vom Nacken bis auf halbe Höhe der Schulterblätter. Pelleas verknotete die Schnüre, während Arthur die Halsöffnung lockerte.

Gwaine. Billi konnte es nicht fassen.

»Das wirst du Gwaine überlassen?«

»Er ist der Seneschall. Warum sollte ich das nicht tun?«

Billi beugte sich näher zu ihm und flüsterte: »Dad, nach allem, was er getan hat? Er hat dich verraten.«

Arthurs Blick begegnete Pelleas', während dieser seinem Meister einen breiten, ledernen Schwertgürtel um die Taille legte. »Der Seneschall genießt mein volles Vertrauen.« Aber die Worte passten nicht zu dem eisigen, düsteren Blick, den er durch die Waffenkammer dorthin warf, wo Gwaine saß und den Griff seiner Streitaxt neu umwickelte. Zwischen Arthur und Gwaine war das letzte Wort noch nicht gesprochen, aber das konnte warten.

Arthur rollte mit den Schultern, um sich an seine Rüstung zu gewöhnen. »Wie sehe ich aus?«

Tausende von polierten Kettengliedern funkelten im schwachen Licht. Der Panzer war kurz, endete wie eine Infanterierüstung gleich unterhalb der Hüfte. Die Manschetten und die Halsöffnung waren ledergesäumt, und Arthur trug eine schwarze Kampfhose und schienbeinhohe, solide Stiefel. Arthur nahm ein schweres Schwert mit schlichter Parierstange und eisernem, walnussförmigem Knauf. Die Klinge war nicht lang und sah mehr nach einer Machete als nach der eleganten Waffe eines Ritters aus, aber Billi wusste, dass sie nicht leicht stumpf werden würde, schreckliche Wunden schlagen konnte und ihrem Vater ganz und gar entsprach. Scharf und brutal. Er schob die Klinge in eine Scheide an seiner linken Hüfte. An der rechten trug er ein Paar Mailänder Stilette aus dem 15. Jahrhundert mit schmalen Klingen.

»Todschick«, krächzte Billi.

Sie sah sich in der Waffenkammer um. Elaine spazierte mit

offenem Mund durch die schlecht beleuchtete Katakombe. Sie starrte die Sammlung von Knochen in den Nischen an, die Waffen, die Rüstungen. Sie erprobte das Gewicht eines Schwerts, und ihr Gesicht lief vor Anstrengung rot an.

Alle Templer konnten mit jeder Art von Waffe kämpfen, aber jeder bevorzugte eine besonders: Gwaine seine Axt, ein abgewandeltes Feuerwehrwerkzeug mit stählernem Griff, das zum Zerschmettern ebenso geeignet war wie zum Hacken. Gareth zupfte an der gespannten Sehne seines Kompositbogens wie an einer Lyra und ließ dann die Handfläche sanft über die Malaienadlerbefiederung seiner Pfeile gleiten. Bors trug zwei Kurzschwerter auf den Rücken geschnallt. Pater Balin saß unter einer Tischlampe und schrubbte mit einer Zahnbürste sorgfältig jeglichen Staub und Schmutz von seinem Streitkolben. Schließlich Pelleas, der klassische Duellant: Rapier und Linkshanddolch. Er stand mit geschlossenen Augen im Mittelpunkt der Waffenkammer, griff langsam nach seinen Zehenspitzen, streckte den Rücken. Er hatte sich die dünnen, schwarzen Lederhandschuhe unter den Gürtel geschoben.

Die Templer waren kampfbereit.

»Was ist mit mir?«, sagte Billi. Es war ein laut ausgesprochener Gedanke. Sie hatte nicht beabsichtigt, ihn irgendjemanden hören zu lassen, aber Arthur hatte ihn gehört. Er kam zu ihr herüber, seufzte und hockte sich neben sie. »Hör zu, Billi. Du sollst hierbleiben, bei Elaine.«

»Du nimmst Pater Balin mit – und mich nicht? Er kann doch den Streitkolben da kaum anheben.«

Arthur blickte zu dem alten Priester hinüber. Sie wusste,

dass sie recht hatte: Balin war fast siebzig und nie ein großer Krieger gewesen. Sie konnte sehen, dass es ihrem Vater auch nicht gefiel.

»Balin hat seine Wahl getroffen.«

»Aber wie wollt ihr die Wächter schlagen?«

»Sie sind gerade erst angekommen, also haben sie noch nicht ihre volle Stärke. Wir werden hart und rasch zuschlagen. Den größtmöglichen Schaden in kürzester Zeit anrichten.«

»Was ist mit Michael?«

Arthur schloss die Hand fester um den Schwertgriff. »Ich habe ihn schon einmal besiegt.«

»Aber, Dad, das war damals. Jetzt hat er all seine Engelskräfte herabbeschworen. Er kann nicht besiegt werden.«

Arthur wandte sich zu ihr und zischte mit zusammengebissenen Zähnen: »Was können wir tun, wenn nicht kämpfen?«

»Auch, wenn es hoffnungslos ist?«

»Besonders, wenn es hoffnungslos ist.«

»Warum, Dad?«

Da lächelte er. Die plötzliche Wärme überraschte Billi. »*Deus vult.*« Er ergriff ihre Hand. Seine Handfläche war rau und hart von der jahrelangen Handhabung schwerer Waffen; dicke Schwielen säumten Daumen und Finger. Auch Billi hatte ein paar von der Sorte. »Billi, ich habe genug von unser beider Leben dadurch zerstört, dass ich an Kays Vorhersage geglaubt habe. All die Jahre konnte ich dir nicht sagen, was ich fühlte – und das nur, um dich stark zu machen. Du kannst dir nicht vorstellen, welche Angst ich ausgestanden habe.« Er küsste sie auf die Stirn. Seine Lippen ruhten darauf, und Billi spürte Tränen, die langsam über seine Wangen liefen und dann auf ihre herabfielen. »Du bist mein Leben, Billi. Ich kann ohne dich nicht leben.«

Er trat zurück und sah sie an. Nicht so wie ein Meister seinen Ritter, sondern wie ein Vater seine Tochter. Arthurs Augen leuchteten.

»Billi, ich bin so stolz auf dich. Das war ich immer.«

Gwaine stand diskret in der Nähe, Arthurs Lederjacke über dem Arm. »Wir sind fertig, Art.«

Arthur wischte sich die Augen. Er nahm Gwaine die Jacke ab und zog sie über. Billi stand auf, als die anderen Ritter sich bei der Tür versammelten.

»Wohin, Meister?«, fragte Bors.

Arthur sah Billi mit hochgezogenen Augenbrauen an.

Wo sonst konnte er sein? Michael hatte es ihr so gut wie gesagt.

Ich werde zusehen, wie die Welt wiedergeboren wird. Von hoch oben.

»Elysium Heights.«

Elaine brachte Billi eine Schüssel Suppe. Dampf stieg aus dem Blechtopf auf, und Elaine streute ein wenig Koriander darüber, bevor sie Billi die Suppe reichte.

»Es tut mir leid um Kay«, sagte die alte Frau und setzte sich neben Billi. Sie legte Billi die knochigen Finger auf die Hand, und Billi spürte Elaines Trauer, während sie beide vor unterdrückten Gefühlen zitterten. Auch Elaine hatte Kay geliebt.

Billi schloss die Augen. Die heiße Suppe ließ sie tränen, und Billi wollte nicht, dass Elaine dachte, sie würde weinen.

Kay.

Er war gerade erst zurück gewesen, und jetzt war er fort. Tief in ihr war ein schwarzes Loch, und Billi stand an seiner Kante. Sie hatte Angst hinabzusehen, falls es sie für immer verschlingen würde, aber dieses Loch war in dem Moment entstanden, als Kay gegangen war. Sie liebte ihn. Sie hatte ein Jahr allein verbracht – und nun würde es für immer so bleiben. Sie blickte zu Elaine hoch, die nur nickte.

»Er war ein tapferer Ritter«, sagte sie.

Billi und Elaine fanden ein paar Feldbetten und alte Decken und bauten sie in einem Winkel der Waffenkammer auf. Elaine wälzte sich unruhig unter den Decken.

»Ich schlafe nicht gern neben den Toten«, sagte sie und wies mit dem Kinn ruckartig auf den Haufen Knochen in der Nähe.

»Ich glaube, noch nicht einmal dein Schnarchen wird sie aufwecken.«

Billi schlang die Decken um sich und schloss die Augen. Es dauerte nicht lange, bis Elaines prustendes Schnarchen die Dunkelheit erfüllte. Es hallte von den engen Wänden wider, bis es aus allen Richtungen zu kommen schien. Trotz ihrer Erschöpfung konnte Billi nicht schlafen. Scharfe Messer stachen zwischen ihre Knochen, und wenn ihr Körper in einem Moment noch zitterte, war er im nächsten schon schweißüberströmt. Ganz gleich, wie viel sie trank, sie hatte immer Durst. Und das Summen …

Das Geräusch der Fliegen hallte in dem dunklen Raum wider. Sie konnte sie nicht mehr sehen, aber sie erschauerte bei dem Gedanken, dass sie auf ihr herumkrochen. Billi zog die Decke ganz über sich und steckte sie fest. Vielleicht konnten sie sie hier unten nicht erwischen. Sie wälzte sich hierhin und dorthin, bis sie endlich einschlief.

Kay.

Bilder rollten durch ihre Träume: die Flammen, die aus der Wohnung hervorbrachen, Michael, der unter dem Sofa zerquetscht wurde, und Kay. Die Art, wie er die Welt angelächelt hatte.

Kay.

Sie vermisste ihn. Vermisste ihn mehr, als sie gedacht hätte. Das Loch in ihr wuchs.

Ich bin hier, Billi.

Sie hatten sich geküsst. Sie hatte vorher noch nie jemanden geküsst.

Komm heraus. Ich warte.

Ihre Finger kribbelten, als sie sich daran erinnerte, wie sie ihm damit durchs Haar gefahren war, das im Mondschein silbern wirkte.

Bitte, Billi. Ich warte.

Billi blinzelte und öffnete die Augen. Es hatte geklungen, als sei er direkt neben ihr, flüstere ihr etwas zu. Nur ein Traum. Sie drehte sich um.

Kein Traum, Billi.

»Kay?«

Ja, Billi. Ich bin's. Komm heraus.

Es klang wie Kay. Sie schüttelte den Kopf. Das konnte nicht sein. Fieberwahn. Das war es, sie war wahnsinnig. Die Zehnte Plage wirkte sich auf ihren Verstand aus.

Wie blöd bist du eigentlich? Sieh einfach nach draußen!

Das klang wirklich nach Kay.

Billi stolperte barfuß die Stufen hinauf und hielt inne. Jenseits der Begrenzung der Waffenkammer würde der geringe Schutz, über den sie verfügte, ganz wegfallen. Sogar jetzt konnte sie schon spüren, wie der Schmerz stärker pulsierte und die rotglühenden Klauen sie von innen zerfleischten. Sie warf einen Blick auf den Hof, in der Furcht, dass sie sich alles nur eingebildet hatte. Dass er nicht da sein würde, dass alles nur ein Traum war und er nie zurückkehren würde.

Dann sah sie ihn. Er stand im Kreuzgang mit verschränkten Armen an eine Säule gelehnt, völlig sorglos. Billi ignorierte die schleichende Krankheit, die ihre Adern zu verseuchen begann, und trat in den Regen hinaus. Er strömte in dichten Bindfäden herab, und der kalte Wind betäubte ihr Gesicht, aber das machte ihr nichts aus. Sie schlurfte vorwärts, obwohl es sich anfühlte, als würden ihre nackten Füße über Glasscherben laufen. Sogar im schwachen Lampenlicht leuchtete seine Haut glänzend weiß, sein Haar wie gesponnenes Platin. Das Blau seiner Augen ließ ihr Herz einen Satz machen.

Kay.

32

Billi schleppte sich in den Schutz des Kreuzgangs und lehnte sich zitternd an eine Säule. Sie wischte sich die brennenden Tränen ab und starrte Kay an; sie hatte Angst, ihm zu nahe zu kommen, falls es doch nur ein Traum war und er verschwinden würde.

»Wie?« Sie trat näher heran, aber Kay machte einen kleinen Schritt zurück.

»Ich wurde … gerettet.«

Das Feuer. Das Gebäude war zusammengebrochen.

»Hat die Feuerwehr dich gerettet?« Sie streckte die Hand aus. Ihre Finger zitterten, aber sie wollte ihn berühren, feststellen, ob er echt war.

»Nein, die nicht.« Er trat plötzlich vor, ergriff Billis Arme und sah sie an. »Ich bin deinetwegen zurückgekehrt, Billi. Ich konnte dich nicht verlassen.«

Er war echt.

Billi warf die Arme um ihn. Sie würde nicht zulassen, dass er sie wieder verließ – diesmal nicht.

»Ich dachte, ich hätte dich verloren, Kay.« Sie fror und zitterte, und Kay drückte sie an sich. »Wo warst du?« Aber es war ihr egal; er war jetzt hier.

»Ich habe es für dich getan«, flüsterte er verzweifelt. Billi spürte, dass er weinte. Sie trat zurück und sah ihn an.

»Es ist alles in Ordnung, Kay. Du bist in Ordnung. Jetzt wird alles gut.« Aber die Furcht in seinen Augen ließ sie stutzen. Er riss sich von ihr los und strich sich mit der Hand übers Gesicht.

»Ich habe es für dich getan«, wiederholte er. Wovon redete er? Er sah in die Ecke hinüber, und Billi folgte seinem Blick.

Es lehnte an der Wand, glänzend, tödlich und silbern. Ihr Blut wurde zu Eis.

Das Silberschwert.

Billi ging hinüber. Sie konnte spüren, welche Kraft davon ausging. Langsam berührte sie mit den Fingerspitzen den Griff; dann schloss sich ihre Hand um die Waffe.

Die Aufwallung von Energie war jetzt stärker, eine Hauptleitung ätherischer Macht, die direkt in ihr Herz führte. Jedes Atom in ihr strotzte vor Kraft, und die Zehnte Plage löste sich sofort in Luft auf, ausgebrannt vom schieren Glanz des leuchtenden Schwerts. Satan hatte ihr also doch die Wahrheit gesagt: Das Schwert machte sie gegenüber Michaels Kräften unverwundbar.

Sie wandte sich Kay zu. »Wie hast du das bekommen?« Furcht beschlich sie, und sie packte den Griff fester.

»Wie schon?« Kay streckte flehend die Hände aus. »Ich habe es für dich getan, Billi.«

»Wie, Kay?«

»Ich bin's, Billi.« Kay war ein paar Meter entfernt, aber Billi konnte die Zurückhaltung in seinen Bewegungen sehen. Er wollte ihr nicht zu nahe kommen. Er hatte Angst.

Oh Gott. Billi betastete ihre Brust und nahm ihr Kreuz ab. Sie warf es auf den gepflasterten Boden zwischen sie.

»Heb es auf, Kay. Bitte.«

Kay ließ sich auf die Knie nieder und starrte das Silberkreuz an. Billi beobachtete ihn; es zerriss ihr das Herz.

»Bitte heb es auf.« Wenn er es aufhob, würde alles in Ordnung sein. Alles würde mit ihnen in Ordnung sein.

Kay streckte die Hand aus. Sie begann zu zucken, als er bis auf ein paar Zentimeter herankam, und dann zitterten seine Finger fürchterlich. Sie krümmten sich, und er zog die Hand an den Brustkorb und wiegte sie.

»Was hast du getan, Kay?« Aber sie wusste es. Er hatte seine Seele dem Teufel verkauft. Für sie.

»Ich bin noch immer derselbe, Billi.« Er stand auf, und eine Veränderung ging mit ihm vor. Das Licht war verschwunden. Billi konnte nur noch Leere hinter den saphirblauen Augen sehen, und das Lächeln, das einst ausgesehen hatte, als liebe es die ganze Welt, bestand bloß noch aus ein paar gedehnten Muskeln. Er beförderte das Kreuz mit einem Tritt beiseite. »Ich bin noch immer derselbe.« Er wiederholte es noch einmal, als er vortrat und versuchte, sie zu überreden, es für wahr zu halten. Versuchte, sich selbst zu überreden.

Er packte das Handgelenk ihres Schwertarms, legte den anderen Arm um sie und hielt sie fest. Sein Gesicht schwebte über ihrem, und Billi sah den fürchterlichen Kampf in der Leere seiner Augen. Der Hunger regte sich bereits, und er stieß ein wildes Knurren aus, das von tief innen aufwallte. Sein Körper versteifte sich, aber seine Lippen öffneten sich, und seine Zähne, die bereits unmerklich zu einer Reihe rasiermesserscharfer Spitzen geschärft waren, glänzten.

»Ich. Bin. Noch immer. Derselbe.« Aber sein Körper

zitterte bei der Lüge. »Ich habe es für dich getan, Billi.« Und er zeigte ihr die Wahrheit, als er die Zähne in ihren Hals grub.

ENTSETZEN,

als die Welt zusammenbricht und Kay zwei Stockwerke hinabstürzt, geblendet von Staub und Flammen. Er bietet seine Willenskraft auf, und Bodendielen lösen sich, werden zu Michael emporgeschleudert wie riesige, brennende Speere. Michael reißt eine Wand ein, und Kay hechtet zwischen zwei halb zusammengebrochenen Balken hindurch. Er bedeckt sein Gesicht, der Rauch erstickt ihn, und er rollt sich zusammen, betäubt von dem tosenden Inferno ringsum.

SCHMERZ,

als die Haare an seinem Hals sich kräuseln und Blasen anschwellen und auf seiner Haut aufbrechen, und er weiß, dass er sterben wird, bei lebendigem Leib verbrennen. Er hustet, als der Rauch ihm in den Hals zu kriechen versucht, und er hat Angst. Sein Hemd fängt Feuer, und die Todesqual leert seinen Verstand, als das Gebäude einstürzt und er festgeklemmt wird, sich nicht rühren kann, während das Feuer seinen Arm auffrisst.

EHRFURCHT,

als er erscheint. Er hockt auf dem brennenden Stützbalken, beachtet das Feuer ringsum nicht. Seine Augen sind leere Höhlen, und Kay weiß, dass der Teufel gekommen ist, um seinen Tod mitzuerleben. Er muss tapfer sein und als Märtyrer sterben. Aber er riecht, wie sein Arm verbrennt, mit dem Übelkeit erregenden Gestank von Fett und verkohltem Schwein.

WUT,

als der Teufel seinen Mut bewundert. Kay ist ein wahrer Templer, und man wird seiner als Märtyrer gedenken. Satan hat nicht den Wunsch, Kay seinen glorreichen Tod zu versagen.

FEUER

frisst Kays Gliedmaßen, und Welle um Welle der Qual bricht über ihn herein. Sein Atem geht flach, versteinertes Keuchen, aber er beißt die Zähne zusammen. Er muss es nur noch ein wenig länger ertragen, dann wird es zu Ende sein, für immer ...

FRIEDEN.

Aber was ist mit Billi?, fragt der Teufel. Wenigstens hat Kay selbst den Entschluss gefasst, zum Märtyrer zu werden. Die arme Billi wird wie die anderen Erstgeborenen sterben, in Krankheit und Todesqual bis zuletzt. Es wird zahllose Todesfälle geben, und sie wird keinen Märtyrergrabstein bekommen. Sie wird in einem Massengrab landen, mit tausenden von anderen in den kalten Boden geworfen, namenlos und vergessen. Eine bloße Zahl in der Statistik. Sie wird keinen leichten Tod haben; vielmehr wird die ganze Nacht über jeder Augenblick eine neue Ewigkeit des Schmerzes sein, während die Zehnte Plage sie Stück für Stück auffrisst.

ZWEIFEL

frisst sich in seinen Verstand. Ja, was ist mit Billi?, fragt der Teufel. Er streckt die Hand aus. Nimm sie, Kay. Wenn du es schon nicht für dich tust, dann tu's für Billi.

BILLI.

Kay nimmt die Hand.

»Nein!«, schrie Billi und riss sich los. Sie fasste sich an den Hals, unten, nahe bei der Schulter, und ihre Hand wurde rot und feucht.

Sie starrte ihn an. »Oh Gott, Kay. Was hast du getan?«

»Ich habe es für dich getan, Billi.« Tränen quollen hervor, aber sie waren dickflüssig und scharlachrot. Er sah das Entsetzen in ihrem Gesicht, und plötzlich ging ihm auf, wohin er sie beinahe gebracht hatte. »Mein Gott, Billi. Ich habe es nicht so gemeint. Ich habe es nicht so gemeint.« Er trat einen

Schritt vor. »Ich würde dir nicht wehtun. Ich würde dir niemals wehtun!«

»Bleib mir vom Leib!« Sie hielt das Silberschwert in der Hand, die Spitze direkt auf Kays Herz gerichtet. »Warum?«

Er trat zurück. »Oh, dachtest du, er hätte es mir einfach gegeben? Glaubst du, ich hätte mich einfach dafür entschieden, wenn es nicht um dich gegangen wäre? Ich habe es für dich getan!« Seine Augen loderten wie zwei Saphire in einer Esse. Er sah die tödliche Klinge an, die zwischen ihnen schwebte. »Willst du mich jetzt etwa umbringen?«

Sie wollte nein sagen, aber das Wort blieb ihr in der Kehle stecken. Ein Hauch von – ja, wovon? Furcht? Zweifel? Kummer? – huschte über sein Gesicht.

»Er hat mich gerettet, Billi. Gerettet. Du hast mich da zurückgelassen, sterbend, im Feuer. Ich habe gesehen, wie ihr weggerannt seid, du, dein Vater und Elaine. Du hast mich im Stich gelassen.« Kay breitete die Arme aus. »Aber ... ich vergebe dir. Das tue ich. Sieh doch, Billi, ich bin's. Kay.« Aber alles, was Billi anstarren konnte, waren das Blut in seinem Mund und der wilde Hunger in seinen Augen.

Nein, das war nicht Kay.

Nicht mehr.

»Lass mich dir helfen«, sagte sie und trat näher heran.

»Wie? Willst du mich von meinem Leid erlösen?« Er deutete mit einem anklagenden Finger auf das Silberschwert. »Damit? Ich habe dir alles gegeben, Billi. Alles.« Er wich zurück, verblasste, als sauge die Dunkelheit ihn ein. Er hielt inne, und sein Körper verschmolz mit den Schatten. Er streckte die Hand aus, nach ihr, aber Billi rührte sich nicht.

Die Hand zuckte zurück, und Kay starrte sie an, sein weißes Gesicht zu einem bestialischen Zähnefletschen verzerrt. »Du verräterische Schlampe!«

Dann rannte er in die Nacht. Es dauerte lange, bis seine Schreie verklangen.

33

Fünf Uhr morgens, und die Straßen waren verstopft. Bis zur Dämmerung war es keine Stunde mehr. Billi hatte das Silberschwert in ein Bettlaken gewickelt und es sich auf die Weise auf den Rücken gebunden, die die Knappen »auf Ninja-Art« nannten. Jetzt hatte sie Kay wirklich verloren. Es gab nur noch einen Ort, an den sie gehen konnte – eines, was sie tun konnte. Sie blickte in den regenvollen Himmel auf und sah es vor sich aufragen. Es war nicht mehr weit.

Elysium Heights.

Eine Frau saß auf dem Bordstein, wiegte sich vor und zurück, schlug sich gegen den Kopf. Ihr Gesicht war in einem stummen, endlosen Schrei erstarrt, ihre Augen fest zusammengekniffen, aber tränenlos.

Der dumpfe, sich wiederholende Rhythmus ließ sie wahnsinnig wirken. Erst, als Billi an ihr vorbeikam, verstand sie.

Auf dem Schoß der Frau lag, noch in einen Pu-der-Bär-Schlafanzug gekleidet, ein blasses, schlaffes Baby. Billi wusste nicht, ob es lebte oder tot war. Sie schob sich wieder in die Menge, nur weg.

Billi ging zwischen den Leuten, den verlassenen Autos, den schreienden Kindern und hysterischen Eltern hindurch. Scheinwerfer beleuchteten dieses Chaos, da tausende auf der Straße waren. Hupen wurden endlos betätigt, ignorierte Martinshörner jaulten, und hunderte und aberhunderte von verzweifelten Müttern und Vätern weinten, schrien und kämpften um ein bisschen Hilfe und ein bisschen Hoffnung.

Die Straßen zur St. Paul's Cathedral waren unpassierbar. Menschen kletterten über die Autos, die mitten auf der Straße stehen gelassen worden waren, und trugen halb ohnmächtige Kinder auf den Armen. Das Eingangsportal wurde belagert: Hunderte von Leuten drängten sich darum und versuchten, über hastig errichtete Barrikaden zu klettern. Erschöpfte Priester und Polizisten versuchten, sie zurückzuhalten. Über ihnen hallte der Himmel vor Kirchengeläut und Donner wider.

Billi blickte sich fassungslos um.

Michaels Meisterwerk.

Die Tore zur Baustelle lagen im Matsch. Sie waren mit dem Lieferwagen durchbrochen worden, der ein Dutzend Meter weiter zurückgelassen worden war. Der Motor lief noch; die Schnauze steckte halb in einem Toilettenhäuschen.

Der Regen und der Wind griffen Billi mit größerer Wildheit an; die Elemente schienen entschlossen zu sein, sie am Eindringen zu hindern. Der Himmel toste vor Donner, aber über die heulenden Windböen hinweg hörte sie Schreie und das Klirren von Stahl.

Sie warf die Umhüllung des Silberschwerts weg und betrat die Baustelle.

Billis Herz hämmerte. Die ausgedehnte Baustelle, die von dem gewaltigen schwarzen Turm dominiert wurde, war dunkel und voll kalter, unförmiger Schatten; jeder mochte einen mörderischen Engel verbergen. Die riesigen Bagger, die zahllosen Hütten und Lagercontainer schienen keiner logischen Anordnung zu folgen und bildeten ein Labyrinth voll tiefer, durchnässter Fahrspuren dazwischen. Der Morast platschte und saugte an ihren Stiefeln. Tiefe Pfützen hatten sich in den Rinnen gebildet, die die Zugmaschinen hinterlassen hatten, die leer auf der anderen Seite der Baustelle standen. Billi war gezwungen, sich langsam vorwärtszubewegen. Sie packte den Schwertgriff fester, als sie um die Ecke bog und auf eine kleine Freifläche trat.

Pater Balin saß gegen die Wand gelehnt. Regen tropfte aus seinem weißen Haar, und das Kinn war ihm auf die Brust gesunken. Seine Kleider waren blut- und schlammbesudelt. Billi kniete sich neben ihn und berührte die breite Wunde, die tief durch seine Brust verlief. Der Streitkolben ruhte in seinem Schoß; das Kreuz baumelte in seiner rechten Hand.

Er war kein großer Kämpfer gewesen. Billi betrachtete das freundliche, runzlige Gesicht; die Augen waren geschlossen, und ein schwaches Lächeln war geblieben. Ihr flossen keine Tränen übers Gesicht – nür Regen. Nur Regen. Sie küsste ihn auf die Stirn und ging.

Die Wolken über ihr kochten und spien Blitze aus, die den Himmel für Augenblicke in gleißendes Weiß tauchten. Der Regen schlug auf sie nieder wie eine feste Decke aus eisigem Wasser, aber vor sich konnte Billi dennoch Gestalten erkennen, die sich durch den halbfertigen Turm bewegten und einen Trupp Männer von überallher umzingelten.

Das war's dann. Siebenhundert Jahre lang hatten die Templer die Dunkelheit in Schach gehalten. Sie hatten gekämpft, sie waren gestorben, und es war auf das hier hinausgelaufen: einen Kampf, um die Erstgeborenen von London vor Michael, dem gefallenen Erzengel des Herrn, zu retten.

Dies war ihr letztes Gefecht. Ihre letzte Stunde.

Und die ruhmreichste.

Gareth spannte auf einem Lastwagen ruhig den Bogen und schoss Pfeil um Pfeil ab; der schwarz gefiederte Tod suchte unbeirrbar Herzen, Hälse und Augen der hell funkelnden, heulenden Engel.

Bors benutzte, wild und barbarisch, seine beiden Kurzschwerter wie Fleischerhackmesser, und Pelleas verschwand fast unter weißen Körpern und krallenartigen Händen, die sich mit Zähnen und roten Klauen wehrten.

Gwaine stand blutüberströmt da, zerschlagen und trotzig bis zuletzt. Sein linker Arm hing nutzlos und bis auf den Knochen aufgerissen herab, aber er kämpfte weiter, führte die Axt in weiten Kreisen über den Kopf.

Und Arthur …

Es hieß, dass Arthur den Ungeheuern Albträume bescherte, und jetzt sah Billi, warum.

Er stand auf einem riesigen Stahlcontainer, der so groß wie eine Doppelgarage war. Seine schwere Jacke war zerfetzt und das Stahlgeflecht darunter beschädigt. Blut floss aus einem Dutzend Schnitten an Armen, Brust und Beinen, aber sein Gesicht war eine Maske der Berserkerraserei. Seine Lippen waren zu einem Zähnefletschen zurückgezogen; er riss das Schwert hoch und heulte.

»Kommt doch!«, brüllte er. Rings um ihn lagen die Toten, und die Lebenden umkreisten ihn. Zwei Wächter, ein Mann und eine Frau, die beide mit Macheten bewaffnet waren, sprangen zwölf Meter durch die Luft. Der Mann landete nicht einmal; sein Körper wurde noch in der Luft von Arthurs Schwert gespalten, so dass beide Hälften zu jeweils einer Seite in den blutdurchtränkten Schlamm stürzten. Die Wächterin hielt inne, betäubt von Arthurs Wildheit, und dieses Zögern kostete sie alles. Arthur schwenkte seine Waffe über ihre und schlug ihr die Machete aus der Hand. Sie wandte sich zur Flucht, aber Arthur packte sie an den wehenden, goldenen Haaren und riss sie zurück. Sie hatte noch nicht einmal mehr Zeit zu schreien, als er die Klinge durch sie hindurchrammte.

Da sie noch schwach waren und die Materielle Welt gerade erst nach Jahrhunderten der Gefangenschaft betreten hatten, verfügten die Wächter noch nicht wieder über Michaels übernatürliche Fähigkeit, den Schlag der Waffe eines Sterblichen zu überleben. Die Ritter richteten ein fürchterliches Blutbad an, aber die Wächter waren in der Überzahl. Sie mussten die Templer nur noch für kurze Zeit in Schach halten. Die Dämmerung würde bald anbrechen, und dann würden alle Erstgeborenen, die mit der Plage infiziert waren, sterben.

Billi stand erstarrt da. Der Lärm, das Entsetzen und das Chaos der Schlacht waren überwältigend. Sie wusste nicht, was sie tun sollte. Sollte sie ihrem Vater helfen oder Gareth beschützen? Oder Bors unterstützen? Jeder Augenblick konnte ihr letzter sein. Panik und Unsicherheit überkamen sie.

Wächter huschten wie Insekten über die schwarzen Stahlbalken und Säulen. Da waren Dutzende von ihnen. Wieder flammte ein Blitz auf, und gegen das gleißende Weiß zeichnete sich eine kleine, einsame Gestalt ab, die auf dem höchsten Punkt des skelettartigen Rahmens des Turms stand.

Michael.

Da wusste sie es. Es hing an ihr. So war es immer gewesen. Sie war Templerin, und am Ende lief es einfach darauf hinaus. Wenn dies die letzte Stunde der Tempelritter sein sollte, dann würde es auch ihre sein. Sie wusste es und hatte endlich keine Angst mehr.

Ihr sollt den Märtyrern Gesellschaft leisten.

War dieser Moment immer geplant gewesen? Kays Prophezeiung? Eine zufällige Begegnung im Zug? Schicksal?

Nein, viel einfacher.

Billi hob das Schwert, und es funkelte im Wetterleuchten. Übernatürliche Energien, die von der Waffe ausgingen, durchströmten sie, als die Klinge Funken des Blitzes auffing und aufloderte. Die anderen wandten sich dem blendenden Licht zu, und Billi schrie:

»*Deus vult!*«

Sie rannte jetzt, geradewegs auf den Lastenaufzug zu. Die anderen Templer sahen sie und verstanden. Sie rissen sich von den angreifenden Wächtern los und strömten zu ihr. Auch die dunklen Engel spürten es. Sie schrien und heulten, sprangen von Stahlträger zu Stahlträger, aber sie war da. Sie stürzte sich gerade in den Stahlkäfig, als Arthur sie erreichte. Ihre Blicke begegneten sich. Blutverschmiert lächelte er. Sie richtete sich auf, sicher auf den Beinen, obwohl der wacklige Stahlkäfig im Sturm zitterte. Arthur sprach nicht – es gab nichts zu sagen –, sondern nickte nur. Dann trat er zurück und zog die Tür zu.

Billi betätigte den roten Griff, und der Aufzug ratterte und sauste nach oben. Sie blickte auf das wirbelnde, morastige Schlachtfeld hinab, während die Templer einen Kreis um die Aufzugsplattform bildeten. Um sie herum versammelten sich Dutzende von Michaels Gefolgsleuten, die mit der Dunkelheit verschwammen. Billi starrte nach unten, bis sie im Regen verschwunden waren.

34

Der Aufzug hielt mit einem Ruck an. Dies war das Ende der Reise. Billi wischte sich mit dem Ärmel übers Gesicht, befreite sich von dem blendenden Regen. Sie packte das Silberschwert fester und spürte, wie seine Energie in ihr pulsierte. Sie rollte das Gitter hoch und trat hinaus. Die Hälfte des Bodens war mit Beton ausgegossen, aber sie konnte sehen, dass er von schwarzen Löchern durchbrochen war. Ein falscher Schritt, und sie würde zweihundert Meter in die Tiefe stürzen.

»Billi, wie passend«, sagte Michael. Er stand ganz oben auf einer Stahlsäule, die kaum breit genug für beide Füße war. Obwohl der Wind um ihn herum heulte, wankte er nicht, sondern wartete, perfekt im Gleichgewicht. Er trug lediglich regennasse schwarze Jeans. Sein nackter Oberkörper glänzte wie Silber. Seine kunstvollen Tätowierungen lagen jetzt ganz enthüllt da, schwarze, albtraumhafte Muster aus Stacheln, Nägeln und Dornen, Strafinstrumente, die ein ausgefeiltes, groteskes Mosaik bildeten, das dem Leiden gewidmet war. Die beiden langen Narben auf seinem Rücken bluteten.

»Komm herunter«, sagte sie. Ihre Augen waren auf seine gerichtet, aber sie zitterte nicht unter seinem überirdischen Blick.

Ein Templer zittert nicht.

»Und dann?«

»Dann werden wir eine Orgie der Gewalt feiern.« Sie trat in die Mitte des halb gegossenen Bodens. »Das sollte sehr befreiend sein.« Sie hielt das Schwert in beiden Händen, aber gesenkt. »Oder hast du etwa Angst?«

Michael seufzte tief. »Was siehst du da draußen?« Er hielt selbst ein Schwert in den Händen und deutete damit nach Westen.

Auf die St. Paul's Cathedral.

Lichter. Sie sah tausende von Lichtern, sogar von hier oben. Die Stadt, die gefunkelt hatte, als Billi zum ersten Mal von diesem Punkt aus hinabgeblickt hatte, war nun in flackernden, gelben Lichtschein getaucht.

»Schön, nicht wahr?«, sagte er.

Aber sie wusste, was diese Lichter bedeuteten, wofür sie standen. Sie standen für eine Familie mit einem sterbenden Kind. Jemand, den sie liebten, würde im Morgengrauen sterben. Sie scharten sich um St. Paul's, und wenn sie dort unten gewesen wäre, hätte sie gesehen, dass es nicht schön war, wie Michael sagte, sondern hässlich, widerlich und scheußlich.

»Siehst du, Billi? Siehst du, wie ich Gott zurück in ihr Leben gebracht habe? Sie werden nie mehr vom Pfad der Tugend abweichen.«

»Und was ist mit den Millionen, die du umbringen wirst?«

»Sie werden in den Himmel kommen. Sie sind mein Opfer.«

»Du bist wahnsinnig. Du hast nicht Gott in ihr Leben gebracht, sondern nichts als Furcht.«

Michael lächelte in sich hinein. »Und das ist der Ursprung des Glaubens.« Er deutete auf den östlichen Himmel. Trotz der dunklen Sturmwolken war dort ein zarter Hauch von Farbe zu erkennen, ein dünner Streifen Grau und Purpur. »Es dauert nicht mehr lange.«

Billi klopfte mit dem Schwert auf den Boden; sie hatte genug. »Komm herunter und stirb.«

Er breitete die Arme aus. Und ließ sich fallen.

Die Schwerkraft nahm ihn nicht; Michael bestand aus etwas anderem als gewöhnlichem Fleisch, Knochen und Knorpeln. Er war ein Wesen des Lichts und schwebte zu Boden; seine Zehen streiften die Oberfläche erst nur, bevor er sicher zu stehen kam.

»Erinnerst du dich hieran?«, fragte er und hielt das Templerschwert hoch; er drehte die polierte Klinge langsam im wachsenden Licht. Sie hatte sich verändert. Billi konnte den Unterschied nicht sehen, aber sie spürte ihn. Es strahlte Kraft aus – es war nicht länger von Sterblichen geschmiedeter Stahl, sondern mehr, durchtränkt von Engelsenergien.

Billi hob ihre eigene Waffe. »Erinnerst du dich hieran?«, fragte sie.

Bildete sie es sich nur ein oder wurde Michael blass?

»Ein Silberschwert. Es ist lange her, dass ich zuletzt eines gesehen habe. Wie bist du daran gekommen?«

»Der Feind meines Feindes ist mein Freund«, antwortete Billi.

Michael öffnete den Mund zu einem stummen »Ah« und nickte. »Satan. Wie ironisch, dass du einen Handel mit dem Morgenstern geschlossen hast, um mich zu vernichten.«

Sie stieg über eine Querverstrebung, nahm sich vor den Löchern im Betonboden in Acht, verlagerte vorsichtig ihr

Gewicht von einem Fuß auf den anderen und ließ Michael nicht aus den Augen.

Die Schwerter berührten sich; die tödlichen Schneiden streiften einander, suchten nach der ersten Blöße. Billis Herz pochte vor konzentriertem Adrenalin, und winzige Schweißperlen bildeten sich auf ihrer Stirn, als sie ihren Gegner einzuschätzen versuchte.

Sankt Michael.

Erzengel der *Grigori*.

Todesengel.

Gottes Mörder.

Michael stieß ihre Schwertspitze beiseite und wechselte das Schwert in die andere Hand; Billis Instinkt übernahm die Führung. Sie sah den Angriff noch nicht einmal, drehte aber ihr Handgelenk. Stahl kreischte. Funken stoben von den tödlichen Schneiden auf, als sie beide darum rangen, dem anderen die Schwertspitze ins Fleisch zu stoßen. Michaels heißer Atem spülte über ihr Gesicht hinweg, als sie zusammenstießen und dann voneinander wegsprangen.

Sein Angriff erlahmte nicht. Das Schwert traf ihren Arm, aber sie spürte das Brennen kaum. Billi wich zurück und wehrte Attacken ab, die wie eine Lawine auf sie niedergingen.

Michaels Schläge prallten auf das Silberschwert, und ihre Arme schmerzten bei jedem Angriff.

Die Klingen verhakten sich; ihre Parierstange blieb am Griff von Michaels Schwert hängen. Sie zog kräftig, hoffte, Michael die Waffe zu entreißen.

Michael grinste. »Wenn das alles ist, was –«

Billi schrie und versetzte ihm einen Kopfstoß. Michaels Beine wankten, nur eine Sekunde lang, aber das reichte.

Als er stürzte, packte Billi das Handgelenk seines Schwertarms und rammte ihr Knie dagegen. Es gab einen Ruck – es fühlte sich an, als hätte sie einen Baum getreten –, aber seine Finger lockerten ihren Griff. Sie drehte ihren Schwertgriff, das Templerschwert glitt ab und wirbelte davon.

Michael brüllte und ignorierte das Silberschwert, das über seine Rippen schabte; er packte Billis Kopf. Eisenharte Finger bedeckten ihr Gesicht. Muskeln, Knochen, Fleisch, alles verformte sich unter dem schraubstockartigen Griff. Weißglühender Schmerz wuchs in ihrem Schädel an, und ihre Augen quollen hervor, nahe daran, wie Weintrauben zu platzen. Aber sie ließ nicht locker. Sie zischte, verzehrt von Kampfesraserei.

Das Silberschwert berührte seinen Bauch, und sie drückte zu, tiefer und tiefer. Sogar, als ihr Kiefer knackte und ihre Nerven aufschrien, stieß sie weiter zu.

Michael ließ sie los. Er stolperte zurück und hielt sich die Seite. Billi schnappte nach Luft, als die Finger sie plötzlich freigaben, und der Boden schwankte und wackelte, während sie versuchte, nicht ohnmächtig zu werden.

Michaels Hände waren klebrig von seinem Blut, aber die Bauchwunde war nicht tödlich. Seine Augen suchten nach einer Waffe. Er bewegte sich blitzschnell auf das zu Boden gefallene Templerschwert zu.

Aber Billi war schneller und rammte ihm den Schwertknauf ins Gesicht. Michael prallte rückwärts in den herabgefallenen Schutt und landete klatschend in einer Pfütze. Zackige Dornen des Schmerzes schossen Billi durch den Kopf, und sie konnte nur verschwommen durch einen Tränenschleier sehen. Sie stolperte vorwärts und hielt die zitternde Schwertspitze geradewegs auf Michael gerichtet.

Er blickte zu ihr hoch. Sein Gesicht war zu einer verzerrten Grimasse erstarrt. Das Silberschwert berührte sein Kinn und wippte über seiner Kehle. Er knurrte.

»Hier bist du also. Und jetzt willst du mich umbringen?«

»Wie du die Ägypter umgebracht hast.«

Michael lächelte. »Nicht ganz.« Er hob die Hand. »Hilf mir, mein Freund.«

Die Dunkelheit jenseits des seltsamen Waldes aus Stahlträgern zitterte wie eine Hitzewelle über Asphalt. Billi dachte, sie hätte etwas gehört, aber über ihren eigenen schweren Atem hinweg wusste sie nicht, aus welcher Richtung. Dann hörte sie es wieder und begriff, dass es in ihrem Kopf war.

Billi.

Eine schwarze Silhouette nahm Gestalt an und trat aus den Schatten hervor, das Gesicht erschreckend weiß in der umgebenden Dunkelheit.

Kay.

35

Kay lächelte. Billis Herz krampfte sich zusammen, als er näher trat.

Er hat sich schon so verändert.

Seine Haut funkelte im gespenstischen Licht wie eine Perle: glatt, durchscheinend, makellos. Seine Augen brannten hell und durchdringend vor Verlangen und Hunger.

Vor Hass.

»Ich freue mich, dass du hier bist, Billi. Dann können wir deine letzten Momente zusammen verbringen«, sagte er.

»Kay –«

Er brüllte und flog über den Spalt zwischen ihnen. Billi duckte sich zur Seite, blieb mit dem Fuß am unebenen Beton hängen und stürzte schwer zu Boden. Sie hob das Schwert, aber Kay rammte ihr den Stiefel aufs Handgelenk; die Nerven kreischten und wurden dann taub. Ihr kamen die Tränen, und durch sie hindurch sah Billi verschwommen, wie das Silberschwert wegflog.

Zu schnell. Wie hat –

Sein Fuß traf ihren Brustkorb wie ein Vorschlaghammer. Sie schnappte nach Luft, atmete Eissplitter und Feuer ein; ihre Rippen knackten.

»Kay. Bitte …«, murmelte sie. In ihrem Kopf drehte sich alles; ihre Beine waren weich wie nasse Seile.

Er ist zu stark.

Ich kann ihn nicht aufhalten.

»Kay, nicht.«

»Was, gefällt dir das nicht? Warum nicht? All das ist doch nur deinetwegen.« Er zerrte sie mit einer Hand hoch. »Deinetwegen.«

Er stieß ein brüchiges, wahnsinniges Lachen aus. Billi sah, dass rote Tränen seine Wangen befleckten. Er ließ den Kopf gegen ihren sinken und flüsterte: »Ich kann es nicht ertragen. Es ist zu viel.« Er hob den Kopf und grinste manisch. »Hilf mir. Ich will dich so gern töten.« Er schlug ihr ins Gesicht.

Billi wurde schwarz vor Augen.

Sie konnte metallisches Blut, ihr Blut, schmecken, das ihr in den Mund strömte. Sie öffnete die Augen, aber alles in ihrem Gesichtsfeld drehte sich, und die Decke über ihr wankte. Sie konnte nicht aufstehen. Sie lag im Schutt und konnte sich kaum rühren. »Kay. Es tut mir so leid.« Sie streckte die Hände aus und hoffte, irgendetwas zu finden, womit sie sich hochstemmen konnte. Ihre rechte Handfläche berührte Stahl, kalt, hart, vertraut.

Das Silberschwert.

Langsam sahen sie es beide an. Ein Strom der Kraft rieselte durch ihre Handfläche in ihren Arm. Ihr Griff wurde fester.

Und lockerte sich.

»Das kann ich nicht«, sagte sie.

Nicht Kay.

»Nimm es, Billi.« Er starrte sie an; seine Augen loderten vor Wahnsinn. Seine Finger waren wie Klauen gekrümmt, und er knurrte. Dicke rote Tränen verschmierten sein Gesicht. »Ich kann mich selbst nicht aufhalten.« Er packte sie, und Billi sah seinen inneren Kampf. »Du musst es tun«, flüsterte er. »Mich aufhalten.«

Kay war treu gewesen, ihr und sich selbst. Er hatte seine Seele gegeben und sich selbst verdammt, um sie zu retten. In dem Moment, in dem sie ihn ansah, begriff sie, was die Prophezeiung bedeutete.

Sie wird den opfern, den sie liebt, um sie alle zu retten.

Es ging nicht um ihren Vater.

Sondern um Kay.

Billis Hand schloss sich um den Schwertgriff.

»Vergib mir, Kay.«

Das Stöhnen, das sich seinen Lippen entrang, schwoll wie der Schrei einer Banshee an. Der Himmel wurde weiß vor Blitzen, und sie sah ihn, sah ihn so nahe und so klar, wie sie nur jemals jemanden gesehen hatte.

Die sanften, weichen Konturen seines Kiefers, die daunengleichen weißen Haare auf seinem Kinn, seine Lippen. Sie konnte ihre Berührung noch auf den ihren spüren.

Billi schloss die Augen. Wärme ging von der Klinge aus, der Schmerz ließ nach, und die Dämmerung nahte.

»Bring es zu Ende!«, schrie Michael.

Kay ließ sich auf die Knie fallen. Er nahm Billi auf den Schoß und schlang die Hand um ihre und den Schwertgriff.

Billi blickte ihm in die Augen und sah dort Mut. Sie musste so tapfer wie Kay sein, wenn die Erstgeborenen gerettet werden sollten. Wenn Michael aufgehalten werden sollte, war ein Opfer vonnöten.

Sie sahen einander an, und er berührte ihre Lippen mit seinen.

»Tu es, Billi«, flüsterte er.

Billis Hand zitterte, aber Kay schloss seine um ihre, und gemeinsam hielten sie das Schwert ruhig. Er zog sie eng an sich und presste seine Lippen fest auf ihre. Ein dünner Lufthauch glitt von seinem Mund in ihren.

»Leb wohl«, sagte er.

Billi stieß Kay das Schwert ins Herz.

Blut sprudelte aus der Wunde hervor, und Kays Körper erschlaffte. Billi zog das Schwert heraus; es glitt ihr aus den Fingern, als sie seinen zusammensinkenden Körper wiegte. Sie presste ihre Hände auf die Wunde.

»Ist schon gut, Billi.«

Dickes, klebriges Blut überzog ihre Hände und durchtränkte sein Hemd. Kay erstickte; schaumige, rote Blasen quollen ihm aus Mund und Nasenlöchern hervor.

»Kay«, flüsterte sie. Seine scharlachroten Hände schlossen sich um ihr Gesicht und hielten sie fest. Die blutigen Handabdrücke fühlten sich warm auf ihrer Haut an. Handabdrücke wie die, die ihre Mutter auf ihrer Zimmertür hinterlassen hatte. Sie sah ihm in die Augen, wünschte sich, dass er durchhalten möge. Wie lange, spielte keine Rolle, aber jede Sekunde war eine Sekunde mehr.

»Es tut mir leid, Kay«, sagte sie. Er lag im Sterben, aber sie wollte jeden noch so kleinen Moment mitbekommen.

Er starrte zurück, mit klaren, sehenden Augen. Sein blutiger Mund weitete sich zu einem Lächeln, diesem geheimen Lächeln.

Schön.

Sein letzter Atemzug war nur ein Seufzen. Sie starrte ihn an, wartete, wartete darauf, dass er atmen würde, nur ein bisschen.

Nur ein bisschen.

Bitte, Kay.

Nur ein bisschen.

Aber nichts geschah.

Billi drückte seinen Körper an sich. Sie presste ihre Lippen auf seine, schmeckte das salzige Blut und hoffte vergeblich auf einen noch so kleinen Atemzug.

Aber nichts geschah.

Sie sah ihn an, aber Kay war fort. Die großen blauen Augen waren verblasst, geöffnet, aber leer. Er sah sie nicht mehr an. Sie hörte, wie Metall scharrend über den Steinboden schleifte, und das Knarren, als ein Fuß auf Holz trat. Ein Schatten fiel über sie. Sie blickte sich nicht um.

»Was, glaubst du, sieht er, mit so weit aufgerissenen Augen?«, fragte sie.

Die kalte Silberklinge berührte ihre Wange. »Das wirst du bald genug wissen«, sagte Michael.

Billi hob den Kopf. Michael hielt ihr das Silberschwert an die Kehle. Er sah sie an, nicht triumphierend, sondern mit seltsamer Resignation. Als hätte er schon immer gewusst, dass es so enden würde.

Billi berührte ihre Wange und spürte, dass Kays klebriges Blut sie zeichnete, sie beschützte, so, wie das ihrer Mutter es getan hatte. Sie starrte die dunkelroten Flecken auf ihren Fingern an und hielt inne.

Ihre Mutter hatte gewusst, wie man Michael aufhalten konnte. Er hatte Billi in der Nacht, als er in ihr Zuhause gekommen war, nicht erreichen können. *Jamila hatte die Tür mit Opferblut gezeichnet.*

Damals war ihre Mutter gestorben, um sie zu retten, und jetzt hatte Kay das Gleiche getan. Billi presste die blutigen Finger an ihre Lippen. Kay war gestorben, um seine Prophezeiung zu beweisen, und jetzt war sie an der Reihe. Aber wenn sie sich irrte, würde sie sterben. Seltsamerweise machte ihr das nichts aus.

Kay würde auf sie warten.

»Es ist besser so«, sagte Michael.

»Tu's einfach.«

Das Schwert schoss nach oben und fuhr dann herab. Billi hielt Kay an ihr Herz gezogen, als der Hieb auftraf.

Das Silberschwert zerbrach in tausende glitzernder Lichter, ein stummer Vulkanausbruch von diamantenen Sternen, die hell aufstoben und dann sanft verschwanden, sich auflösten, bevor sie den Boden berührten.

Ihr Hals brannte, und sie konnte das warme Rieseln von Blut auf ihrer kalten Haut spüren.

Sie berührte die Wunde. Es war ein kleiner, flacher Schnitt. Nicht tief, aber sie wusste, dass sie die Narbe für immer tragen würde. Sie wandte sich Michael zu. Er starrte seine Hand ausdruckslos an; das Schwert war vollkommen verschwunden.

»Wie?«, murmelte Michael.

Opferblut. Der stärkste Zauber, den es gab: Das hatte Elaine gesagt. Michael stolperte kopfschüttelnd davon. Blitze flackerten auf, und das Gebäude erzitterte vom Donnerhall.

Die riesigen Stahlsäulen knarrten, und Risse brachen im Beton auf. Die Juden im Alten Ägypten hatten ihre Häuser mit Opferblut geschützt, und der Todesengel hatte nicht hereinkommen können.

Das eine, unwandelbare Gesetz der Wächter.

»Du hättest vorübergehen sollen, Michael«, sagte Billi und wiegte Kay. Michael hatte versucht, eine Barriere zu überschreiten, die von Kays Opferblut geschützt war. »Du hast den Bund gebrochen.«

Sein entsetzter Gesichtsausdruck sagte alles. Michael hob die schuldige Hand und heulte. Er zerrte an seinem regendurchtränkten Haar und grub sich die Fingernägel tief in die Wangen. Er reckte die Arme zum Himmel empor und flehte: »Vergib mir! Vergib mir!«

Ein Blitz zerriss den Himmel und zerfetzte den dichten Wolkenvorhang. Der Himmel füllte sich mit unerträglichem Licht, und das Tosen war ohrenbetäubend. Der Wind, der über die Stadt fegte, riss Billi fast um. Tief in diesem Zyklon hörte Billi eine Million Stimmen schreien, und im Zentrum sah sie Michael, dessen Essenz sich mit den gezackten Streifen, die von ihm abgerissen wurden, in Luft auflöste. Er stolperte und krümmte sich unter dem Ansturm; auf Knien bettelte er.

»Allmächtiger Gott!«, schrie er, und dann wurde er verschlungen: Der Schrei erstarb im Chor des verdammten Sturms.

Billi umarmte Kay, während der Sturm tobte, aber seine Helligkeit, die zu heftig und stark war, um lange anzuhalten, verzehrte sich selbst, und als sie schließlich die Augen öffnete, dämmerte der Morgen, der richtige Morgen. Der Sturm war vorüber, und durch die Wolken sah sie endlich das Tageslicht. Sie blickte in die Sonne, die prickelnde Wärme des neuen Tages. »Allmächtiger Gott. In der Tat.«

Irgendwo krähte auf einem kleinen, städtischen Bauernhof ein Hahn.

Und eine Million Kinder schliefen weiter.

36

Sie begruben Kay eine Woche später bei einer kleinen normannischen Kirche an der Küste von Kent. Die Kirche lag auf einer Klippe, die das stille, ruhige Meer überblickte. Eismöwen kreisten am leuchtend blauen Himmel. Percy, Berrant und Balin waren in London beigesetzt worden, aber Billi wollte etwas Besonderes für Kay.

Die Aussicht wird ihm gefallen, dachte sie.

Keine Familie, und auf dem Stein standen nur sein Name, Geburts- und Todesdatum und ein kurzer Grabspruch:

Ein armer Soldat.

Elaine stand am Kopf des Grabes. Billi hatte angenommen, dass Arthur die Trauerrede halten würde, aber sie wusste, dass Elaine für Kay auf eine Art und Weise zur Mentorin geworden war, wie ihr kriegerischer Vater es nie gewesen war.

»Wir sind alle arme Soldaten«, sagte Elaine. »Was ist das Leben, wenn nicht bitterer Kampf und Schmerz? Man muss Soldat sein, um es zu ertragen. Um das zu bezeugen, was das Leben mit sich bringt: Verlust, Verzweiflung, Niederlage. Unsere Siege sind selten und flüchtig.« Tränen funkelten auf Elaines runzligen Wangen. »Wir müssen glauben. Glauben, dass etwas Gutes aus unseren Opfern erwächst. Ich denke, wir können sagen, dass Kay genau das bewiesen hat.« Billi nahm die Hand ihres Vaters, und er drückte sie kurz.

»Kay war kein Krieger. Aber als er gewogen wurde, wurde er nicht für zu leicht befunden.« Elaine bedeckte ihre Augen mit der Hand. »Wir können nur hoffen, dass er dafür gerechten Lohn erntet.«

Die Sonne schien auf den polierten Deckel des Eichensargs, als die anderen Ritter ihn ins Grab hinabließen. Sie waren alle da. Die Arme Ritterschaft Christi und des salomonischen Tempels. Die Tempelritter.

Fünf erschöpfte Männer und Billi.

Bors und Pelleas standen auf einer Seite des Sargs, während Gwaine und Arthur auf der anderen standen und die Seile hielten, die daruntergeschlungen waren. Ihr Vater schwitzte und verzog das Gesicht, weil seine genähten Wunden schmerzten, als sie Kay Zentimeter für Zentimeter in seine letzte Ruhestätte hinabließen. Dennoch wollte er sich nicht von Gareth helfen lassen. Billi schloss die Augen und sah Geister, die noch verweilten: Percy, Balin und Berrant.

Und Kay.

Billi fühlte sich leer. Heute Morgen hatte ihr Herz einen Sprung gemacht, als sie einen hochgewachsenen, dünnen blonden Jungen gesehen hatte. Für einen Sekundenbruchteil war Kay am Leben gewesen, aber dann hatte der Junge sich umgedreht, und er war es nicht gewesen.

Kay ist fort. Der Gedanke ließ sie innerlich zusammenschrumpfen. Wie konnte er so rasch fort sein? Sie hatte am Morgen geweint, weil es sie schockiert hatte, dass sie sich nicht an alles an ihm erinnerte. Sie konnte es nicht ertragen, sich vorzustellen, dass ihre Erinnerungen verblassen könnten, und so zwang sie sich, an jeden einzelnen Zug zu denken. Seine blasse Haut, das silbrige Haar, den zarten Bartflaum, der um sein Kinn gerade zu wachsen begonnen hatte. Und seine Augen. Sie waren das Einzige, was sie nie vergessen würde.

Blau waren sie gewesen, sehr blau.

Der Sarg schrammte über den Boden der Grube. Die Ritter zogen die Seile hoch.

Verlass mich nicht, Kay.

Die anderen reihten sich auf, und jeder blieb kurz beim Grab stehen, sprach ein stummes Gebet, nahm endgültig Abschied. Dann war Billi an der Reihe.

Ich kann das nicht.

Arthur blieb stehen und sah sie an. Sie errötete vor Scham. Er hatte seine Frau begraben, und das hatte ihn nicht aufgehalten.

Wie konnte sie weniger als das tun? Und was sonst hätte Kay von ihr erwartet?

»Verabschiede dich, Schatz«, sagte Arthur.

Aber sie konnte sich nicht rühren. Sie starrte den Sarg an. Ein wenig lockere Erde prasselte auf den Deckel.

Geh nicht.

Billi.

Sie zuckte zusammen, blickte sich um; ihr Herz klopfte plötzlich schnell und heftig.

»Billi.« Arthur streckte die Hand aus. »Lass ihn ruhen.« Dann ging er davon, den grünen Hang hinunter. Sie blickte in das dunkle Loch und nahm ihre Kette mit dem Kreuz ab. Sie hielt sie über die Kante. Dann fiel das Kreuz und landete auf seinem Sarg.

Die anderen reihten sich längs des Tores auf, als sie ging.

Sie sah jeden an, und einer nach dem anderen nickten sie zum Gruß. Hier gehörte sie hin. Arthur stand als Letzter in der Reihe. Er legte die Arme um sie und zog sie eng an sein Herz. Sie hörte es heftig unter ihrem pochen. Ihr Vater küsste ihr die tränenverschmierten Wangen und flüsterte leise:

»Willkommen bei den Tempelrittern.«

blanvalet

Die neue Meg Cabot: witzig, charmant –
einfach ein **biss**chen besser!

Roman. 512 Seiten. Übersetzt von Dr. Theda Krohm-Linke
ISBN 978-3-7645-0377-2

Lesen Sie mehr unter: **www.blanvalet.de**